Une alliance inattendue

Tina

GABRIELLE

Une alliance inattendue

Traduit de l'anglais (États-Unis)
par Catherine Berthet

J'AI LU

Titre original
IN THE BARRISTER'S CHAMBERS

Éditeur original
Zebra Books, published by Kensington
Publishing Corp., New York

Pour ma chère Laura.
Puisses-tu toujours aller au bout de tes rêves,
avoir le courage de croire en eux,
et que ta bonne étoile brille éternellement.
Je t'aime.

1

5 avril 1814, Londres, tribunal de l'Old Bailey présidé par l'Honorable Tobias Townsend

— Non, ce ne sont pas des catins !

— Si vous ne tenez pas un bordel, comment faut-il donc appeler ces sept femmes qui vivent ensemble sous votre toit ? demanda l'avocat général Abrams en marchant vers l'accusé.

— Ce sont mes petites amies, expliqua Slip Dawson.

— Toutes les sept ?

— Ma mère disait toujours que je savais y faire avec les dames, fit Slip d'un ton geignard.

— Votre mère vous conseillait-elle de partager vos conquêtes avec tous les hommes vivant à Londres ? rétorqua sèchement Abrams en foudroyant l'homme du regard.

Un avocat imposant, assis à la table de la défense, bondit sur ses pieds.

— Objection, Votre Honneur. L'accusation n'a pas pu présenter à la cour un seul témoin certifiant qu'il avait couché avec l'une des amies de M. Dawson.

Le juge soupira et cala le menton dans sa main d'un air de profond ennui. Quatre des douze membres du jury levèrent les yeux au ciel. Les autres ricanèrent.

Evelyn Darlington était perchée au bord d'un banc de bois, au centre de la galerie du public. Elle ne quitta pas un instant des yeux Jack Harding, l'avocat de la défense, le seul homme qu'elle connaissait dans la salle. C'était uniquement pour lui qu'elle était là, qu'elle assistait à ce spectacle dans le tribunal bondé.

Le soleil de fin d'après-midi pénétra par les fenêtres, faisant monter la température de plusieurs degrés. Tous ces corps mal lavés, entassés dans un si petit espace, auraient dû la faire fuir.

Mais elle demeura rivée à son siège, littéralement captivée.

Jack Harding était tel que dans son souvenir. C'est à peine si quelques fines rides autour des yeux rappelaient que plusieurs années s'étaient écoulées depuis leur dernière rencontre. Il était grand – plus d'un mètre quatre-vingts –, les traits ciselés, le profil affirmé. Ses yeux étaient d'un vert profond qui rappelait les fougères épanouies de l'été. Un sourire flottait sur ses lèvres, mais Evelyn savait que son expression pouvait être rusée ou charmante, voire les deux à la fois.

Sa perruque d'avocat dissimulait une épaisse chevelure brune rebelle, qu'il repoussait souvent avec impatience quand il se concentrait sur un traité de droit. Chez lui, la robe noire qui faisait apparaître cireux le teint de la plupart des hommes mettait en valeur sa peau hâlée.

Mais le plus fascinant, c'était peut-être son attitude complètement détendue, comme si ni le juge, ni le jury, ni l'avocat général, ni même le public qui le fixait du regard ne le perturbaient pas le moins du monde. Son assurance était telle que tous, sans exception, étaient suspendus à ses lèvres. Dans la vie de tous les jours, Jack Harding devait être assailli par un essaim de femmes provenant de toutes les couches de la société.

Un ricanement sur sa gauche attira l'attention d'Evelyn.

— Il les tient à la gorge, c'est sûr.

L'homme qui avait prononcé ces mots était trapu, avec des yeux en boutons de bottines et des bajoues. Une forte odeur d'oignon émanait de sa personne. Il sourit, révélant des gencives édentées.

Evelyn glissa imperceptiblement vers la droite, mais heurta une femme corpulente aux manches retroussées jusqu'aux coudes et qui portait un tablier taché de sang. Probablement l'épouse d'un boucher.

— Le vieux Abrams va pas tarder à laisser tomber, commenta-t-elle en riant et en frottant l'une contre l'autre ses mains calleuses. Personne peut se mesurer à ce Jack Harding.

Il en avait toujours été ainsi, songea Evelyn. Jack Harding aurait pu persuader une nonne de se déshabiller sous ses yeux, tout en continuant de discuter d'un point de droit compliqué.

C'était précisément pour cela qu'elle était là, à le regarder... et à l'attendre. Les années n'avaient fait qu'affiner son talent.

La suite du procès se déroula comme prévu. L'avocat général Abrams insista sur le fait que Slip Dawson vivait entouré de femmes. Jack riposta en soulignant l'absence notable de preuves apportées par l'accusation. Il fit également défiler à la barre un bon nombre de témoins qui attestèrent de l'excellente réputation de Slip, et de la considération dont il jouissait parmi la population locale.

Exactement onze minutes et demie après le début du procès, le juge toussota, interrompant l'avocat général au beau milieu d'une phrase.

— Tous les éléments de preuve pertinents ayant été présentés, je demande au jury de délibérer et de nous livrer son verdict.

Le jury ne prit même pas la peine de sortir. Ses membres se regroupèrent dans un coin du tribunal et parvinrent à une conclusion en un temps record. Bombant le torse, tout gonflé de son importance, le porte-parole annonça :

— Nous, jury, déclarons Slip Dawson non coupable.

L'assemblée explosa de joie, transformant le tribunal en scène de chaos, et Slip Dawson sortit en homme libre, sous les ovations du public.

Le bruit que fit le marteau du juge Tobias en retombant sur la table fut complètement ignoré.

Evelyn dévisagea Slip quand il passa devant elle, le visage fendu d'un large sourire, et se demanda combien d'hommes présents dans la salle étaient les clients de ses « amies ».

Son regard revint vers Jack Harding.

Celui-ci tendit la main à Abrams. L'avocat général avait la mine défaite, et l'air pincé d'un homme qui vient d'avaler une potion acide, mais il serra néanmoins la main de son adversaire. Jack se pencha ensuite pour rassembler ses papiers et prendre sa sacoche sur le bureau.

Evelyn attendit qu'il se dirige vers la sortie pour s'avancer dans l'allée.

— Monsieur Harding.

Il s'arrêta abruptement et la parcourut de la tête aux pieds avant de croiser son regard. Un sourire apparut sur ses lèvres.

— Vous avez l'avantage, puisque vous connaissez mon nom. En quoi puis-je vous être utile, mademoiselle…

— Lady Evelyn Darlington.

Harding fronça les sourcils un instant, puis écarquilla les yeux de surprise.

— Lady Evelyn ! C'est incroyable ! La dernière fois que je vous ai vue vous étiez une petite fille. Il y a longtemps, très longtemps.

— Dix ans. Vous étiez étudiant, et travailliez chez mon père afin de devenir avocat.

— Ah, oui, mes années de formation ! Pour autant que je me souvienne, vous étiez passionnée de droit. Vous veniez fréquemment dans l'étude de votre père, écouter ses plaidoiries. Vous me suiviez partout en me donnant des exemples de vos connaissances, qui étaient très étendues, en matière juridique.

Les joues de la jeune femme s'enflammèrent.

— Si j'en crois *mes* souvenirs, ces conseils supplémentaires n'étaient pas inutiles.

L'avocat eut un rire grave non dépourvu de séduction.

— Touché, lady Evelyn. Ce que vous dites est sans doute vrai. Êtes-vous venue assister au procès ?

Evelyn secoua la tête, et soutint son regard.

— Je suis venue requérir vos services.

— Mes services ? Nul ne requiert mes « services » à moins d'avoir des ennuis. Je n'imagine pas que ce soit votre cas.

Le front soucieux, il ajouta :

— J'ai entendu dire que votre père, Emmanuel Darlington, avait hérité du titre de son frère, et est à présent comte de Lyndale. Il donne actuellement des cours à Oxford, si je ne m'abuse. Comment va-t-il ?

— Il ne s'agit pas de mon père, mais d'un ami proche.

— Ah, je vois ! Quel crime cet ami a-t-il commis ?

— Aucun ! Il est accusé à tort.

— Pardonnez-moi, lady Evelyn, je ne voulais pas vous offenser. De quel crime l'accuse-t-on ? rectifia-t-il.

Evelyn regarda à droite et à gauche, avant de révéler dans un souffle :

— De meurtre.

Harding arqua les sourcils.

— Une grave accusation. Qui est votre ami ?

Evelyn inspira profondément pour rassembler son courage.

— Mon futur fiancé.

L'avocat se raidit visiblement et une ombre passa sur ses traits.

— Je suis désolé, lady Evelyn, mon agenda est plein, répondit-il. Les procès pour meurtre prennent énormément de temps. Il faut mener une enquête fouillée, préparer soigneusement son dossier, et il serait insouciant de ma part d'accepter de représenter votre ami.

— Mais il le faut ! s'exclama la jeune femme, prise de panique. Si ce n'est pour rendre service à un innocent, faites-le au moins pour la petite fille que vous avez connue autrefois.

— Je peux vous conseiller plusieurs autres avocats spécialisés dans ce domaine. Je ne suis pas le seul...

— Faites-le pour mon père, coupa-t-elle. Votre ancien maître.

Harding eut une hésitation, et elle devina qu'elle avait touché un point sensible. Son père était un membre éminent de l'ordre des avocats, admiré de tous les étudiants. Jack ne faisait pas exception à la règle. D'après ce qu'elle savait, Jack Harding lui était plus redevable que quiconque.

Il tritura les documents qu'il avait entre les mains, puis hocha la tête.

— Je ne peux rien vous promettre, vous comprenez. Mais il vaudrait sans doute mieux poursuivre cette conversation ailleurs.

— Oui. Certainement, répondit-elle, soulagée qu'il accepte au moins de l'écouter.

Il lui prit le bras, et l'entraîna hors du tribunal. Tandis qu'ils s'engageaient dans le dédale de couloirs de l'Old Bailey, elle perçut avec acuité sa haute silhouette près d'elle et la pression ferme de ses doigts sur la manche de son manteau. Lui coulant un regard de biais, elle fut une fois de plus frappée par son expression autoritaire et par l'impression de force qui émanait de sa personne.

Il ralentit le pas pour qu'elle puisse se maintenir à sa hauteur, et un groupe d'avocats les salua en passant. Une femme voluptueuse pourvue d'un décolleté audacieux, une fleur jaune lovée entre les seins, fit un signe désinvolte de la main à Jack. Evelyn se demanda si c'était l'une des « petites amies » de Slip Dawson.

— Vous êtes très populaire, monsieur Harding, observa-t-elle.

— Je suis connu pour être le défenseur des gens du peuple.

— Aux dépens du ministère public ?

Une lueur amusée s'alluma dans le regard vert.

— Ne me jugez pas trop durement, lady Evelyn. Si j'ai bien compris, c'est justement en raison de cette réputation que vous venez me voir aujourd'hui.

Il avait raison, bien sûr. Elle s'était renseignée. Aucun autre avocat, dans les deux juridictions couvertes par l'Old Bailey, c'est-à-dire la City de Londres et le comté du Middlesex, ne comptait autant de succès à son actif que Jack Harding.

— C'est exact, admit-elle. Je mentirais si je disais que je n'ai pas suivi l'évolution de votre carrière. Cela dit, je n'imaginais pas devoir un jour faire appel à vos services.

Or elle avait désespérément besoin de son aide – c'était une question de vie ou de mort. Elle devait coûte que coûte convaincre Jack Harding de se charger de ce dossier.

2

Jack bifurqua dans un long couloir et dépassa de nombreuses salles avant de s'arrêter devant une porte. Une plaque de cuivre fixée sur le battant indiquait qu'il s'agissait d'une salle de conférences. Il ouvrit et s'effaça pour laisser entrer Evelyn, balayant de nouveau sa silhouette du regard.

Il avait été stupéfait de découvrir que la belle femme qui l'attendait dans la galerie n'était autre que lady Evelyn Darlington, la fille de son professeur de droit. La dernière fois qu'il l'avait vue, penchée sur les dossiers de son père, elle n'était encore qu'une gamine de onze ou douze ans.

Elle était devenue fort jolie. Ses cheveux blonds étaient coiffés en un élégant chignon. Quelques mèches folles ayant échappé aux épingles effleuraient son cou délicat. Ses traits étaient finement sculptés, ses lèvres pulpeuses. Mais le plus fascinant, c'étaient ses yeux en amande turquoise bordés de longs cils noirs.

Elle n'était pas aussi grande que les femmes qui attiraient d'ordinaire son attention, mais en dépit de sa robe bleue à la coupe sage, on devinait des courbes généreuses.

Elle parcourut la salle d'un regard circulaire, s'arrêtant sur le petit bureau qui occupait un coin de la pièce, les chaises alignées le long du mur, les étagères sur lesquelles quelques vieux livres de droit prenaient la poussière. Evelyn Darlington était peut-être devenue une belle femme, mais son intérêt pour les études était de toute évidence resté le même. Elle apparaissait extrêmement sérieuse, et n'était visiblement pas consciente de l'attrait que son physique exerçait sur les hommes.

Jack referma la porte et alla poser sa sacoche et ses dossiers sur le bureau.

La jeune femme ouvrit des yeux ronds en remarquant l'épaisse liasse de documents.

— Quel dossier volumineux ! Ces papiers ont-ils tous un rapport avec l'affaire Dawson ?

Elle semblait si fascinée qu'il ne put s'empêcher de rire.

— Pas du tout. Je ne mentais pas quand je vous disais que j'étais surchargé de travail. À vrai dire, votre ami aurait intérêt à choisir un autre avocat. Nous venons d'en croiser plusieurs qui sont tous extrêmement compétents. Je peux vous présenter celui que vous voudrez aujourd'hui même, et lui demander de traiter votre dossier avec la plus grande attention.

— Non. Personne d'autre que vous ne fera l'affaire. Vous n'avez pas perdu un seul procès depuis des années.

— Je suis flatté que vous ayez une si bonne opinion de moi. Vous avez visiblement suivi ma carrière de près. Lord Lyndale sait-il que vous êtes ici ?

Les épais cils noirs s'abaissèrent.

— Non, je n'ai pas dit à mon père que j'avais l'intention de vous solliciter.

— Il n'apprécie pas votre fiancé ?

Elle n'hésita qu'une seconde avant de répondre :

— Cela n'a aucun rapport avec l'affaire qui nous occupe.

— Ah, j'ai donc vu juste !

Son hésitation avait été éloquente. Lorsqu'un témoin marquait une pause de quelques secondes avant de répondre à la barre, cela signifiait dans la plupart des cas qu'un mensonge allait suivre, ou qu'un détail d'importance allait être omis.

Jack fit signe à la jeune femme de prendre place dans l'un des fauteuils, devant le bureau, et s'assit en face d'elle.

— Racontez-moi tout, dit-il en se penchant en avant.

Elle prit une inspiration, et ses seins tendirent le tissu de sa robe.

— M. Randolph Sheldon, mon futur fiancé, est soupçonné d'avoir assassiné une actrice du théâtre de Drury Lane.

— Une actrice ? Était-ce sa maîtresse ?

— Non ! protesta-t-elle en s'empourprant. C'était une cousine éloignée.

— Pourquoi le soupçonne-t-on ?

— Il a été vu s'enfuyant par la fenêtre de sa chambre.

— Laissez-moi deviner. Le corps a été découvert dans cette chambre ?

Evelyn s'agita sur son siège, et croisa nerveusement les mains sur ses genoux.

— Oui. Elle avait quelque chose à lui donner.

— Comment a-t-elle été tuée ? demanda-t-il, ignorant le malaise évident de la jeune femme.

— Elle a été retrouvée... poignardée, et vêtue uniquement d'une chemise de nuit.

— Qui a découvert le corps ?

— La voisine a entendu des hurlements, et a appelé les agents de police. Des témoins disent qu'ils ont vu Randolph sauter par la fenêtre.

— C'est une preuve suffisante pour qu'il soit inquiété. L'accusation cherchera certainement à l'inculper.

— Mais il est innocent ! s'exclama Evelyn. Je connais Randolph depuis des années. Sa famille occupait le domaine voisin du nôtre, dans le Hertfordshire. Nous faisions de longues promenades ensemble, chaque été.

— Je continue de penser qu'il vaudrait mieux que M. Sheldon soit défendu par un autre avocat. Je ne vois pas en quoi le fait que je me charge de la défense pourrait aider votre père.

— C'est pourtant évident ! Nos fiançailles seront bientôt officielles et les bans publiés. Si la rumeur se répand que mon fiancé est accusé de meurtre, la carrière de mon père ne pourra qu'en être affectée.

Jack se renversa dans son fauteuil. Son instinct lui soufflait de ne pas s'engager davantage dans cette affaire. Mais lady Evelyn Darlington avait raison. Le scandale entourant ce procès rejaillirait forcément sur son père.

Or, il avait une dette envers lord Lyndale. Sans cet avocat génial et excentrique, il n'aurait jamais fait une telle carrière. Il ne jouirait pas d'un succès aussi important, n'aurait pas gagné autant d'argent, et ne serait certainement pas devenu le chouchou de la bonne société. En fait, sans Lyndale, Jack ne serait rien du tout. Il aurait probablement fini par s'adonner au jeu, à la débauche et à la boisson.

Mais une chose le dérangeait plus que de savoir qu'Evelyn Darlington s'était entichée d'un homme qui avait selon toutes probabilités tué une femme de sang-froid. C'était que lord Lyndale ignore que sa fille était venue requérir ses services.

Sans compter qu'il était lui-même indiscutablement attiré par la jeune femme.

Plongeant son regard dans le sien, Jack s'efforça de ne pas se laisser fléchir.

Cette femme serait une source d'ennuis, il le savait. Petite fille déjà, c'était une peste. Une mademoiselle je-sais-tout, qui adorait sous-entendre qu'il n'était qu'un ignorant. Et la femme qu'elle était devenue était d'une beauté renversante. L'attirance qu'il éprouvait constituait en elle-même un avertissement. Il ne mélangeait jamais le travail et le plaisir. Cela ne pouvait mener qu'à des résultats désastreux dans un tribunal.

Toutes sortes d'excuses tourbillonnèrent dans sa tête. Il irait parler au père d'Evelyn, lui exposerait la situation. Lord Lyndale comprendrait sans aucun doute qu'il n'avait pas le temps de s'occuper d'un client accusé de meurtre. En outre, il rendrait service à son ancien maître en l'informant des activités clandestines de sa fille.

Celle-ci lui prit la main, le regard implorant.

— Si c'est une question d'argent, soyez rassuré. Je vous paierai.

Jack se figea, tous ses muscles se tendirent. Après un procès, il se sentait toujours un peu nerveux. Le geste innocent d'Evelyn le troubla, il eut envie de la toucher, de réclamer le butin du vainqueur. Un baiser, pour le moins. Il se demanda ce qu'elle penserait si elle savait l'effet qu'elle lui faisait.

— Cela n'a rien à voir avec l'argent, rétorqua-t-il sèchement. Si je dois envisager de préparer la défense de votre ami, ce M. Randolph Sheldon, alors j'insiste pour en parler d'abord à votre père.

— À mon père ? Pourquoi ?

— Je lui dois beaucoup. Il est hors de question que je traite en cachette un dossier dans lequel sa fille est impliquée. Même si ce n'est pas elle qui est accusée.

Evelyn se redressa, comme si quelqu'un avait soudain tiré sur les cordons de son corset.

— Très bien. Si vous insistez.

— J'insiste.

— Vous n'ignorez pas que mon père est un homme très occupé, ajouta-t-elle en se levant d'un air digne pour prendre congé.

Jack sortit sa montre de son gousset, et posa sur la jeune femme un regard appuyé.

— Je suis disponible maintenant. Je pensais que le procès Dawson durerait plus longtemps, et je m'étais libéré pour la journée. Si je me souviens bien, votre père n'aime pas sauter le repas du soir. Il ne devrait donc pas tarder à rentrer chez lui.

Jack alla ouvrir la porte et sourit aimablement à la jeune femme tandis qu'ils regagnaient le grand hall d'entrée de l'Old Bailey. Il aurait une entrevue avec lord Lyndale, lui exposerait les intentions de sa fille, lui expliquerait pourquoi il ne pouvait se charger du dossier, et aiderait Evelyn à trouver un autre avocat pour défendre son futur fiancé. Ainsi, il aurait rempli toutes les obligations de sa profession et dans moins de deux heures, il serait de retour à son cabinet de Lincoln's Inn of Court.

La nuit était tombée quand ils arrivèrent chez lord Lyndale, à Piccadilly. Ils étaient venus séparément, Evelyn dans un fiacre, et Jack avec son phaéton. Dès qu'il s'était retrouvé seul, il avait ôté sa robe et sa perruque d'avocat, les avait posés à côté de lui, et s'était passé la main dans les cheveux. Craignant pour sa réputation, Evelyn n'avait pas voulu faire le trajet sans chaperon avec un homme célibataire. Jack en avait été plus qu'heureux, car il ne tenait pas à en apprendre davantage que nécessaire sur les problèmes de la jeune femme. Après tout, pourquoi s'en inquiéter alors qu'il n'avait pas l'intention de l'aider à les résoudre ?

Ils se retrouvèrent sur le perron, et Evelyn frappa à la porte. Une longue minute s'écoula.

— Le majordome de votre père aurait déjà dû venir nous ouvrir, remarqua Jack, perplexe.

— Hodges a quatre-vingts ans passés. Il n'entend plus aussi bien qu'autrefois.

C'était typique de lord Lyndale. Il prenait sous son aile des étudiants en détresse et gardait un majordome âgé, alors que d'autres l'auraient mis à la retraite depuis longtemps.

Evelyn chercha sa clé dans son réticule, ce qui n'était pas aisé au crépuscule alors que seul un réverbère répandait sa lueur pâle. Elle finit par la dénicher et l'introduisit dans la serrure, mais le battant s'ouvrit d'une simple poussée.

— C'est curieux. Hodges a dû oublier de fermer.

Ils pénétrèrent dans le vestibule. Il y faisait très sombre, et une odeur de tabac s'attardait dans l'air. Un souvenir surgit aussitôt dans la tête de Jack, qui revit Emmanuel Darlington sur l'estrade de la salle de cours, son éternelle pipe à la main.

— Père ? appela Evelyn.

Jack fit un pas en avant et heurta une pendule placée dans un angle. Il entendit les pas d'Evelyn, puis le bruit du briquet lorsqu'elle essaya d'allumer une lampe.

Les bras tendus devant lui, il alla dans sa direction, mais trébucha contre une masse sur le sol. Un gémissement lui parvint, puis Evelyn cria et un objet se brisa en tombant.

Jack pivota sur lui-même, à temps pour voir une silhouette sombre détaler. Il se jeta sur elle et venait d'agripper le pan d'un manteau quand il reçut un coup à la tempe.

3

En proie à une vive douleur, Jack tomba à genoux. Quelqu'un courut dans le vestibule, puis dévala le perron.

— Evelyn ! cria-t-il.

— Je suis là, répondit la jeune femme d'une voix faible.

— Vous êtes blessée ?

— Non, tout va bien... c'est mon bras... J'ai dû me couper, quand il m'a fait tomber.

— Où est la lampe ?

— Elle m'a échappé.

Jack rampa sur le sol, cherchant à tâtons la lampe et le briquet. Dès que la lumière jaillit, Evelyn poussa un cri :

— Hodges !

Elle se précipita vers le majordome qui gisait sur le sol. Son front était taché de sang, et une traînée écarlate coulait de son visage jusque sur sa chemise blanche.

— Il est mort ?

Jack s'agenouilla et vérifia le pouls du vieil homme.

— Non, mais il faut appeler un médecin.

Soulevant la lampe, il examina la serrure.

— La porte n'a pas été fracturée. L'agresseur a dû frapper, et repousser Hodges quand celui-ci lui a ouvert.

Evelyn pressa la main contre son cœur.

— Seigneur ! Et père ?

Elle se releva précipitamment, mais Jack lui agrippa le bras. Elle poussa un cri de douleur, et c'est alors qu'il s'aperçut qu'elle saignait. Un vase était brisé sur le sol, et une écharde était plantée dans l'avant-bras de la jeune femme.

— Il faut retirer cela et arrêter l'écoulement de sang.

— Non… mon père…

— Restez avec Hodges, ordonna Jack. Je reviens tout de suite.

— Non !

Jack vit la panique dans son regard. Elle s'inquiétait pour son père, ce qu'il comprenait parfaitement.

— Appeler un agent de police et un médecin ne me prendra qu'une minute. Ensuite, nous chercherons votre père.

— Vous pensez qu'il y a encore des intrus dans la maison ?

— Non. Ils se seront enfuis à la faveur de l'obscurité.

Elle acquiesça d'un hochement de tête.

Jack retourna dans la rue sans attendre. Il était tard, mais Piccadilly était un quartier très animé. En quelques secondes il eut repéré un fiacre et fait signe au cocher.

— Quelqu'un vient de s'introduire chez lord Lyndale. Allez chercher un agent et envoyez un médecin, ordonna-t-il à l'homme en lui lançant une pièce que ce dernier attrapa au vol.

Jack retourna à l'intérieur.

— Il faut commencer par la bibliothèque, décréta Evelyn. Père se rend toujours à son bureau en arrivant à la maison.

Jack s'empara de sa main et ils traversèrent le salon. Il était venu dans cette maison des années auparavant et se rappelait que la bibliothèque se trouvait à l'arrière. Il y avait de fortes chances qu'ils y découvrent lord Lyndale.

Apparemment, toutes les chandelles de la maison avaient été éteintes, et Jack dut lever la lampe devant lui pour se diriger. Quand ils atteignirent la bibliothèque, Evelyn étouffa une exclamation.

La pièce avait été dévastée. Les livres étaient jetés sur le sol, parmi des documents éparpillés. Les fauteuils étaient renversés et les sièges de cuir éventrés. Des touffes de crin étaient répandues sur le tapis.

Jack crut d'abord que la pièce était vide, mais un mouvement près du rideau attira son attention. Il s'en approcha d'un pas vif pour le soulever. Emmanuel Darlington, comte de Lyndale, était bâillonné et ligoté contre le mur.

— Père ! cria Evelyn alors que Jack entreprenait déjà de défaire les liens du vieil homme.

— Lord Lyndale, êtes-vous blessé ? demanda-t-il en examinant le comte.

Ce dernier élargit les yeux de surprise.

— Jack Harding ? Que faites-vous là ?

— C'est une longue histoire. Je vous expliquerai tout une fois qu'un médecin vous aura examinés, Hodges et vous.

— Hodges ? Il est blessé ?

— L'homme qui s'est introduit chez vous l'a assommé ; il est inconscient. Où sont votre valet, la gouvernante, et le reste du personnel ?

Ce fut Evelyn qui répondit :

— Ils ont tous une soirée de libre par semaine, excepté Hodges. Père estime qu'ils méritent ce moment de repos, et que nous pouvons nous passer d'eux le temps d'une soirée.

Lord Lyndale se leva avec l'aide de Jack, et alla s'asseoir à son bureau. La chaise en bois n'avait pas subi les mêmes dégradations que le reste du mobilier.

Evelyn alluma les appliques fixées au mur. Une lumière chaude se répandit dans la bibliothèque, et Jack fut choqué de constater combien son ancien professeur et mentor avait vieilli.

Ses épais cheveux bruns, sa stature robuste, n'étaient plus que des souvenirs. Le lord Lyndale qui se tenait devant lui aujourd'hui avait le crâne dégarni, et son front était creusé de profondes rides. Lui qui mangeait autrefois avec appétit et arborait un estomac proéminent était à présent d'une extrême minceur et d'une pâleur inquiétante. Jack calcula rapidement son âge. Emmanuel Darlington devait avoir soixante-cinq ans, mais il en paraissait dix de plus.

Il avait un hématome à l'arrière du crâne, preuve qu'il avait été frappé par-derrière.

— Avez-vous reconnu votre agresseur ? s'enquit Jack.

— Non. Je cherchais un livre, et je tournais le dos à la porte lorsque j'ai été attaqué. Quand j'ai repris mes esprits, j'étais derrière le rideau, bâillonné et ligoté. J'ai entendu l'homme fouiller la pièce, mais je ne voyais rien.

— Est-ce que quelque chose a été volé ?

— Je n'ai pas l'impression, intervint Evelyn. Mais il me faudra du temps pour remettre de l'ordre et dresser un inventaire.

Des coups résonnèrent à la porte d'entrée, interrompant la discussion.

— Ce doit être le policier, dit Jack. Pendant que je le fais entrer, regardez s'il manque des objets. Cela pourrait nous donner une idée de l'identité de votre agresseur.

Jack regagna le hall. Deux hommes se tenaient sur le perron.

— Je suis l'agent Bridges, et voici le Dr Mason, médecin personnel de lord Lyndale. On nous a dit qu'il y avait eu un cambriolage.

— Qui êtes-vous ? Où est Hodges ? voulut savoir le médecin.

Jack ouvrit grand le battant de chêne.

— Je suis Jack Harding, avocat et ami de la famille. Quelqu'un s'est effectivement introduit dans cette maison. Hodges, lady Evelyn et lord Lyndale ont besoin de vos soins, docteur.

Les deux hommes entrèrent, et bientôt toutes les bougies étaient allumées. Le Dr Mason s'occupa aussitôt de Hodges, qui revenait lentement à lui. Le vieux majordome n'était pas grièvement blessé, mais il avait perdu connaissance quand on l'avait projeté au sol. Jack et le policier le transportèrent dans sa chambre.

Le médecin ensuite examina lord Lyndale, cherchant des signes de commotion cérébrale. Il interrogea le vieil homme et hocha la tête avec satisfaction en constatant que ce dernier lui fournissait des réponses détaillées et parfaitement sensées.

Il tourna alors son attention sur Evelyn. Lorsqu'il remonta sa manche, révélant l'écharde dans la chair de son bras, elle tressaillit et pâlit. Jack s'assit près d'elle et s'empara de sa main valide.

— Il faut retirer cela, Evie. N'hésitez pas à me serrer fort la main si besoin est.

Elle posa sur lui ses magnifiques yeux turquoise.

— Vous m'appeliez toujours Evie quand je vous agaçais, avec ma connaissance des procédures criminelles. Personne ne m'a appelée ainsi depuis.

— Tant mieux, répliqua-t-il en souriant. Je n'aurais pas aimé que quelqu'un vienne embrouiller les souvenirs que vous avez gardés de moi.

— Oh, ne vous inquiétez pas pour cela ! Mes souvenirs sont très vivaces.

Il aurait aimé développer ce sujet, mais le Dr Mason retira l'écharde à l'aide d'une pince, et la jeune femme poussa un cri.

L'écharde étant retirée, la coupure se remit à saigner. Evelyn pressa la main de Jack tandis que le médecin nettoyait la plaie et posait un bandage.

— C'est encore plus douloureux, se plaignit-elle.

Le Dr Mason lui tendit une petite fiole.

— Si la douleur persiste, prenez un peu de laudanum. Mais si vous avez de la fièvre dans la nuit, faites-moi appeler immédiatement. Je reviendrai demain après-midi voir tout le monde, conclut-il en refermant sa lourde sacoche de cuir.

— Attendez ! l'arrêta Evelyn. M. Harding a également été blessé.

— Monsieur Harding ? répéta le médecin en se tournant vers Jack.

— Ce n'est rien. Juste une petite bosse sur la tempe.

— Je préfère tout de même jeter un coup d'œil, monsieur Harding.

Jack dut rester assis, immobile, tandis que ce dernier l'examinait, palpant l'hématome, avant de conclure que ce n'était rien de grave.

— Une goutte de whisky aidera sans doute à dissiper la douleur. À présent je vous laisse, M. Bridges doit avoir des questions à vous poser.

Bridges, qui attendait le départ du médecin, se leva en se raclant la gorge. Il n'avait pas plus d'une vingtaine d'années, et arborait l'air suffisant typique des jeunes recrues. Il portait de grosses lunettes aux verres épais.

— J'ai inspecté le premier étage, et constaté qu'aucune fenêtre n'avait été brisée. La théorie de M. Harding, selon laquelle le cambrioleur s'est fait ouvrir par Hodges, paraît correcte, déclara-t-il en remontant ses lunettes sur son nez. J'ai également procédé à une ronde dans la maison, lord Lyndale. Seule la bibliothèque a été fouillée. Apparemment, le voleur a été dérangé par l'arrivée de M. Harding et de lady Evelyn.

— Vous pensez donc à un banal cambriolage ? s'enquit lord Lyndale.

— En effet. Il y en a eu deux autres dans le voisinage, au cours des derniers mois. Mais soyez assuré, lord Lyndale, que je demanderai à mes supérieurs de doubler les patrouilles dans Piccadilly.

Lyndale hocha la tête et Bridges sortit.

— Je ne suis pas de l'avis de l'agent, observa Jack. Nous n'avons pas affaire à un banal cambriolage.

— Qu'est-ce qui vous fait croire cela ? demanda Evelyn.

— Bridges est une nouvelle recrue. Or, je l'ai constaté cent fois dans les affaires que je plaide, les jeunes agents de police ont tendance à tirer trop rapidement des conclusions. Il leur manque la finesse et la réflexion que les plus vieux inspecteurs ont acquises sur le terrain.

— Bridges a dit qu'il y avait eu d'autres cambriolages dans le quartier, fit remarquer Evelyn.

— Certes. Mais ce n'est pas le cas ici. J'ai accompli toute ma carrière dans une cour d'assises, et j'ai beaucoup appris grâce à mes enquêteurs privés.

Jack se leva et s'approcha du bureau de lord Lyndale. Il souleva un coupe-papier en or.

— Un vulgaire cambrioleur n'aurait pas négligé un tel objet. Ni celui-ci, ajouta-t-il en désignant une tabatière ouvragée en argent.

Il fit le tour de la bibliothèque, dressant la liste de tous les objets de valeur qui s'y trouvaient : une superbe pendulette, des livres rares inestimables, une canne à la poignée en or sculpté… Un voleur ordinaire aurait pu en tirer un bon prix.

— Il est possible qu'il ait été interrompu par notre arrivée et qu'il ait dû s'enfuir avant de s'en être emparé, suggéra Evelyn.

Jack secoua la tête.

— Il avait eu amplement le temps de vider la pièce. Celle-ci a été saccagée, les fauteuils éventrés, alors que les objets de valeur sont intacts, et à leur place. Notre homme cherchait quelque chose de précis, et je ne pense pas qu'il l'ait trouvé.

— Seigneur, qu'est-ce que cela signifie ? souffla Evelyn en réprimant un frisson.

Jack se tourna vers son ancien professeur, qui avait gardé le silence depuis le départ de l'agent.

— Avez-vous une idée, lord Lyndale ?

Ce dernier semblait encore sous le choc.

— Je ne vois pas. En tant que professeur à Oxford, je suis un homme public. Je n'ai pas de secrets.

Lyndale cilla, puis son regard se fixa sur Jack.

— Vous deviez m'expliquer pourquoi vous vous trouviez ici aussi tard avec Evelyn, monsieur Harding.

Jack se passa la main dans les cheveux.

— Je ne suis pas sûr que ce soit le moment, lord Lyndale.

— Je mentirais si je disais que je ne suis pas reconnaissant de votre arrivée impromptue, mais j'avoue que j'aimerais comprendre, répondit le vieil homme en penchant la tête de côté.

Evelyn s'avança et posa la main sur son épaule.

— Une autre fois, père...

— Cela a un rapport avec le fiancé de lady Evelyn, M. Randolph Sheldon, déclara Jack de but en blanc.

Lord Lyndale sursauta comme s'il venait de recevoir un seau d'eau glacée en plein visage.

— Son fiancé ! C'est ce qu'Evelyn vous a dit ?

— Père, je...

— Je vous demande pardon, lord Lyndale, l'interrompit Jack. Elle m'a parlé de « son futur fiancé », M. Sheldon. Elle est venue me voir pour me demander de le représenter.

— Randolph Sheldon est un de mes attachés universitaires, expliqua Lyndale. Nous connaissons sa famille depuis des années, c'est ainsi qu'Evelyn l'a rencontré.

Les attachés universitaires étaient des étudiants qui, ayant obtenu d'excellentes notes, étaient recrutés par les professeurs afin qu'ils les secondent dans leurs recherches. Rien d'étonnant qu'Evelyn se soit intéressée à cet homme.

Cependant, à en juger par le ton de Lyndale, Jack devina que ce rapprochement lui déplaisait.

Lord Lyndale se tourna vers sa fille, l'air crispé.

— Evelyn, je t'ai dit que je m'occuperais de la défense de Randolph si nécessaire. Je connais tous les spécialistes des affaires criminelles à Londres.

— Aucun n'a remporté autant de succès que M. Harding !

Jack vit là l'occasion de refuser le dossier. Il ne voulait pas s'en charger, et il était évident à présent qu'Emmanuel Darlington n'approuvait ni le choix de sa fille ni son implication dans la défense de M. Sheldon. Il était facile pour Jack de prendre congé. Peut-être enverrait-il un message poli le lendemain pour s'enquérir de la santé des Darlington, après quoi il disparaîtrait de leur vie et retournerait s'immerger dans ses dossiers.

Mais un sentiment de culpabilité inhabituel perça son armure d'avocat. Son regard s'attarda sur son ancien professeur, et il ne put s'empêcher de remarquer sa fragilité, les cernes de fatigue sous ses yeux, et, pire... la subtile vulnérabilité qui transparaissait sous la façade du respectable professeur d'Oxford.

Et puis, il y avait Evie. Cette enfant précoce à l'intelligence aiguisée, qui de surcroît n'avait pas la langue dans sa poche, l'avait poussé sans le vouloir à travailler encore plus dur. La petite fille avait aujourd'hui un visage et une silhouette à damner un saint. Cette alliance de l'esprit et de la beauté était fascinante... irrésistible.

De plus, son instinct l'avertissait que quelque chose n'allait pas. Qu'un danger bien réel rôdait, menaçant le père et la fille.

Jack prit une inspiration avant de poser la question qui risquait fort de lui interdire de fuir.

— Est-il possible qu'il existe un lien entre le crime dont on accuse M. Sheldon et l'attaque dont vous venez d'être victime ?

Evelyn parut stupéfaite. Le regard de lord Lyndale se brouilla

— Un lien ? répéta Evelyn, incrédule. Non ! Ce n'est qu'une horrible coïncidence.

— Je ne crois pas aux coïncidences, répliqua Jack. Les années passées au tribunal, aux prises avec les forces souterraines de Londres, m'ont appris qu'elles sont rares.

4

Après le départ de Jack, Evelyn et son père s'étaient retirés dans leurs chambres respectives. Cela faisait déjà plus d'une heure qu'Evelyn était couchée. Elle s'était relevée plusieurs fois pour se rendre jusqu'à la chambre de son père sur la pointe des pieds. L'oreille collée à la porte, elle avait écouté ses ronflements discrets. Il avait reçu un coup violent, et malgré l'examen du Dr Mason, elle savait qu'il y avait des risques à cause de son âge.

Mais ce furent les remarques de Jack Harding qui l'empêchèrent de trouver le sommeil et la firent se retourner dans son lit durant toute la nuit. Jack avait réfuté la théorie du policier selon laquelle l'agression était liée à une série de cambriolages dans Piccadilly. De fait, aucun objet de valeur n'avait disparu. Mais le plus perturbant, c'était le rapprochement qu'il avait fait entre leur mystérieux agresseur et le crime dont Randolph était accusé.

Se pouvait-il qu'il ait vu juste ?

Mais que diable le meurtrier de Bess Whitfield, actrice d'un théâtre de Drury Lane, serait-il venu chercher dans le bureau de son père ? Cela n'avait pas de sens.

Puis il y avait Jack lui-même. Le séduisant Jack au charme ravageur, qui représentait pour elle une bouée de sauvetage alors qu'elle était emportée par les flots et sur le point de se noyer.

Après leur brève rencontre avec l'agresseur, Jack avait rapidement pris la direction des opérations. Il n'avait pas cédé à la panique et s'était montré fort et autoritaire au moment où son père et elle en avaient le plus besoin. Plutôt que de s'éclipser à l'arrivée du Dr Mason ou de l'agent Bridges, il était resté le temps que Hodges, son père et elle aient été examinés par le médecin, allant jusqu'à lui tenir la main.

La chaleur de celle-ci l'avait délicieusement troublée. Le parfum discret de son savon à barbe l'avait enivrée, et la chaleur de son corps lui avait offert un réconfort qu'aucune quantité de laudanum n'aurait pu lui procurer. Un lien délicat s'était tissé entre eux. Et lorsqu'il l'avait appelée Evie, des souvenirs avaient surgi dans sa mémoire…

Jack penché sur un épais volume, une mèche de cheveux sombres retombant sur son front. Jack dans la rue devant le palais de justice, chahutant avec d'autres étudiants. Jack flirtant avec les jeunes femmes employées au cabinet de son père, celles-ci répondant toujours à son sourire.

Elle fronça les sourcils à cette pensée, et secoua la tête. Elle n'était plus une écolière, mais une femme tout à fait capable de résister au charme viril de Jack Harding. Plutôt que de penser au passé, elle ferait mieux de se concentrer sur le présent. Trop de choses étaient en jeu.

Un élément positif ressortait de cette soirée : Jack était sur le point de céder et de se charger du dossier. C'était plus une impression qu'une certitude, mais il était visiblement tiraillé. Il se sentait un peu obligé d'accepter l'affaire, car en défendant Randolph Sheldon il aidait le professeur et sa fille.

Elle attendit que les premières lueurs du jour filtrent à travers les rideaux pour se lever, s'habiller et aller frapper à la porte de son père. À sa grande surprise, la chambre était vide. Elle se précipita en bas et le trouva dans la salle à manger. Les domestiques étaient rentrés et Mme Smith, la gouvernante, entra avec une assiette d'œufs brouillés et de toast.

— Lady Evelyn ! s'exclama-t-elle. J'ai appris ce qui s'était passé la nuit dernière. Vous n'auriez pas dû vous lever, milady. Votre femme de chambre vient de rentrer, ainsi que le reste du personnel. Vous devriez peut-être vous recoucher. Je vais vous l'envoyer sur-le-champ.

— Je me sens très bien, madame Smith, je vous remercie de votre sollicitude, répondit Evelyn. Cela a l'air délicieux ! ajouta-t-elle en regardant l'assiette que la gouvernante tenait à la main.

— Je vous en ramène tout de suite, milady.

Tandis que Mme Smith retournait en hâte dans la cuisine. Evelyn prit place à table sous le regard scrutateur de son père.

— Je suppose que je ne parviendrai pas à te faire changer d'avis ? dit-il. Je t'ai déjà dit ce que j'en pensais. Je ne crois pas que Randolph fera un bon mari.

Evelyn connaissait l'opinion de son père. Il appréciait Randolph, et le gardait comme assistant à l'université, mais il pensait que cet homme n'était pas fait pour sa fille, tant sur le plan spirituel qu'affectif. Evelyn était pourtant persuadée d'être capable de le faire changer d'avis. Si seulement ils pouvaient passer plus de temps ensemble, tous les trois, lord Lyndale constaterait combien ils étaient proches intellectuellement.

Comme elle gardait le silence, son père se rembrunit.

— J'imagine que tu tiens à mener tes autres projets à bien ?

— Si vous voulez parler de mon idée de solliciter M. Harding, oui, j'y suis décidée.

Mme Smith revint avec une assiette pleine qu'elle déposa devant Evelyn. Dès qu'elle se fut esquivée, lord Lyndale reprit :

— Tu as agi avec trop de hâte. Randolph ne sera peut-être jamais arrêté. En outre, au lieu d'aborder directement M. Harding, tu aurais dû le faire par l'entremise d'un homme de loi.

Evelyn secoua la tête. Elle connaissait les procédures légales, naturellement. Quand quelqu'un avait des problèmes avec la loi, il devait s'adresser à un juriste. Alors seulement, celui-ci contactait un avocat, seul habilité à plaider devant un tribunal.

— Je voulais que ce soit Jack Harding qui assure la défense de Randolph, et non un autre avocat choisi au hasard par un juriste.

— Les avocats qui me sont redevables ne manquent pas, à Londres.

Evelyn voulut l'interrompre, mais il l'arrêta d'un geste.

— Mais après ce qui s'est passé hier soir, je reconnais que Jack Harding serait un bon choix.

— Vraiment ?

— Il connaît notre famille, et il a eu la délicatesse de rester auprès de nous hier soir. En outre, j'ai suivi sa carrière et je connais ses succès. Tu n'es pas la seule à t'intéresser à ce genre de choses, Evelyn.

Cette dernière se raidit, abasourdie.

— Je ne l'ai jamais cru, père.

— M. Harding a-t-il accepté de défendre Randolph ?

— Pas exactement…

— Mais il est venu ici hier soir ?

— Uniquement pour en parler avec vous.

— Ah, je vois ! Il voulait s'assurer que tu n'usais pas d'un subterfuge.

— Je pense que c'était son intention, en effet, admit-elle avec flegme.

— Bien, fit son père en hochant la tête. Cela me conforte dans mon jugement à son endroit.

Evelyn le regarda discrètement entre ses cils tandis qu'il achevait son petit déjeuner.

— Père, finit-elle par demander en posant sa fourchette. Croyez-vous ce qu'a dit M. Harding ? Qu'il y a un lien entre l'intrusion d'hier soir et le meurtre de Bess Whitfield ?

Lyndale étrécit les yeux.

— Non, je ne le crois pas, mais je ne suis pas étonné qu'il y ait songé. Les avocats pénalistes comme Jack Harding ne négligent aucune piste. Ce n'est pas un hasard s'il gagne autant de procès. Mais mon opinion est sans importance. Penses-tu pouvoir le persuader d'accepter Randolph comme client ?

— S'il pense que c'est ce que vous voulez, oui.

Son père repoussa son assiette et se leva.

— Bien. J'ai une conférence ce matin à l'université.

— Je rendrai donc visite à M. Harding, déclara Evelyn en se levant à son tour.

Son père s'immobilisa sur le seuil, et se retourna.

— Seule ?

— J'emmènerai Janet. Elle me servira de chaperon.

Evelyn n'osa avouer qu'elle s'était retrouvée en tête à tête avec Jack Harding dans une salle de l'Old Bailey. Tel qu'elle connaissait son père, il n'apprécierait pas non plus qu'elle ait assisté à un procès dans la galerie du public sans être chaperonnée.

— Transmets-lui mes remerciements pour l'aide qu'il nous a apportée hier soir, dit lord Lyndale. Et invite-le à dîner un soir où nous aurons les juges à notre table. Je suis sûr qu'il appréciera la compagnie de lord Bathwell et de lord Barnes.

— Sans doute, répondit-elle.

Evelyn attendit cinq minutes après le départ de son père pour demander un attelage. Elle n'avait aucunement l'intention d'emmener sa femme de chambre avec elle.

Evelyn descendit de voiture et leva la tête pour admirer le splendide bâtiment qui se dressait devant elle. Elle était souvent venue à Lincoln's Inn of Court autrefois puisque le cabinet de son père s'y trouvait avant qu'il ne parte enseigner à Oxford. Mais des années avaient passé depuis l'époque où elle explorait les immenses couloirs, et se faufilait dans son bureau pour l'écouter conseiller ses clients et dispenser son savoir à ses étudiants.

Oui, elle était venue ici des douzaines de fois, et cependant l'endroit l'impressionnait toujours.

Lincoln's Inn of Court était composée de plusieurs bâtiments. Evelyn s'engagea dans Chancery Lane, et Tudor Gatehouse, la porte monumentale, apparut peu après. Construite au XVe siècle et encadrée de briques rouges, la porte avait deux battants massifs surmontés de trois blasons.

Le premier représentait un lion rampant, le symbole de Lincoln's Inn. Le souvenir de son père la hissant sur ses épaules pour le lui montrer la fit sourire. Elle se revit à l'âge de cinq ans, riant et gazouillant. Des années plus tard, elle avait appris que le lion n'était pas seulement le symbole de Lincoln's Inn, mais aussi le blason de Henry de Lacy, comte de Lincoln. Les deux autres écussons étaient ceux de Henry VIII, l'un des rois les plus controversés de l'histoire de l'Angleterre, et de sir Thomas Lovell, le chancelier de l'Échiquier qui avait fondé Gatehouse.

Franchissant l'immense porte, elle pénétra dans le tribunal de Gatehouse. La cour intérieure, de style Tudor, arborait des tours à colombages, et les fenêtres étaient garnies de jardinières fleuries. Devant se trouvait Old Hall, l'impressionnante bibliothèque avec sa collection de traités de droit, anciens et récents, le réfectoire, et la chapelle du XVIIe siècle ornée de superbes vitraux. Evelyn résista à l'envie de visiter de nouveau les lieux.

Elle bifurqua à gauche pour gagner les bâtiments anciens – les *Old Buildings* –, où se trouvaient les bureaux des avocats.

Si elle avait été un homme, elle serait volontiers devenue elle-même avocat. À vrai dire, elle avait dévoré les livres de droit de son père, enviant les étudiants apparemment inconscients de leur chance. Par le simple fait d'appartenir au sexe masculin, ils pouvaient obtenir ce qu'elle désirait le plus au monde, mais n'aurait jamais.

Puis un jour, Jack Harding était arrivé.

Pour la première fois, elle avait été heureuse d'être une femme. Il était charmant, insouciant, et c'était de loin le pire étudiant à avoir fréquenté le cabinet d'Emmanuel Darlington. Ses lacunes en grec et en latin étaient considérables, et il n'avait jamais pris la peine d'étudier les bases du droit et des procédures criminelles. En revanche, il s'exprimait merveilleusement et avait la langue aussi bien pendue que les politiciens les plus expérimentés. Son père avait aussitôt décelé son talent et l'avait pris sous son aile.

Elle-même avait tout essayé pour attirer son attention. Malheureusement, elle n'avait pas été élevée par une femme, et personne ne lui avait jamais dit que le meilleur moyen de séduire un homme n'était pas de parler latin couramment, ni d'étaler ses connaissances en droit.

Les talons de ses bottines en agneau résonnèrent dans le long corridor. De part et d'autre du couloir s'alignaient des portes munies de plaques de cuivre indiquant le nom des avocats. Evelyn s'arrêta devant celle où étaient écrits *Me Jack Harding, Me Brent Stone, Me Anthony Stevens et Me James Devlin.*

Elle prit une longue inspiration avant de tourner la poignée, et d'entrer. Elle se retrouva dans une pièce commune, dont les quatre murs étaient garnis de rayonnages chargés de dossiers. Derrière un bureau, un clerc d'âge moyen remplissait un document. À son entrée, il leva les yeux et se figea.

— Que puis-je pour vous, mademoiselle ?

— Je suis lady Evelyn Darlington, et j'aimerais voir M. Harding.

— Avez-vous rendez-vous, lady Evelyn ?

— Naturellement, affirma-t-elle avec aplomb.

L'homme ajusta ses lunettes et consulta un registre, faisant courir sur la page son index taché d'encre.

Evelyn retint son souffle, cherchant désespérément un prétexte pour justifier cette visite impromptue. L'employé secoua la tête.

— Je suis désolé, mademoiselle, mais votre nom ne figure pas dans la liste de rendez-vous.

— Il doit y avoir une erreur, répliqua-t-elle, adoptant le ton hautain dont usait son père quand il s'adressait à un adversaire. Veuillez avertir M. Harding de ma présence, je vous prie.

L'homme se leva, s'engagea dans le couloir et s'arrêta devant une porte. Il frappa légèrement avant d'entrouvrir le battant.

— Une certaine lady Evelyn Darlington demande à vous voir, monsieur Harding. Elle prétend avoir rendez-vous, mais je…

Evelyn entendit un murmure, puis le grincement des ressorts d'un fauteuil. La porte s'ouvrit en grand.

Jack apparut sur le seuil. Il portait un superbe costume dont la veste bleu marine mettait sa carrure en valeur. Elle se demanda s'il devait se rendre à l'Old Bailey pour un procès dans la matinée. Ses cheveux bruns retombaient comme à l'accoutumée sur son front, ajoutant à son pouvoir de séduction. Mais ce fut son regard vert indéchiffrable tranchant sur sa peau bronzée qui retint son attention. Un regard qui se promena sur son corps, avant de revenir sur son visage. Jack lui sourit. Troublée, Evelyn sentit son estomac se contracter.

— C'est bon, McHugh, dit-il. Lady Evelyn est toujours la bienvenue.

Le clerc hocha la tête. Evelyn lui tendit son manteau, et entra dans le bureau. L'employé referma derrière elle.

Elle demeura immobile, un peu gauche, et parcourut la pièce du regard. Ce cabinet était beaucoup plus impressionnant que ne l'avait été celui de son père. Elle examina avec un vif intérêt les étagères massives sur lesquelles s'entassaient les traités de droit, et les dossiers de plaidoiries empilés sur le vaste bureau d'acajou. Un luxueux tapis aux motifs orientaux couvrait le sol. Derrière le bureau se trouvait une cheminée de pierre. Sur le manteau de marbre trônait un buste de sir Thomas More, l'un des membres les plus prestigieux de Lincoln's Inn, auquel son refus de considérer le roi Henry VIII comme le chef de l'Église anglicane avait valu d'être décapité.

— Je m'apprêtais à vous rendre visite aujourd'hui pour m'assurer que tout allait bien après la soirée mouvementée d'hier. Comment se porte votre père ?

— Très bien. Il s'est levé tôt ce matin, et donne une conférence à l'université en ce moment même.

Jack s'approcha et lui prit la main – celle de son bras blessé.

— Et vous ? s'enquit-il en lui caressant les doigts. Votre blessure vous fait-elle souffrir ?

Le pouls d'Evelyn s'accéléra.

— Moins qu'hier.

— Avez-vous pris une dose de laudanum, comme vous l'avait conseillé le Dr Mason ?

— Non, avoua-t-elle en fronçant le nez. Je n'aime pas ce remède, je trouve qu'il m'engourdit l'esprit.

Jack eut un sourire en coin.

— La plupart des gens considèrent que c'est l'avantage de cette drogue, mais votre réaction ne me surprend pas. Vous avez toujours aimé réfléchir.

Evelyn se redressa.

— Allez-vous constamment me rappeler le passé ?

— Pourquoi pas ? Vous avez dit vous-même que vos souvenirs de moi étaient très vivaces.

Les joues de la jeune femme s'enflammèrent.

— Monsieur Harding, je ne...

— Jack. Vous m'avez toujours appelé Jack.

— Oui, mais c'était il y a des années, quand...

Il porta sa main à ses lèvres – des lèvres douces et cependant fermes –, et le cœur d'Evelyn se mit à battre la chamade. Il releva la tête ; ses yeux verts brillaient d'un éclat intense. Un rayon de soleil s'insinua entre les rideaux entrouverts, illuminant son visage, et elle découvrit, déconcertée, que son expression était soudain devenue grave.

— J'étais furieux que vous ayez été blessée, dit-il d'une voix dure. Si j'avais réussi à mettre la main sur cet homme, je l'aurais assommé.

Elle avala sa salive, mal à l'aise sous ce regard pénétrant, puis se détourna et se dirigea vers la fenêtre.

— Je voulais vous remercier de votre aide, hier soir. Vous n'étiez pas obligé de faire tout cela...

Elle s'interrompit en sentant sa main solide sur son épaule.

— Ce n'est rien, Evie. Mais dites-moi la vraie raison de votre présence ici.

Elle se retourna et dut renverser la tête en arrière pour croiser son regard tant il était grand. Elle eut la certitude qu'il savait la vérité. Il était donc inutile de continuer d'exprimer sa gratitude, même si elle était parfaitement sincère.

— Père a changé d'avis. Il pense que vous êtes le mieux placé pour défendre M. Randolph Sheldon, débita-t-elle d'une traite.

— Vraiment ?

— Oui, affirma-t-elle d'une voix qu'elle trouva un peu rauque.

Jack s'approcha davantage. Avec le dos à la fenêtre, Evelyn avait l'impression d'être une biche aux abois menacée par un dangereux prédateur.

— Quels seront les termes de notre accord ?

— Les termes ? répéta-t-elle, troublée par sa proximité.

— Mes honoraires, Evie. Combien êtes-vous prête à me payer pour que je me charge du dossier de M. Sheldon ?

Elle battit des cils, tentant en vain de recouvrer ses esprits.

— Comme je vous l'ai déjà dit, vous serez largement rémunéré.

Il lui caressa la joue du bout du doigt, s'immobilisa au coin de ses lèvres. Elle se figea.

— Je ne parle pas d'argent, murmura-t-il.

— De quoi, alors ?

— D'un baiser, Evie. Je veux un baiser comme avance sur honoraires.

5

— Un baiser ? articula-t-elle, sidérée.

— Cela restera entre nous. Personne ne le saura. Et certainement pas votre M. Sheldon.

Elle prit une brève inspiration. Le brouillard qui enveloppait ses pensées se dissipa sous le regard de Jack.

— J'ignore pour quel genre de femme vous me prenez, monsieur Harding, répliqua-t-elle d'un ton sévère, mais sachez que je n'ai rien de commun avec les catins de Slip Dawson.

— C'est Jack, vous vous souvenez ?

Elle leva le menton et le toisa.

— Je m'en souviens, *monsieur Harding*.

Il ne bougeait pas, et elle était toujours coincée entre la fenêtre et lui. C'était un défi qu'il lui lançait, comprit-elle. Il s'attendait qu'elle fasse un pas de côté pour lui échapper, mais elle allait lui montrer qu'elle n'était pas lâche.

— Vous voulez à tout prix que je me charge de cette défense. Pourquoi ?

— Je vous l'ai dit. Je vais me fiancer avec Randolph. Il est innocent.

— Je ne crois pas que ce soit la seule raison, Evie, observa-t-il à mi-voix.

— Je ne vois pas ce que vous suggérez.

— Je sais que vous avez été amoureuse de moi, autrefois. Vous me suiviez comme mon ombre dans le cabinet de votre père, et vous m'attendiez devant la porte du bâtiment.

— C'était il y a des années, je n'étais qu'une petite fille.

À peine les mots eurent-ils franchi ses lèvres qu'elle se rendit compte qu'elle n'avait même pas cherché à nier. Les lèvres de Jack s'incurvèrent sur un sourire narquois.

Evelyn sentit ses joues s'empourprer. Comment avait-elle pu oublier que Jack Harding était un maître dans l'art de l'interrogatoire ? Et pourtant son sourire avait sur elle un effet dévastateur.

Il avait toujours été difficile d'être en colère contre lui.

— Vous vous amusez avec moi, n'est-ce pas ? Vous plaisantiez quand vous m'avez demandé un baiser comme avance sur honoraires.

Une lueur passa dans ses yeux de prédateur.

— Je ne plaisantais pas.

— Vous voulez dire que vous accepterez le dossier si je vous embrasse ?

— Oui.

— Êtes-vous fou ?

— Je suis parfaitement sain d'esprit, je vous remercie.

— Mais je dois épouser un autre homme.

— C'est ce que vous ne cessez de dire. Mais où est-il en ce moment ? Et surtout, où était-il la nuit dernière ?

Il réduisit d'un pas la distance qui les séparait. Evelyn avala sa salive péniblement. Il était décidément beaucoup trop près.

— Vous savez très bien que Randolph ne pouvait pas venir hier soir. Il est obligé de se cacher. La police l'aurait arrêté...

— Si j'étais votre futur fiancé, j'aurais été là, quels que soient les risques.

Ces mots éveillèrent un besoin primitif enfoui au plus profond d'elle-même. Avec Randolph, c'était elle la personnalité dominante. Elle attachait beaucoup de prix au lien intellectuel qui les unissait, mais quand il fallait prendre une décision importante, c'était elle qui avait tendance à s'en charger, et Randolph suivait. Les choses lui convenaient très bien ainsi, du moins jusqu'à ce que Jack pointe du doigt les inconvénients d'une telle situation. Hier soir, elle avait eu besoin de quelqu'un sur qui s'appuyer, quelqu'un pour prendre les choses en main et décider de la marche à suivre. Or, Randolph était bel et bien absent.

Néanmoins, elle ne pouvait abandonner Randolph Sheldon. Elle cherchait depuis des années un homme avec qui elle pourrait avoir de vraies conversations, d'un haut niveau intellectuel. Il se trouvait que Randolph n'était pas rebuté par ses idées, bien qu'elles soient considérées comme radicales et peu féminines par le beau monde.

Evelyn réfléchit à toute allure, et en arriva rapidement à la conclusion qu'elle ne risquait rien à consentir à un malheureux baiser.

Randolph l'avait déjà embrassée, bien sûr, et leurs rencontres furtives étaient loin d'être déplaisantes. Mais la passion ne l'avait pas emportée, et elle n'avait pas perdu la tête, contrairement à ce que racontaient les débutantes de la bonne société dans les salons réservés aux dames à l'Almack.

— Très bien, monsieur Harding, déclara-t-elle. Un baiser, un seul, et vous accepterez de défendre M. Sheldon ?

Il acquiesça d'un signe de tête.

Evelyn prit une inspiration, renversa la tête en arrière et ferma les yeux.

— Je suis prête.

Quelques secondes s'écoulèrent, et elle l'entendit rire doucement. Elle entrouvrit les yeux.

Jack la dévisageait, la tête inclinée de côté. Très lentement, il posa un doigt sur ses lèvres.

— C'est ce que je pensais. Votre M. Sheldon vous a-t-il déjà embrassée ?

— Bien sûr.

— Mmm.

Du bout du pouce, il lui caressa la lèvre inférieure. Elle réprima un mouvement de recul, non parce que le contact était déplaisant mais plutôt parce qu'il lui arrachait des frissons.

— Nous avons eu l'occasion de nous retrouver en tête à tête, souffla-t-elle.

— Je vois. Vous savez donc à quoi vous attendre.

— Oui.

Non. Randolph ne l'avait jamais regardée comme Jack le faisait en cet instant. Un peu comme si sa bouche était une fraise mûre qui attendait d'être savourée...

Fascinée, elle le regarda se pencher sur elle. Ses lèvres effleurèrent les siennes, et elle se demanda comment sa bouche, qui semblait sculptée dans le marbre, pouvait être aussi douce.

Du bout de la langue, il traça le contour de ses lèvres puis, profitant de son émoi, il envahit sa bouche avant de l'attirer contre lui. Dès lors, son baiser changea. Ses lèvres se firent plus fermes, tandis que ses mains exploraient son dos.

Evelyn se sentit perdre pied. Rien ne l'avait préparée à un contact physique avec cet homme. Son torse fort et musclé, si différent de la poitrine mince de Randolph, était d'une virilité affolante. Elle frémit et son cœur s'emballa.

Les baisers de Randolph étaient un peu trop empressés et mouillés, et elle l'avait comparé intérieurement à un chiot exubérant et haletant. Sa respiration bruyante, ses grognements bizarres n'avaient pas suscité chez elle d'élan sensuel.

En revanche, les baisers lents, enjôleurs de Jack la firent trembler au point que ses genoux se dérobèrent sous elle. Ses caresses expertes étaient aussi enivrantes qu'un vin fin. Quand il couvrit sa bouche de la sienne avec autorité, sa propre réaction la stupéfia. Tout au fond d'elle-même, elle savait que ce baiser était une erreur – les sensations qu'il faisait naître en elle étaient si traîtresses – et elle aurait dû y mettre fin sans attendre.

Ce fut Jack qui s'écarta le premier. Il contempla son visage levé vers lui en fronçant les sourcils.

— L'étudiante en droit a donc un tempérament de feu. Qui l'aurait cru ?

C'était bien la dernière chose qu'elle s'attendait à entendre. Et la plus blessante. L'humiliation se transforma vite en agacement.

Le repoussant, elle alla se camper au milieu de la pièce.

— Vous vous trompez, je n'ai rien ressenti. Je respectais simplement ma part du contrat. Comptez-vous respecter la vôtre ?

— Rien ? fit-il en pivotant pour lui faire face. Je n'emploierais pas le mot « rien » à propos de ce baiser. Réagissez-vous de même lorsque M. Sheldon vous embrasse ?

— Vous vous trompez, s'entêta-t-elle. Et ce que je ressens avec Randolph ne vous concerne pas.

Redoutant soudain que Jack ne se dérobe, elle demanda :

— Acceptez-vous de plaider sa cause ?

Seigneur, que cette pointe de désespoir dans sa voix lui semblait détestable !

— Ne craignez rien, Evie, j'assurerai sa défense, malgré la surcharge de travail que cela représente. Mon instinct me dit que quelque chose cloche dans cette histoire.

Une vague de soulagement submergea la jeune femme.

— Je tiens à vous remercier de la part de M. Sheldon.

Les traits de Jack se durcirent.

— Ne vous méprenez pas, Evie. Si j'accepte, ce n'est pas pour M. Sheldon, mais parce que je dois ma carrière à votre père. Et que je paye toujours mes dettes.

Un grand froid envahit Evelyn, et elle ne comprenait pas pourquoi. Elle aurait dû être heureuse, folle de joie même, qu'il accepte de défendre Randolph. Au lieu de cela, elle se sentait perdue.

Ce devait être la nervosité. Sa vie était sens dessus dessous, depuis que Randolph était arrivé chez elle en titubant et en tenant des propos incohérents où il était question de meurtre et de Bess Whitfield.

— Pour en revenir à ce baiser... Je ne crois pas qu'il serait raisonnable de recommencer, déclara-t-elle.

Jack releva vivement la tête.

— Ne vous inquiétez pas, je suis tout à fait d'accord. Je ne mélange jamais les affaires et le plaisir. Cela ne peut avoir que des conséquences désastreuses dans un tribunal, et je prends les dossiers dont j'ai la charge très à cœur.

Evelyn dut faire un effort pour soutenir son regard.

— Je comprends, dit-elle d'une voix chevrotante.

— Une dernière chose. Prévenez-moi quand vous verrez M. Sheldon.

— Mais je vous ai dit que je ne savais pas où il se trouvait.

— Peu importe. Il n'a pas le choix, il sera obligé de vous joindre. Je veux que vous m'en informiez sur-le-champ.

C'était un ordre, pas une requête. Evelyn hocha la tête, un peu abasourdie.

— Je vous laisse, marmonna-t-elle.

Elle sortit avec l'impression étrange d'avoir perdu quelque chose dans cette affaire, bien qu'elle ait atteint son but initial.

6

— Harding, qu'est-ce que tu nous caches ?

La porte du bureau s'ouvrit à la volée, et Jack leva les yeux du dossier qu'il étudiait. James Devlin et Brent Stone, deux des avocats qui partageaient son cabinet, entrèrent d'un pas alerte.

Jack s'adressa à Devlin, le plus exubérant des deux.

— Je ne vois pas de quoi vous parlez, assura-t-il. Il est impossible de vous cacher quoi que ce soit. Du reste, je n'essaierais même pas, ajouta-t-il, pince-sans-rire.

— Alors, qu'as-tu à dire au sujet de la jolie femme que nous venons de croiser dans le couloir ? La jolie femme *sans chaperon* !

Jack posa sa plume et s'adossa à son fauteuil.

— Elle est venue me consulter au sujet d'une affaire, rien de plus.

Devlin et Brent échangèrent un regard dubitatif.

— Une affaire ? répéta Brent. Depuis quand as-tu des clientes qui ont une allure pareille ? C'est plutôt le genre de Devlin.

Ce dernier lui donna une bourrade.

— Insinuerais-tu que je ne respecte pas l'éthique lorsque les clients sont des clientes ?

— Je n'insinue rien, Devlin, j'énonce un fait, simplement.

— Il y a si longtemps que tu n'as pas songé à faire entrer une femme dans ta vie que tes vues sur le sujet sont déformées.

Jack réprima une envie de rire en voyant ses deux amis se chamailler. Mais il avait aussi envie qu'ils s'en aillent. Il ne voulait pas leur parler d'Evelyn ni de ce qui venait de se passer entre eux.

— Assez, vous deux ! J'ai du travail. Bâtir la défense d'un client accusé de meurtre prend un temps considérable.

Devlin et Brent se tournèrent vers lui, et demandèrent d'une seule voix :

— C'est une meurtrière ?

— Pas elle, non. L'homme qu'elle doit épouser.

Ils le fixaient tous deux avec stupeur.

— Elle va épouser un meurtrier ? s'écria Brent.

— Elle le croit innocent. C'est pourquoi elle m'a sollicité.

Brent s'avança vers le bureau.

— J'en reviens donc au point de départ. Tu ne travailles jamais pour de jolies femmes sous prétexte qu'elles sèment le trouble dans une salle de tribunal. Tu te souviens ? Alors pourquoi as-tu accepté cette fois ?

Jack soupira, s'interrogeant quant à ce qu'il pouvait révéler.

— C'est la fille d'Emmanuel Darlington.

— Tu plaisantes ? fit Devlin, ébahi.

— C'est la deuxième fois aujourd'hui qu'on me pose cette question.

— Tu fais une exception à la règle, car tu te sens redevable envers ton ancien professeur et mentor ?

— Je crois que c'est cela, oui, admit Jack.

— Tu as déjà couché avec elle ? s'enquit Devlin.

Pour une raison obscure, Jack eut brusquement envie d'envoyer son poing dans la figure de son confrère et ami.

— Tout le monde n'est pas comme toi, Devlin.

— Je suppose que cela veut dire non, conclut celui-ci en souriant. Mais je crains qu'elle ne mette ta volonté à rude épreuve.

— Ne l'écoute pas, Jack, intervint Brent. Si tu te concentres sur l'affaire, tu n'auras pas le temps de penser à elle de cette manière.

Une étincelle d'agacement s'alluma dans les yeux de Devlin.

— Contrairement à toi, Brent, nous ne sommes pas tous des célibataires endurcis.

Jack observa les deux compères. Il n'avait nul besoin d'être une femme pour se rendre compte que Brent Stone était un fort bel homme. Avec ses cheveux bruns et ses yeux bleus, il attirait depuis toujours les regards des femmes. Mais sous son allure guindée d'avocat respectable, il cachait un sombre passé. Expert en propriété industrielle auprès de la Couronne, il passait de longues heures à Lincoln's Inn afin d'obtenir des lettres patentes pour des inventeurs fortunés et souvent excentriques. Pour des raisons inconnues, Brent Stone évitait le beau sexe. Jack ne l'avait vu qu'une seule fois en compagnie d'une femme. Devinant que Brent voulait garder sa liaison secrète, il n'y avait jamais fait allusion devant Devlin ou Anthony Stevens, leurs confrères.

James Devlin était à l'opposé de Brent. Fils illégitime d'un duc qui avait généreusement pourvu à son avenir, il était cependant complètement ignoré par la famille de son père. Endurci par les circonstances de sa naissance, il avait tout fait pour réussir. Maintenant qu'il était un avocat renommé, Devlin utilisait sa richesse et sa liberté pour laisser libre cours à ses caprices – surtout lorsqu'il s'agissait de courtisanes londoniennes – tout en prenant soin d'éviter les jeunes filles à marier de la bonne société. Cet état d'esprit lui avait causé quelques ennuis par le passé, mais il était sorti vainqueur de plusieurs duels avec des maris mécontents. Ténébreux, téméraire, dangereux, il était adoré des femmes, et il le leur rendait bien.

James Devlin et Brent Stone étaient donc aussi différents que possible, mais ils n'en étaient pas moins bons amis.

Devlin se gratta le menton.

— Attends que j'en touche un mot à Anthony. Il ne voudra jamais le croire.

— En fait, j'avais justement l'intention de lui parler de ce dossier, avoua Jack.

— Anthony est spécialisé dans les affaires matrimoniales, répliqua Devlin, intrigué. Quel rapport avec une affaire de meurtre ?

— Il collabore avec les meilleurs détectives de Londres. Si un homme a un secret, ses indicateurs peuvent le découvrir.

— Même si ce secret est une femme ? s'enquit Devlin.

— Surtout si c'est une femme.

Devlin haussa les épaules et tourna les talons.

— Anthony parviendra peut-être à te dissuader d'aller plus loin.

— Je dois ma carrière à son père.

— Si je peux te donner un conseil, prends une maîtresse. Et le plus tôt sera le mieux, lança Devlin par-dessus son épaule avant de sortir.

Brent balaya ces paroles d'un geste de la main.

— Inutile d'aller jusque-là, Jack. De longues heures de travail suffiront à t'empêcher de penser à elle. Concentre-toi sur ton dossier.

Jack aurait aimé rassurer son ami, mais il tint sa langue. Dès que la porte se fut refermée, il laissa échapper un long soupir. Repoussant ses documents de côté, il contempla la surface lisse de son bureau. L'image d'Evelyn jaillit dans son esprit.

Il l'avait embrassée par curiosité, songeant sottement qu'elle demeurerait de marbre – aussi inerte qu'un vieux livre oublié trop longtemps sur une étagère – et qu'il pourrait ensuite la déloger de ses pensées et se concentrer sur le cas de Randolph Sheldon. Mais à son grand étonnement, il avait découvert qu'Evelyn était loin d'être froide. En fait, elle s'était montrée diablement passionnée, et leur baiser avait été on ne peut plus brûlant.

Donc, le plan destiné à satisfaire sa curiosité et tempérer son désir avait échoué. Il avait mis un terme à leur étreinte, conscient que s'il continuait il perdrait toute résistance, toute logique, et tout talent de plaideur. En proie à un accès de panique, il avait résisté à grand-peine à l'envie de la faire sortir sur-le-champ du bureau et de sa vie.

Puis il s'était ressaisi, s'était rappelé sa dette envers Darlington.

Jack avait été un garçon indiscipliné, jusqu'au jour où il était entré comme stagiaire dans le cabinet d'Emmanuel Darlington, à Lincoln's Inn. Ce dernier lui avait donné l'envie d'apprendre et l'avait mis au travail. Mais c'était son premier procès qui avait fait naître en Jack la flamme de l'ambition. Une victoire au tribunal agissait comme une drogue et vous poussait à en obtenir une deuxième. Convaincre douze jurés par ses seuls mots que la vérité était de son côté – et peu importaient les faits – procurait à Jack un sentiment d'invincibilité.

Cependant le succès avait un prix. Jack passait de longues heures à son bureau, ne quittait jamais le cabinet sans un lourd paquet de documents qu'il continuait d'étudier chez lui, souvent jusqu'à plus de minuit. Un procès lui manquerait toujours plus qu'une épouse.

Il connaissait des avocats qui avaient tenté de concilier vie professionnelle et vie de famille. Nombreux étaient ceux qui, ayant échoué, cherchaient refuge dans l'alcool. Leurs épouses étaient amères, l'éducation de leurs enfants négligée.

Non. Jack Harding s'était promis de ne jamais tomber dans le piège du mariage.

Son travail était au centre de sa vie. Il aimait certes les femmes, mais ne voulait pas des complications qu'entraînait une relation, ni des crises qui accompagnaient les ruptures, car cela nuisait à sa capacité de concentration.

Cependant, il pouvait travailler avec Evelyn Darlington. Cela impliquait qu'il garde une distance physique avec elle, mais le fait qu'elle-même soit décidée à maintenir une relation strictement professionnelle devrait l'aider.

Jack suivrait les conseils de Brent et de Devlin. Il ne devrait pas être difficile de s'immerger dans le travail, comme le lui avait suggéré Brent. Son agenda était déjà plein avant même qu'il accepte le dossier de Randolph Sheldon.

Quant à prendre une maîtresse, selon les recommandations de Devlin, il fallait reconnaître que l'idée était assez séduisante.

Son ancienne maîtresse, Molly Adler, l'accueillerait sûrement à bras ouverts s'il lui rendait visite. Après tout, il n'avait jamais mis officiellement un terme à leur relation ; il avait simplement cessé d'aller la voir. Elle lui avait envoyé des lettres d'amour, bien sûr, mais son intérêt à son endroit s'était évanoui. La courtisane expérimentée qu'elle était avait dû prendre un autre amant, devinait-il. Mais il était certain qu'elle lui ouvrirait son lit s'il décidait d'aller frapper à sa porte.

C'était là une bonne idée. Rien de tel pour oublier une femme que de coucher avec une autre. Evelyn Darlington n'avait rien de plus que Molly, et ce n'était pas pour elle qu'il ferait exception à la règle qu'il s'était lui-même imposée. Sa carrière passait avant tout.

7

Une semaine après sa visite au cabinet de Jack, Evelyn n'avait toujours pas de nouvelles de Randolph. Dans l'espoir de se changer les idées, elle décida d'aller faire quelques achats qu'elle remettait depuis longtemps. Accompagnée de Janet, sa femme de chambre, elle se rendit dans Bond Street où se trouvaient plusieurs établissements célèbres tels que la bibliothèque Hookham, l'imprimerie Ackermann, et le studio du portraitiste sir Thomas Lawrence.

Elles parvinrent au niveau de la salle de boxe de Gentleman Jackson, et Janet tendit le cou afin de jeter un coup d'œil à l'intérieur.

Evelyn ne pouvait lui en vouloir. La boxe était un sport à la mode, et elle ne put s'empêcher de se demander si Jack Harding le pratiquait. Et tandis qu'elle se l'imaginait torse nu, luisant de sueur, sur un ring, la température de son corps grimpa de plusieurs degrés.

Se mordant la lèvre, elle se tourna vers sa femme de chambre.

— Janet, pendant que je suis chez la modiste, j'aimerais que vous alliez acheter l'infusion de lord Lyndale à l'herboristerie.

La domestique s'arracha à la contemplation des pugilistes qu'on apercevait par la fenêtre.

— Comment je saurai laquelle il lui faut, milady ?

— Le patron sait ce que je prends habituellement.

Son père semblait fatigué ces derniers temps, et Evelyn craignait que son emploi du temps trépidant ne nuise à sa santé. Son titre de comte le dispensait de travailler comme avocat ou professeur, mais il refusait de renoncer à sa passion pour le droit et de mener une vie oisive.

— Bien, mademoiselle.

Janet inclina la tête et s'éloigna d'un pas rapide.

Les clochettes tintinnabulèrent quand Evelyn poussa la porte de la boutique de la modiste. De l'extérieur, le magasin paraissait petit, et de fait la salle était étroite, mais elle était en revanche très profonde.

Evelyn passa entre les comptoirs sur lesquels étaient exposés toutes sortes de couvre-chefs, depuis les bibis garnis de plumes d'autruche, jusqu'aux chapeaux de paille surmontés de rubans de soie et de fleurs artificielles, en passant par les turbans ornés de bijoux. Des dames richement vêtues essayaient des chapeaux en contemplant leur reflet dans des psychés.

Evelyn, qui contrairement à ses amies de la haute société ne s'était jamais vraiment intéressée à la mode, avait commencé à s'habiller avec plus de raffinement quand son père avait hérité de son titre. Étant désormais fille de comte, elle devait faire honneur à son rang.

Un chapeau à large bord attira son attention. Bleu pervenche, il était garni d'un ruban de soie. Une ombrelle en soie assortie était posée à côté. L'ensemble était exquis. C'était exactement ce qu'il lui fallait pour protéger son teint clair du soleil lorsqu'elle se promènerait dans Hyde Park.

Evelyn s'empara du chapeau et en caressa le tissu soyeux. Une fois de plus, le visage de Jack Harding surgit dans son esprit, et elle se demanda comment il réagirait s'il la voyait parée de ces atours. Ses joues s'enflammèrent au souvenir de leur baiser. Elle se rappela ses lèvres à la fois douces et fermes, le goût enivrant de sa bouche. Il représentait tout ce qui l'avait fait rêver quand elle était petite fille... et infiniment plus.

Elle avait eu terriblement envie de se hisser sur la pointe des pieds pour presser son corps contre le sien, d'enfouir les doigts dans ses cheveux, puis de laisser ses mains glisser sur ses larges épaules. Privée de volonté, elle n'avait pas su lui résister. Au lieu de s'indigner, comme l'aurait fait une vraie dame, elle s'était juste demandé si elle soutenait la comparaison avec ses autres conquêtes, qui devaient être nombreuses...

Elle soupira et porta spontanément les doigts à ses lèvres, revivant en pensée ce délicieux baiser.

Une dame âgée, aux boucles grises, passa près d'elle, laissant dans son sillage un parfum entêtant. Comme Evelyn la regardait, la femme fronça les sourcils, comme si elle avait lu dans son esprit les pensées fort peu convenables qui y défilaient. La jeune femme détourna vivement les yeux.

Où avait-elle la tête ?

Ce n'était qu'un baiser. Une erreur qui ne se reproduirait pas. L'attirance physique ne constituait pas une base solide pour l'avenir. Tandis que le lien intellectuel et respectable qui l'unissait à Randolph Sheldon était précieux et irremplaçable. Ce n'était certes pas un baiser, ou un amour d'enfant, qui allait la détourner de ses projets.

Elle s'apprêtait à reposer le chapeau bleu quand une voix masculine s'éleva derrière elle.

— Evelyn.

Elle tressaillit et fit volte-face.

— Simon ! Que faites-vous ici ?

Le jeune homme lui tendit la main en souriant.

— Je vous cherchais.

La jeune femme considéra Simon Guthrie avec étonnement. Simon était le meilleur ami de Randolph Sheldon, et Evelyn avait toujours éprouvé une grande sympathie pour lui. Simon était également étudiant à Oxford, et assistant chez un autre professeur de droit que son père. Brun, de taille moyenne, il avait un visage étroit et paraissait plus vieux que son âge. Son regard sombre était sincère, et son sourire, rassurant.

Il attira Evelyn derrière un haut meuble d'acajou et, se penchant vers elle, il murmura :

— C'est Randolph qui m'envoie.

— Où est-il ? Il va bien ? balbutia-t-elle, revenant non sans mal de sa surprise.

— Très bien, mais il a besoin de votre aide.

— Il faut que je sache où il se trouve.

— Il loge dans une petite maison à Shoreditch.

— Shoreditch !

Les pensées tourbillonnèrent dans l'esprit d'Evelyn telles les feuilles mortes dans le vent d'automne. Situé aux abords de Londres, dans le comté de Middlesex, Shoreditch était connu pour abriter de nombreux théâtres et des music-halls de mauvaise réputation. Le lieu était apprécié des acteurs et des spectateurs, car il échappait à l'influence des moralistes conservateurs de Londres.

— Pourquoi est-il allé là-bas ?

— Bess Whitfield y avait une maison, où elle vivait quand elle ne se produisait pas à Londres. Randolph étant son cousin, elle lui avait donné ses clés il y a des années.

Evelyn éprouva un choc en entendant le nom de l'actrice assassinée.

— Bess Whitfield ! Randolph est-il devenu fou ?

— Il n'avait aucun autre endroit où se cacher.

— Pour commencer, il n'aurait jamais dû s'enfuir, répliqua-t-elle avec brusquerie.

Misère ! Elle ne voulait pas critiquer Randolph, mais les mots lui avaient échappé.

— Il paraît que les policiers de Bow Street le recherchent pour le meurtre de Bess, rétorqua Simon.

— S'il était resté pour répondre aux questions des agents, nous n'en serions peut-être pas là.

— Vous croyez vraiment cela, Evelyn ? demanda Simon en l'étudiant avec attention.

Evelyn soupira. Elle ne savait plus que croire. À vrai dire, si Randolph ne s'était pas enfui, il était probable qu'il aurait été arrêté. Après tout, c'était lui qui avait découvert le corps de Bess Whitfield. Sa présence en soi aurait été considérée comme suspecte.

— Il faut que je lui parle. J'ai engagé un avocat pour le défendre.

— Un avocat ? Lequel ?

— Jack Harding. Vous le connaissez ?

— Et comment ! J'ai lu des comptes rendus de ses plaidoiries dans les journaux.

— M. Harding pensait que Randolph essaierait d'entrer en contact avec moi, mais j'espérais qu'il viendrait lui-même.

— Vous auriez dû vous douter qu'il ne pourrait pas. C'était trop risqué.

— M. Harding veut lui parler.

— Je peux arranger une rencontre, mais Randolph devra ensuite retourner se cacher. Pouvons-nous faire confiance à ce M. Harding ?

— Nous n'avons pas le choix.

Simon afficha une mine sombre.

— Je vais en parler à Randolph, et je vous enverrai un message avec le lieu du rendez-vous.

Simon désigna d'un signe de tête le chapeau qu'elle tenait toujours dans sa main, puis lui pressa doucement l'épaule.

— Achetez celui-ci, Evelyn. Il fera ressortir le bleu de vos yeux.

8

— Randolph veut que je le rencontre là-bas ? s'exclama Jack en parcourant la lettre qu'il avait à la main.

— C'est parfaitement sensé, répliqua Evelyn.

— Sensé ? Diantre !

Il était si irrité qu'il se moquait que ses mots ne soient guère convenables en présence d'une dame.

Evelyn traversa le bureau, prit place dans le fauteuil face à sa table de travail et arrangea tranquillement les plis de sa jupe, avant de déclarer avec calme :

— Vous comprendrez que Randolph se doit d'observer la plus grande prudence.

— Je comprends qu'il cherche à éviter les policiers de Bow Street afin de ne pas avoir à répondre à leurs questions concernant le meurtre de Bess Whitfield. Ce que je ne comprends pas, c'est pourquoi il veut que nous nous retrouvions dans cette infâme taverne du Cock and Bull, au beau milieu du marché aux poissons de Billingsgate, un vendredi après-midi.

— C'est plus sûr pour lui. Il ne risque pas d'être reconnu.

Jack sentit la moutarde lui monter au nez.

— Et il ne se soucie ni de votre sécurité ni de votre réputation ?

— Je m'habillerai en fonction du lieu et des circonstances.

Posant les mains à plat sur son bureau, Jack la gratifia d'un regard noir.

— Vous croyez qu'il vous suffira de changer de robe pour que tout aille bien ? Vous ne vous êtes jamais regardée dans un miroir ?

Evelyn déglutit.

— Nous ferons le trajet ensemble, et il fera déjà nuit à l'heure où nous y serons.

— Non, Evie. Nous n'irons nulle part ensemble. Je verrai seul M. Sheldon.

La jeune femme le fixa d'un air alarmé.

— Il faut que je vous accompagne. Je dois voir Randolph. De plus, Simon a dit qu'il n'accepterait de vous rencontrer qu'en ma présence.

— Qui est ce Simon, au juste ?

— Simon Guthrie est étudiant à Oxford, c'est le meilleur ami de Randolph. C'est lui qui m'a envoyé le message dans lequel il nous donne rendez-vous au Cock and Bull.

Jack jeta un coup d'œil à la feuille posée sur son bureau. Au cours de sa carrière, il avait été amené à rencontrer nombre de ses clients dans des établissements des bas-fonds londoniens. Mais jamais encore il ne s'y était rendu accompagné d'une dame.

Le Cock and Bull était une affreuse taverne mal fréquentée, située au cœur du marché aux poissons de Billingsgate. On y côtoyait des marins, des dockers, des poissonnières, des prostituées, des brigands et des contrebandiers.

Ce n'était certes pas un endroit pour une dame.

Au besoin, Jack pouvait se fondre dans la clientèle. Si par hasard il était démasqué, la plupart des clients le considéreraient comme un héros, car il s'était fréquemment opposé aux avocats de l'accusation.

Mais emmener Evelyn dans un tel établissement... C'était impensable !

Il la dévisagea. Ses cheveux blonds étaient rassemblés en un chignon sévère qui ne faisait que mettre en valeur ses yeux en amande d'un bleu profond.

Sa colère envers Randolph Sheldon – l'homme qu'elle voulait épouser – atteignit un sommet.

— Je me rendrai seul au rendez-vous, s'entêta-t-il. Je vous promets de tout vous raconter à mon retour.

Evelyn se raidit.

— Non. J'irai aussi, avec ou sans vous.

— Je ne vous donne pas le choix, Evie.

Elle soutint son regard sans ciller.

— Vous devriez savoir que je n'obéis pas aux ordres, Jack. J'ai l'intention de voir Randolph, quels que soient les risques.

Cela ne l'étonnait pas. Evelyn était prête à se mettre en danger pour aider l'homme qu'elle aimait. Jack en éprouva un pincement au cœur qui lui était assez peu familier. Aucune des femmes qu'il avait connues jusqu'à présent n'aurait risqué sa sécurité pour lui.

Se pouvait-il qu'il fût jaloux ?

Ridicule. Habitué qu'il était à l'égoïsme de ses semblables, la loyauté d'Evelyn l'agaçait, voilà tout.

Elle dut deviner qu'il n'était pas loin de céder à ses exigences, car elle se pencha au-dessus du bureau et lui toucha la manche.

— Comprenez-moi, Jack. Je ne pense pas que ce soit très risqué alors que Simon, Randolph et vous serez présents.

Jack baissa les yeux sur sa main fine. Elle était capable d'y aller seule, il le savait. Et sans protection, ses chances de se sortir indemne de l'aventure étaient minces.

— Très bien, lâcha-t-il. Mais j'accepte uniquement parce que votre père serait malade si vous vous y rendiez seule et qu'il vous arrivait malheur.

Evelyn retira sa main, et un sourire mystérieux apparut sur ses lèvres.

— Tout ira bien, Jack. Vous verrez.

Le regard de Jack passa de ses yeux bleus à ses lèvres sensuelles, et son cœur se mit à battre follement. Pour la millième fois au moins, il se demanda dans quoi il était en train de s'embarquer.

Le plus difficile était de sortir de la maison sans qu'on la voie. Evelyn avait déclaré qu'elle ne se sentait pas bien, et qu'elle monterait se coucher sitôt après le repas. Elle avait congédié sa femme de chambre et arpentait à présent nerveusement sa chambre.

Les rideaux tirés masquaient les derniers rayons du soleil couchant, une bougie était allumée sur sa table de chevet. Tandis qu'elle allait et venait, son ombre se détachait sur les murs crème tel un fantôme.

D'une précision toute militaire, son père imposait à la maisonnée une routine quotidienne réglée à la minute près. Elle s'immobilisa en entendant le parquet grincer. Le pas pesant de lord Lyndale résonna dans le corridor, puis dans le grand escalier. Le comte se rendait dans la bibliothèque pour se plonger dans ses volumes de droit. Il se ferait servir son repas sur un plateau et travaillerait jusqu'à minuit. Une fois leur service terminé, les domestiques s'attarderaient un moment dans la cuisine, avant de se retirer pour la nuit. Seul le valet du comte attendrait, afin d'aider son maître à se coucher.

Evelyn continua de tourner en rond pendant encore cinq minutes, jetant un coup d'œil à la pendule toutes les trente secondes.

16 heures.

Finalement, certaine de pouvoir se faufiler dehors sans être remarquée, elle se rua vers sa garde-robe. Mais au lieu d'en ouvrir les portes, elle tira une robe qu'elle avait cachée derrière le meuble.

Elle secoua le tissu noir et examina la robe. L'espace d'une seconde, elle se sentit coupable. Puis elle pensa à Randolph, et oublia sa culpabilité.

Le vêtement appartenait à Janet. Evelyn l'avait dérobé dans la buanderie. Elle se félicita d'avoir acheté de nouvelles robes à sa femme de chambre le mois dernier, alors même qu'elle était loin de se douter qu'elle devrait lui en emprunter une un jour. Aucun de ses propres habits ne convenait à un rendez-vous au Cock and Bull. Or, elle avait promis à Jack de porter une tenue adaptée.

En vérité, elle ignorait quelle sorte de vêtements convenait pour ce genre d'établissement. Enfant, elle avait passé tout son temps dans l'étude de son père à Lincoln's Inn, ou dans une salle de classe avec sa préceptrice. Et quand son père avait hérité de son titre, elle s'était mise à fréquenter le beau monde.

Jamais elle ne s'était aventurée dans les quartiers populaires de Londres, et encore moins sur les marchés aux poissons.

— Cela n'a pas d'importance, déclara-t-elle à voix haute. L'avenir de Randolph dépend de toi.

Elle jeta la robe sur le lit et entreprit d'ôter la sienne. Toute frissonnante, elle enfila les bas de laine noire et la robe de sa domestique. Par chance, celle-ci se boutonnait devant. C'était du reste la raison pour laquelle elle l'avait choisie.

Sourcils froncés, elle examina son reflet dans la psyché. La jupe était trop courte, et le corsage trop serré. Evelyn savait que Janet était plus petite qu'elle, mais elle n'avait pas pensé qu'elle avait aussi une poitrine plus menue.

Elle consulta de nouveau la pendule. Tant pis, il lui faudrait se contenter de cette robe ; Jack l'attendait. Elle drapa sur ses épaules une cape de laine grossière pour dissimuler son corsage. Avec les grosses chaussures noires de Janet, on ne risquait pas de la prendre pour une dame de la bonne société.

Après avoir enfoncé un chapeau noir sur sa tête, elle ouvrit la porte et s'engagea à pas de loup dans le couloir.

9

Jack se tenait près d'un fiacre, au coin de la rue. Il enveloppa Evelyn d'un long regard, et afficha un petit sourire narquois en découvrant sa tenue.

— Pourquoi avez-vous mis si longtemps ?

— J'ai attendu que père ait rejoint la bibliothèque, comme tous les soirs.

— Quelqu'un vous a vue ?

— Non.

Il ouvrit la portière du fiacre et lui tendit la main pour l'aider à monter.

— J'ai jugé préférable de prendre une voiture de location. Dans le quartier où nous allons, mon phaéton aurait attiré l'attention.

Evelyn grimpa dans le véhicule et s'assit sur la banquette. Jack prit place en face d'elle. Dans l'habitacle exigu, ses jupes lui effleurèrent les genoux. Il l'observa tandis qu'elle s'agitait sur son siège, et rajustait les rubans de son chapeau sous son menton. Ses gestes brusques trahissaient sa tension et son anxiété.

Jack était secrètement ravi qu'elle soit aussi nerveuse, mais il avait aussi envie de la toucher et de la rassurer, de lui dire qu'il ne la quitterait pas de la soirée.

Décidément, Evelyn provoquait chez lui d'étranges réactions, songea-t-il, s'efforçant de se ressaisir.

— Tout cela ne me plaît pas, déclara-t-il. Si votre père savait où nous allons, il ne serait pas content du tout. Sait-il que les policiers de Bow Street sont à la recherche de M. Sheldon ?

Evelyn baissa les yeux pour lisser un pli imaginaire sur sa cape.

— Vous ne répondez pas ? J'imagine que cela équivaut à un non.

— Père ignore que des témoins ont vu Randolph s'enfuir de chez Bess Whitfield par la fenêtre. Il croit que les policiers veulent retrouver Randolph pour l'interroger. Mais il connaît les méthodes brutales de la police, et il désire que vous défendiez Randolph au cas où il serait arrêté.

— Dans ce cas, laissez-moi me rendre seul à Billingsgate, Evie. Ma défense de M. Sheldon ne sera nullement compromise si vous n'êtes pas présente à notre entretien de ce soir.

— Nous avons conclu un accord, Jack. Je vous accompagne.

Il leva les mains et laissa échapper un soupir.

— Très bien. Allons-y.

Se penchant par la fenêtre, il lança un ordre au cocher. Les rênes claquèrent, et la voiture s'ébranla en cahotant sur les pavés.

Jack reporta son attention sur la jeune femme. Le store était relevé, et les derniers rayons du soleil l'éclairaient. Elle était enveloppée dans une cape sombre, ses chaussures étaient visiblement empruntées à une domestique, et le bord de son chapeau dissimulait ses yeux. Ce n'était pas un mauvais choix, songea Jack. Il ignorait ce qu'elle portait sous sa cape, mais s'il avait son mot à dire, il ferait en sorte qu'elle ne l'enlève pas de la soirée.

Il se rendit soudain compte qu'elle aussi l'observait.

— Mes vêtements vous conviennent ? s'enquit-il.

— J'étais en train de me demander où votre valet avait bien pu dénicher cette horrible veste, avoua-t-elle en grimaçant.

Jack sourit. Il portait une veste de velours déchirée et grossièrement raccommodée au poignet, une chemise maculée de taches, comme s'il avait essuyé une assiette sale avec. Son pantalon de grosse laine noire était effrangé, et des bottes usées complétaient sa tenue. Il n'avait pas pris la peine de se raser ce matin, aussi son menton était-il ombré d'une barbe naissante.

— Martin, mon valet, connaît quelques vendeurs de hardes. Il a ajouté sa touche personnelle, bien entendu, précisa-t-il en désignant les taches et le raccommodage sommaire. Mais son talent m'est extrêmement utile quand je dois me rendre sur une scène de crime pour une enquête.

— Je ne peux que l'imaginer, répondit Evelyn en esquissant un sourire.

— Ne vous méprenez pas, Evie. Notre déguisement nous aidera, mais vous devez savoir que rien n'attire autant l'attention qu'une jolie femme.

Elle battit des paupières et Jack devina qu'elle n'était pas consciente de sa beauté. N'avait-elle jamais été complimentée par un homme ?

Quel gâchis ! Son père ne lui rendait pas service en l'autorisant à se cloîtrer dans son cabinet.

Le balancement de la voiture cessa, ils ralentirent et avancèrent au pas. L'odeur âcre du poisson envahit l'habitacle, signe qu'ils approchaient de leur destination.

Sur une impulsion, Jack se pencha et coinça une des mèches blondes d'Evie derrière son oreille. À peine l'eut-il touchée qu'il eut envie de davantage. Ses doigts s'attardèrent sur sa joue. Il aurait voulu lui enlever son chapeau, enfoncer les doigts dans la masse soyeuse de sa…

Il jeta un coup d'œil à son visage. Elle se tenait tout raide et le considérait avec surprise.

Agacé de s'être laissé aller ainsi, il écarta vivement la main.

— Restez toujours près de moi, Evie. Et n'enlevez pas votre chapeau. Il ne faudrait pas que vos cheveux attirent l'attention. Si un homme s'approche, vous direz que vous êtes ma femme. C'est compris ? ajouta-t-il d'une voix dure.

— Mais ce ne sera sûrement pas nécessaire ?

Il se pencha en avant, la transperçant du regard.

— Ce sera nécessaire pour votre propre sécurité, tant que nous n'aurons pas trouvé Randolph Sheldon.

Elle voulut protester, mais Jack l'interrompit.

— Vous avez confiance en moi ?

Décontenancée, elle se mordit la lèvre, puis le regarda droit dans les yeux.

— Oui, Jack, j'ai confiance en vous.

— Tant mieux, parce que nous sommes arrivés.

Il ouvrit la portière, sauta à terre, et tendit la main à Evelyn. Elle accepta son aide, et ouvrit de grands yeux en découvrant la foule qui les entourait.

— Il est encore temps de rebrousser chemin, Evie.

Elle refusa d'un signe de tête, et Jack lança une pièce au cocher.

— Vous aurez le double à mon retour si vous restez dans les parages.

— D'accord, m'sieur, répondit le cocher en touchant le bord de son chapeau.

Jack agrippa la main de la jeune femme et l'entraîna dans son sillage.

Evelyn n'en croyait pas ses yeux. Une activité bourdonnante régnait dans le marché. L'odeur de poisson était aussi lourde et pénétrante que l'humidité. Des commerçants au tablier taché de sang agitaient des poissons au-dessus de leur tête et hurlaient le prix de leur marchandise. Les mouettes qui tournoyaient en poussant des cris perçants fondaient parfois vers le sol pour attraper des détritus entre les étals.

— Comment allons-nous trouver la taverne ? cria-t-elle pour se faire entendre dans cette cacophonie.

— Je sais où elle est située.

Un marin costaud la bouscula en passant, et la fit trébucher. Jack lui prit le coude pour l'aider à recouvrer son équilibre.

— Nous risquons de nous perdre dans cette foule.

— Cela n'arrivera pas, répondit-il en resserrant l'étreinte de ses doigts. La taverne se trouve au bout de cette rue.

— Je ne pensais pas qu'il y aurait autant de monde. Il est presque 5 heures de l'après-midi.

— C'est encore pire à 5 heures du matin.

Ils passèrent devant un étal où un client marchandait avec la poissonnière, qui avait une douzaine de turbots accrochés à sa ceinture. Les queues brunes et les ventres blancs des poissons tressautaient tandis que la femme gesticulait en criant. Non loin de là, un charlatan monté sur une table vantait les mérites d'un baume capable de guérir en un temps record aussi bien les hémorroïdes que les coupures. Une foule se pressait autour du bonimenteur, et le bruit était pire que partout ailleurs.

Abasourdie, mais rassurée par la présence de Jack, Evelyn jetait autour d'elle des regards effarés. Le marché lui évoquait une bête monstrueuse, capable d'avaler en un instant un malheureux passant sans méfiance.

— Je comprends pourquoi vous ne vouliez pas que je vienne, avoua-t-elle tout à trac.

Jack s'arrêta brusquement et son regard vert fouilla le sien.

— Est-ce un aveu de faiblesse, Evie ?

— Non, Jack. Je reconnais simplement que je suis heureuse de vous avoir à mes côtés.

Une lueur étrange s'alluma furtivement dans les yeux de Jack.

— J'aurais préféré rencontrer M. Sheldon ailleurs, mais puisque nous sommes là, dit-il. La taverne est à deux pas. Allons-y.

C'était la fin de la journée, et les poissonniers jetaient des seaux d'eau devant les étals. Certains ramassaient les entrailles de poissons et les détritus, d'autres se contentaient de laisser les mouettes et les chiens errants faire le travail à leur place. La rue pavée était glissante, et Evelyn remonta sa jupe pourtant courte, de crainte de la salir.

Les eaux sombres et boueuses de la Tamise apparurent, l'odeur d'algues et de poisson se fit encore plus entêtante. Les barques des ramasseurs d'huîtres et de crevettes étaient alignées le long du quai. Des porteurs allaient et venaient, obéissant aux ordres d'un grand gaillard au visage buriné dont les paroles étaient émaillées d'insultes et de blasphèmes.

Evelyn repéra l'enseigne du Cock and Bull avant même qu'ils aient tourné le coin de la rue.

— Ne me quittez pas d'une semelle, Evie, recommanda Jack. Un vendredi soir, tous les marins de Billingsgate seront là.

Ils arrivèrent devant la porte, et elle entendit le brouhaha de voix provenant de l'intérieur. Alors que Jack tendait la main vers la poignée, la porte s'ouvrit brusquement et un marin sortit en titubant. Le visage cramoisi, les yeux vitreux, il leur lança à peine un regard avant de se précipiter dans la rue, où il rendit son dernier repas.

Jack poussa vivement Evelyn dans la taverne. Un nuage de fumée les enveloppa, et ses yeux se mirent à lui piquer. Il lui fallut quelques secondes avant de pouvoir distinguer ce qui les entourait.

Comme l'avait prédit Jack, la taverne était bondée. La salle était vaste, avec un long comptoir au fond, et des tables et des chaises un peu partout. Des hommes étaient assis, certains avec des pintes de bière ou des verres de gin, d'autres avec des cartes. La clientèle se composait de marins, de dockers, de poissonniers et de porteurs.

Des bougies brûlaient dans des appliques accrochées aux murs, et des boules de charbon rougeoyaient dans un brasero. Il y avait aussi quelques servantes qui couraient en tous sens, et des femmes très décolletées, qui se penchaient vers les joueurs de cartes en prenant des poses aguicheuses.

La porte se referma derrière Evelyn. L'homme derrière le bar, qui était en train de verser du gin dans des tasses, leva les yeux et suspendit son geste. D'autres têtes se tournèrent, et les clients dévisagèrent les nouveaux venus avec un intérêt non dissimulé.

Le cœur d'Evelyn battait à tout rompre. Elle se sentait soudain moins sûre d'elle. Elle avait essayé d'anticiper cette soirée, mais rien de ce qu'elle avait lu dans les journaux, ou dans les livres décrivant la vie des classes sociales les plus basses, ne l'avait préparée à cette expérience. Elle était étourdie par la fumée et par les odeurs des corps transpirants et mal lavés. Le vacarme lui résonnait aux oreilles, et elle avait l'impression que ses jambes étaient de plomb. Elle eut à peine conscience de reculer vers la porte, mais les doigts de Jack lui enserrèrent le poignet. Il la ramena fermement vers lui, et lui chuchota :

— Ne faites pas cela, Evie, il est trop tard pour reculer. Je suis là.

Il se pressa contre elle pour la rassurer, et elle hocha vaguement la tête. Jack joua des coudes pour se frayer un chemin vers une table libre, au fond de la salle. Des dockers aux larges épaules les observèrent, et Evelyn se demanda avec angoisse s'ils allaient provoquer une bagarre. Mais Jack arborait un air de parfaite assurance, comme s'il avait l'habitude de ce genre de lieu, et les hommes demeurèrent assis à leur table. Celui qui était derrière le bar se remit à remplir ses tasses.

Ils avaient presque atteint la table quand une main se tendit vers Evelyn. Jack attira la jeune femme à lui et fusilla du regard un jeune marin aux dents cassées qui avait visiblement plusieurs verres dans le nez.

— Tu veux pas partager ? articula l'homme d'une voix pâteuse.

— Elle est à moi pour la nuit, rétorqua Jack, la mine féroce. Je l'ai payée. Trouve-toi quelqu'un d'autre.

Avec un haussement d'épaules, l'ivrogne retourna à son gin.

Evelyn ne pouvait s'empêcher d'être choquée. Quand Jack lui avait fait promettre de dire qu'elle était sa femme, elle avait compris son épouse. Mais il lui suffisait de regarder autour d'elle pour deviner qu'aucun homme honnête n'emmènerait son épouse dans un pareil endroit.

Ils s'assirent, et une servante aux formes généreuses s'approcha. Elle contempla d'un air intéressé le profil bien dessiné de Jack et ses larges épaules. La barbe qui ombrait son menton ne faisait qu'ajouter à son charme viril.

Jack ne fit rien pour la décourager. Il lui adressa même un clin d'œil insolent, et lui sourit quand elle s'éloigna.

Evelyn éprouva une pointe d'agacement. Il semblait capable de charmer toutes les femmes, qu'elles soient serveuses, bibliothécaires, employées du tribunal ou même aristocrates.

La serveuse revint avec deux chopes de bière. Elle se pencha plus qu'il n'était nécessaire pour en poser une devant Jack, lui offrant une vue plongeante sur sa poitrine avant de repartir.

À cet instant, la porte s'ouvrit, et deux hommes entrèrent, apportant avec eux une bourrasque de vent froid.

— Ce sont Randolph et Simon, dit Evelyn en faisant mine de lever la main.

Jack l'arrêta.

— N'attirez pas l'attention sur nous. Laissez-les venir.

10

Jack étudia les deux hommes. L'un était brun et de taille moyenne, l'autre légèrement plus grand, avec des cheveux blond pâle et des lunettes rondes. Le brun devait être Simon Guthrie, et le blond Randolph Sheldon. Simon repéra aussitôt Evelyn, et fit un signe de tête à son compagnon. Les deux compères traversèrent la salle et s'assirent à leur table.

— Randolph ! s'écria Evelyn. J'étais si inquiète.

Randolph Sheldon se pencha au-dessus de la table et lui prit les mains.

— Evelyn, ma chérie, pardonnez-moi, je vous en prie.

Ses yeux semblaient humides derrière les verres de ses lunettes, et ses cheveux blonds étaient hérissés comme s'il n'avait cessé d'y passer la main. Il portait un manteau froissé sur une chemise chiffonnée, et avait le teint brouillé.

Il porta les doigts d'Evelyn à ses lèvres et les embrassa. Jack serra les dents, agacé, et une pensée lui traversa soudain l'esprit, surgie de nulle part : « Il ne la mérite pas. »

— Randolph, allez-vous bien ? s'inquiéta Evelyn.

— Aussi bien que possible étant donné les circonstances. Je n'ai jamais voulu vous imposer cela, Evelyn.

— Ne dites pas de bêtises, le réprimanda-t-elle, le regard empreint de douceur et de bienveillance. Vous n'êtes pas responsable de ce qui vous arrive. Le seul coupable, c'est le meurtrier.

À la mention du crime, Randolph apparut encore plus accablé. Il lança à Jack un regard nerveux.

— Je vous présente M. Harding, reprit Evelyn. Il a accepté de se charger de votre défense.

— Simon m'en a parlé. Mais je ne sais pas s'il est vraiment nécessaire de…

— M. Harding est un avocat extrêmement réputé, Randolph. Nous avons beaucoup de chance.

Randolph n'avait pas l'air convaincu, et Jack prit la parole.

— Monsieur Sheldon, si les hommes de Bow Street sont sur vos traces, ils vous trouveront. Ce n'est qu'une question de temps. Ne vous faites pas d'illusions. Bess Whitfield était une actrice populaire, et le juge subit des pressions considérables. Les gens veulent un coupable. Il doit effectuer une arrestation. D'après ce que je sais, les éléments réunis contre vous sont suffisants pour vous inculper, que vous soyez innocent ou pas.

Randolph écarquilla les yeux. Il était jeune, l'air grave et érudit. Exactement le genre d'homme susceptible de plaire à Evelyn.

« Ce n'est qu'un gamin. Elle a besoin d'un homme », songea Jack avec amertume. Mais il savait que Sheldon n'était plus un gamin ; il avait vingt-deux ans. L'âge d'Evelyn.

— Leur opinion est donc faite. Ils pensent que j'ai tué Bess, dit Randolph d'une voix étranglée.

En l'entendant appeler l'actrice par son prénom, Evelyn plaqua la main sur sa poitrine.

— Vous ne m'aviez pas dit que vous la connaissiez si bien.

— C'était la fille de mon oncle, née de son premier mariage. Enfants nous étions proches, mais après la mort de sa mère mon oncle s'est remarié, et ils ont déménagé. Nous nous écrivions de loin en loin. C'est seulement quand elle est revenue à Londres pour monter sur scène que nous avons recommencé à nous voir. Mon oncle était mort, et j'étais sa seule famille. Elle... elle comptait sur moi.

— Pourquoi ne m'en avez-vous jamais parlé ?

Randolph tendit la main et la posa sur l'épaule d'Evelyn. Jack dut lutter contre l'envie de l'en chasser.

— Je voulais le faire, Evelyn. Bess m'a demandé de m'en abstenir. Elle craignait que cela ne gâche mes chances à l'université. Elle savait que j'assistais votre père et que j'envisageais d'être professeur plus tard. Elle pensait que sa réputation nuirait à ma carrière.

— Sa réputation ? répéta Evelyn en fronçant les sourcils.

Randolph s'empourpra. Simon vola à son secours.

— Bess était autant connue pour ses performances en ville que pour celles au théâtre de Drury Lane.

— Que voulez-vous dire ? demanda Evelyn, éberluée.

Les trois hommes la fixèrent.

Simon s'agita sur son siège, visiblement mal à l'aise, baissant les yeux puis les reportant sur elle.

— Bess Whitfield avait de nombreux amants. Certains étaient des hommes riches et influents, d'autres des musiciens ou des machinistes. Des rumeurs circulaient, prétendant que c'était grâce à ses amants qu'elle avait fait une carrière aussi fulgurante au théâtre. Il est rare qu'une fille de la campagne devienne du jour au lendemain une actrice célèbre dans l'un des théâtres les plus populaires de Londres.

Evelyn fouilla dans sa mémoire. Elle avait vu Bess sur scène deux ans auparavant, lors de la soirée d'inauguration du théâtre de Drury Lane, après sa reconstruction. On y jouait *Hamlet*, la tragédie de Shakespeare. Bess tenait le rôle de Gertrude, veuve du roi et mère du prince Hamlet, qui épousait Claudius, le frère et meurtrier de son mari. Bess était une belle femme, mais c'étaient son charisme et son allure qui avaient captivé le public. Evelyn n'oublierait jamais Gertrude buvant la coupe de poison que Claudius destinait à Hamlet. Elle était tombée en gémissant, les bras tendus vers son fils. Les applaudissements qu'elle avait reçus à la fin du spectacle rivalisaient avec ceux obtenus par Robert Elliston, l'acteur principal.

Evelyn n'ignorait pas que, dans le milieu du théâtre, la compétition pour obtenir les rôles principaux était féroce, mais elle n'avait jamais soupçonné que les performances à la ville de Bess Whitfield avaient aidé à lancer sa carrière.

Elle battit des paupières, puis concentra son attention sur Randolph.

— Vous étiez au courant ?

— Oui, mais ce n'était pas l'aspect de Bess que je connaissais. Nous étions cousins, Evelyn, c'étaient nos seuls liens.

Evelyn posa la main sur celle de Randolph, qui était demeurée sur son épaule.

— Je vous crois.

Elle le cajolait comme un bébé, nota Jack. Il se pouvait très bien que Randolph ait aussi des talents d'acteur, et qu'il soit coupable. Jack avait déjà vu ce genre de choses. Des hommes si doués pour le mensonge qu'ils auraient pu berner leur propre mère, et commettre des crimes affreux sous le toit qu'ils partageaient.

— Racontez-moi ce qui s'est passé la nuit du meurtre, demanda Jack.

Randolph ôta la main de l'épaule d'Evelyn.

— Je me trouvais à la bibliothèque universitaire ce soir-là, quand on m'a apporté un message de Bess dans lequel elle me demandait de me rendre chez elle, à Londres, pour une affaire urgente. Elle avait quelque chose à me donner, un objet important.

Se tordant les mains, Randolph poursuivit :

— Je suis parti sur-le-champ. Bess louait un appartement au deuxième étage d'un immeuble qui en comptait quatre. En arrivant, j'ai frappé à sa porte, mais je n'ai pas obtenu de réponse. C'est alors que j'ai remarqué que le battant était entrouvert. Je suis entré, je l'ai appelée depuis le vestibule. Sans résultat. La gouvernante n'était nulle part, et j'ai appris par la suite qu'elle était sortie pour la soirée. Alors que je regardais autour de moi, j'ai entendu un bruit sourd à l'étage supérieur. Craignant que Bess ne soit tombée, je suis monté. Je l'ai trouvé... étendue sur le sol de sa chambre. Elle avait reçu plusieurs coups de couteau et il y avait du sang partout. Sur le tapis, les meubles, les murs. Je me suis penché et je l'ai la prise dans mes bras en espérant qu'elle respirait encore. Le sang, qu'elle avait perdu en abondance, a trempé ma chemise. Et il n'y avait plus le moindre souffle de vie en elle.

Randolph déglutit et fourragea dans ses cheveux.

— C'est alors que j'ai entendu un homme crier. Quand j'ai compris qu'il s'agissait d'un agent, je me suis affolé. La fenêtre était ouverte, j'ai enjambé le rebord et je suis descendu en m'accrochant aux plantes grimpantes de la façade. Un voisin avait dû entendre Bess hurler, et appeler la police. Quand j'y repense, je suis sûr que le meurtrier était encore dans la maison lorsque je suis entré. C'est lui que j'ai entendu. Il a dû s'échapper par la fenêtre quelques secondes avant que je ne pénètre dans la chambre.

— Il n'est pas dans mes habitudes d'accepter des clients en fuite, déclara Jack sans détours. Si les policiers de Bow Street viennent me trouver, je ne pourrai leur mentir alors que je suis sous serment. Il faut vous livrer à la police pour être interrogé.

— Non ! protestèrent Randolph et Simon d'une seule voix.

— Vous avez dit vous-même que Bess Whitfield était une actrice populaire, et que Bow Street était sous pression et voulait à tout prix une arrestation, fit observer Randolph.

— Oui, mais le fait de vous cacher ne plaide pas en votre faveur. C'est perçu comme un comportement de coupable. D'autre part, la police finira par vous trouver. Si vous vous rendez, je serai présent pendant votre interrogatoire et je demanderai officiellement à être tenu informé de la conclusion de l'enquête.

— Il y a une autre solution, intervint Simon en sortant un papier de sa poche.

Il se pencha au-dessus de la table et ajouta en baissant la voix :

— Nous avons établi une liste de suspects. Des gens qui avaient un mobile, et la possibilité de tuer Bess Whitfield. Nous pourrions enquêter sur eux pendant que Randolph se cache.

— Bien sûr ! s'exclama Evelyn. M. Harding et moi pouvons nous renseigner sur eux.

Elle paraissait aussi excitée qu'un chiot à qui l'on vient de lancer un jouet.

— Evelyn, dit Jack d'un ton d'avertissement.

Elle s'adressa à Randolph.

— Vous disiez que Mlle Whitfield voulait vous confier un objet important. De quoi s'agissait-il ?

Il haussa les épaules.

— Je l'ignore. Mais je suppose que le meurtrier le cherchait et qu'il a été dérangé par mon arrivée.

— Comment le savez-vous ? interrogea Jack.

— La chambre était en désordre. Le lit était défait, le matelas transpercé en son centre. Les meubles étaient renversés, les rideaux arrachés, les vases brisés. Les deux fauteuils avaient été éventrés et le crin était répandu sur le tapis.

Jack se pétrifia. Cette chambre avait été dévastée de la même façon que la bibliothèque d'Emmanuel Darlington.

Il avait senti que l'agression du comte était liée d'une façon ou d'une autre aux problèmes de Randolph. L'agent Bridges n'avait vu là qu'un banal cambriolage, mais Jack avait appris à tenir compte de son instinct. Celui-ci ne le trompait jamais, et il se trouvait à présent confirmé par cette étrange coïncidence. Les deux événements étaient liés, il en avait l'intime conviction.

Ce que Bess Whitfield voulait donner à son cousin était un objet qui concernait aussi les Darlington.

Mais qu'est-ce que cela pouvait bien être ?

Une chose était certaine : Evelyn et son père étaient en danger.

L'agent ne lui serait d'aucune aide, il le savait. Bow Street refuserait de faire le lien entre les deux crimes, et balaierait ses craintes d'un revers de main. Ils s'empresseraient d'arrêter Randolph sans chercher plus loin. Or, une fois Randolph arrêté, le temps dont Jack disposerait pour rechercher le meurtrier serait considérablement réduit. La justice était rapide. Quelques jours après l'arrestation, un jury trouverait suffisamment de preuves pour une inculpation, et le procès à l'Old Bailey aurait lieu aussitôt après. Il avait vu les choses se dérouler ainsi quantité de fois. Le procureur de la Couronne serait satisfait d'obtenir une condamnation, peu importait que l'homme soit coupable ou non.

Jack posa les yeux sur la liste de Simon. Il avait les moyens d'enquêter sur ces noms. Ses confrères et amis lui donneraient un coup de main. Ils pourraient découvrir le meurtrier, l'objet que Bess avait caché, et la raison de son assassinat.

Ensuite seulement, Evelyn et son père seraient vraiment en sécurité.

Et elle serait libre de vivre sa vie comme elle le désirait, aux côtés de Randolph Sheldon…

Evelyn prit la liste des mains de Simon et la parcourut.

— Je connais certains de ces gens. Je pourrais me renseigner.

Jack eut une moue exaspérée.

Elle avait besoin d'une main ferme, d'un homme prêt à donner le meilleur de lui-même, comme elle. « Allons, ne te fais pas d'illusions, se réprimanda-t-il. Elle a déjà fait son choix. »

— Vous avez toujours la chemise ? demanda-t-il à Randolph.

— La chemise ?

— Oui. Celle qui était trempée de sang. Vous l'avez encore ?

— Je… je crois. Je me suis caché chez Bess, à Shoreditch. Je l'ai laissée là-bas. Pourquoi ?

— Il faut que je l'examine.

— D'accord.

— Cela signifie que vous acceptez de nous aider ? s'exclama Evelyn, le visage illuminé par l'espoir.

Jack lui ôta la liste des mains.

— J'accepte de me renseigner sur ces personnes. Nous nous reverrons, ajouta-t-il à l'adresse de Randolph. En attendant, continuez de vous cacher et tâchez de ne pas vous attirer d'ennuis.

11

Evelyn regarda Simon et Randolph quitter la taverne. Elle se sentait quelque peu abattue car elle savait qu'elle ne reverrait pas Randolph avant longtemps. Mais elle était en même temps pressée d'enquêter sur la liste de suspects que lui avait remise Simon, et de prouver l'innocence de son bien-aimé.

— Ne vous inquiétez pas, Evie, vous le reverrez.

Tournant la tête, elle découvrit que Jack l'observait, la mâchoire serrée, le regard intense.

Incapable de prononcer un mot, elle acquiesça d'un hochement de tête. Elle était encore plus soulagée que Jack ait accepté de les aider qu'elle n'était bouleversée par le départ de Randolph. Car elle savait que pour que ce dernier ait une chance de retrouver un jour une vie normale, le concours de Jack était essentiel.

— Je vous ramène chez vous, déclara-t-il en repoussant sa chaise.

Evelyn l'imita et se racla la gorge.

— Avec un peu de chance, personne n'aura remarqué mon absence.

Elle le suivit jusqu'à la porte du fond. Il poussa le battant et ils se retrouvèrent dans une étroite ruelle pavée.

Ils traversèrent le marché, Jack la guidant jusqu'au fiacre dont le cocher les avait attendus patiemment.

Empoignant ses jupes, elle grimpa à l'intérieur. Jack s'assit face à elle. Tandis que la voiture prenait le chemin du retour, Jack renifla la manche de sa veste et grimaça.

— Mon valet va me sentir avant même de me voir.

— Cette horrible odeur est tenace, commenta Evelyn en riant.

Ses vêtements d'emprunt étaient sales et définitivement ruinés par la boue malodorante du marché. Elle se félicitait plus que jamais d'en avoir acheté des neufs à sa femme de chambre, et jetterait ceux-ci sans regret. Son chapeau, lui, était tellement imprégné de l'humidité ambiante qu'il retombait bizarrement. Il faisait si chaud à l'intérieur de la voiture qu'elle repoussa sa lourde cape.

Le regard de Jack se braqua sur sa poitrine, et elle se rappela un peu tard que son corsage était trop petit. Une onde de chaleur la submergea, en même temps qu'une conscience aiguë de la présence virile de l'homme assis en face d'elle. Il lui semblait tout à coup que l'habitacle sombre avait rétréci tant Jack prenait soudain de place.

Nerveuse, elle ramena le vêtement sur ses épaules.

— Je tiens à vous remercier d'avoir accepté de défendre Randolph. Je comprends que cela vous mette dans une situation difficile vis-à-vis des policiers de Bow Street, mais je suis soulagée que vous n'ayez pas insisté pour que Randolph revienne avec nous.

À dire vrai, elle avait l'impression qu'on lui avait ôté un poids et qu'elle respirait librement pour la première fois de la soirée.

— Je suis prête à examiner sans attendre la liste que Simon nous a donnée.

— Je ne pense pas que ce soit une bonne idée, Evie. Cela pourrait se révéler dangereux.

— Mais je vous serais d'une aide précieuse. Comme je vous l'ai dit, j'ai reconnu certains noms et…

Il leva la main pour l'interrompre.

— Je ne ferai pas la sottise de vous laisser à l'écart. Je vous demande juste de ne pas enquêter seule, et de me tenir au courant de tous vos mouvements. Nous devons travailler ensemble. D'accord ?

— D'accord, répondit-elle vivement, craignant qu'il ne change d'avis.

— Et si vous avez de nouveau l'occasion de rencontrer M. Sheldon, je veux vous accompagner.

Quelque chose dans le ton de Jack fit se hérisser les poils sur sa nuque. Son regard contenait une indéniable mise en garde.

— Vous pensez que Randolph est coupable, n'est-ce pas ?

— C'est possible.

Elle secoua la tête.

— Non. Vous m'avez demandé de vous faire confiance, mais vous, avez-vous confiance en mon jugement, Jack ?

— Nous ne parlons pas de la même chose. M. Sheldon est peut-être un menteur de génie. J'ai déjà vu cela. Certaines personnes ont un tel talent qu'elles finissent par croire elles-mêmes à leur histoire.

— Ce n'est pas son cas, Jack. Je n'approuve pas ce qu'il a fait après avoir découvert le corps de Bess Whitfield. Il aurait dû rester pour s'expliquer avec l'agent. Mais je ne prendrais pas son parti si je l'imaginais capable de commettre un meurtre.

— Je n'ai pas besoin d'être convaincu de l'innocence de mon client pour le défendre, précisa Jack.

— Oui, je sais cela aussi. Mais je crois Randolph quand il dit qu'il s'est rendu chez Bess à la demande de la jeune femme. Elle voulait lui donner quelque chose. Peut-être que si nous parvenons à découvrir ce que c'était, vous le croirez aussi.

Jack hocha la tête à contrecœur. Dans les ultimes rayons du couchant, ses extraordinaires yeux verts apparaissaient pailletés d'or.

— Mon confrère Anthony Stevens travaille avec les meilleurs détectives. S'il y avait quelque chose dans le passé de Bess que celle-ci souhaitait cacher, ils le trouveront.

Jack pénétra d'un pas décidé dans le club de boxe de Gentleman Jackson, au 13 Bond Street. Il repéra aussitôt Anthony Stevens, torse nu sur un ring à l'autre bout de la salle. Les cordes du ring étaient attachées de façon à former un carré, et les deux adversaires se tournaient autour en son centre, telles des bêtes sauvages prêtes à frapper.

Les deux hommes se déplaçaient en sautillant sur le sol de bois, le torse fléchi en avant, les poings levés, alternant les coups. Des gouttes de sueur coulaient sur leur front et sur leur poitrine nue.

Anthony était grand. Les muscles de ses épaules saillaient à chacun de ses mouvements. Malgré sa taille, il se déplaçait avec agilité et souplesse. Son adversaire était aussi grand et puissant que lui, mais son nez aplati, ses dents cassées, et un hématome autour d'un de ses yeux, laissaient deviner le boxeur professionnel.

Néanmoins, Jack savait qu'il ne fallait pas sous-estimer la pugnacité d'Anthony.

Sur un côté du ring, le bras négligemment posé sur la corde, John « Gentleman » Jackson en personne lançait ses instructions. Avant de prendre sa retraite, il avait battu Daniel Mendoza, devenant ainsi champion d'Angleterre. Depuis qu'il avait ouvert sa salle de boxe, nombre de messieurs de la bonne société venaient s'y entraîner.

Jack lui-même passait souvent, car il avait remarqué que l'exercice lui était bénéfique.

Il demeura à l'écart, et regarda le match. Vers la fin du troisième round, Anthony frappa son adversaire au ventre avant de lui envoyer un uppercut au menton. Assommé, l'homme tomba à la renverse et demeura allongé sur le dos. Anthony fut déclaré vainqueur.

Jack s'approcha, tandis qu'un assistant dénouait les gants de son ami.

— Tu te bats comme un beau diable, commenta-t-il. À en juger par l'allure patibulaire de ton adversaire, j'aurais plutôt parié sur lui.

Anthony s'esclaffa en s'essuyant le front avec une serviette.

— Tu n'as jamais été très avisé en matière de paris, Jack.

— Je t'ai cherché à Lincoln's Inn.

— Rien de tel qu'un bon combat pour se détendre.

— Je vois. Un client désagréable ?

Anthony haussa les épaules.

— Un sale type qui n'approuvait pas les dépenses de sa femme, expliqua Anthony en enfilant sa chemise. J'avais l'intention de prendre un bain, puis de retourner au cabinet. Pour être franc, je t'attendais plus tôt. Qu'est-ce qui t'a retenu, Jack ?

— Attends, laisse-moi deviner. Devlin et Brent t'ont déjà tout raconté ?

— Ils m'ont parlé de ta cliente et m'ont prévenu que tu passerais.

— Bon sang, marmonna Jack, des vraies commères, ces deux-là !

— Je suis d'accord, mais cette fois il y a du vrai dans ce qu'ils disent. Depuis quand prends-tu des jolies femmes comme clientes ? Je crois me souvenir que tu disais que cela t'empêchait de te concentrer.

— Je leur ai pourtant expliqué. Evelyn Darlington est la fille de lord Lyndale, mon ancien maître de stage, à qui je dois beaucoup.

Jack était entré à Lincoln's Inn poussé par son père, et en très peu de temps il avait compris qu'il n'était pas à la hauteur, et ne tarderait pas à être mis à la porte. Sans un tuteur pour le prendre sous son aile, il n'aurait eu d'autre choix que de regagner le domicile familial, tête basse. Mais Emmanuel Darlington, avocat éminent, avait décelé un certain talent chez lui, et l'avait sauvé. L'homme était un professeur exceptionnel, et contre toute attente, il avait donné à Jack l'envie d'apprendre.

Anthony prit une timbale métallique à côté d'un seau d'eau, la remplit et but longuement.

— J'imagine que Brent et Devlin ont déjà essayé de te faire entendre raison, je n'en prendrai donc pas la peine. Qu'attends-tu de moi ?

— Que tu me mettes en relation avec ce détective privé que tu connais bien. Dont tu m'as dit un jour que c'était le meilleur.

— Armen Papazian. C'est un Arménien, et il excelle dans son travail. Mais je suppose que les renseignements dont j'ai besoin ne sont pas les mêmes que toi. M. Papazian déniche pour moi des secrets d'alcôve.

Jack connaissait les méthodes peu orthodoxes de son ami. Anthony Stevens était une sorte d'anomalie dans leur cabinet. En vérité, il semblait taillé dans une étoffe différente de celle de tous les avocats que Jack connaissait. Anthony parvenait à obtenir comme par magie ce dont rêvaient tant d'hommes mariés de la haute société : le divorce. Il fallait pour cela une loi du Parlement, or c'était pratiquement impossible à obtenir. Les séparations légales étaient plus faciles, mais pourtant, les démarches fastidieuses étaient rarement accomplies par les membres du beau monde. Le plus souvent, mari et femme choisissaient de mener des vies séparées, certains résidant même sur des continents différents.

Mais Anthony avait obtenu le divorce pour trois aristocrates riches et respectables en apportant la preuve de l'adultère commis par leur épouse. Le fait que ces hommes aient entretenu des maîtresses pendant toute la durée de leur mariage avait été jugé hors de propos. La loi, comme la société, favorisait les hommes, et Anthony avait tiré parti de cet état de fait.

Anthony était un avocat fortuné et célèbre, mais cette célébrité avait un prix. Parce qu'il ne voyait du mariage que ses pires aspects, il était devenu un homme blasé, persuadé que l'amour n'était qu'une illusion réservée aux faibles et aux imbéciles.

Pire encore, il y avait en lui quelque chose d'impitoyable, et sous ses allures de gentleman respectable et d'éminent avocat, on devinait une dureté de brigand de grand chemin.

— Est-ce dans le passé d'Evelyn Darlington que tu voudrais fouiller ?

— Non. Dans celui de la victime, Bess Whitfield. Elle avait de nombreux amants, et quelque chose à cacher. Quelque chose qui valait la peine que l'on commette un meurtre pour le lui prendre.

Jack sortit un papier froissé de sa poche et le tendit à Anthony.

— Voici une liste de suspects éventuels. Elle n'est pas complète, mais elle fournira un point de départ à M. Papazian.

— Qui te l'a donnée ?

— Randolph Sheldon. L'homme que Bow Street soupçonne d'avoir commis ce meurtre.

— Et l'amant de lady Evelyn, je présume ?

La remarque d'Anthony irrita Jack.

— Non. M. Sheldon est l'homme qu'elle est convaincue de devoir épouser, mais ce n'est pas son amant, rétorqua-t-il d'un ton sans réplique.

Une lueur moqueuse éclaira le regard d'oiseau de proie d'Anthony.

— Allons, Jack. Tu ne crois qu'ils sont amants ? Aucune femme ne défendrait un homme accusé de meurtre avec autant de zèle si ce n'était pas son mari ou son amant. Si je me fie à mon expérience, les femmes ne sont ni assez altruistes ni assez généreuses pour cela.

À l'exception d'Evelyn, songea Jack. Elle était différente des autres femmes. Que son comportement soit irrationnel ou altruiste, il tenait pour certain que Randolph et elle n'avaient jamais été intimes.

Il le sentait, au plus profond de lui. Son instinct lui soufflait que leur relation était platonique. Elle avait considéré Randolph avec inquiétude et compassion, mais sans cette passion qu'il avait vue dans son regard après qu'il l'eut embrassée…

— Bon sang, Jack, ne me dis pas que tu vas devenir comme tous ces idiots qui sont assez faibles pour s'enticher d'une femme ?

Jack retint une réplique acerbe.

— Bien sûr que non, se contenta-t-il de riposter. Demande simplement à ton détective de fouiller dans le passé de Bess Whitfield.

— Et dans celui de Randolph Sheldon ?

Evelyn n'approuverait pas. Mais si Randolph leur cachait quelque chose, Jack voulait savoir ce que c'était.

— Oui, dans le sien aussi, répondit-il.

L'air satisfait, Anthony lui donna une petite tape sur l'épaule.

— Considère que c'est fait, Jack. Dénicher les secrets des gens, c'est ma spécialité.

12

Après une nuit agitée, Evelyn se réveilla tard. L'odeur du poisson lui collait toujours à la peau. Rejetant ses couvertures, elle sonna immédiatement Janet pour lui demander de lui préparer un bain.

Peu après, des domestiques montaient diligemment des seaux d'eau brûlante pour remplir la baignoire de cuivre. Tandis qu'elle se plongeait avec délices dans l'eau parfumée, elle songea à la soirée de la veille.

C'était une bénédiction que Jack l'ait accompagnée à Billingsgate. Sans lui, elle se serait découragée au premier coup d'œil et n'aurait pas fait trois pas sur le marché aux poissons. Sans parler du Cock and Bull, où elle n'aurait jamais osé s'aventurer.

La première chose qu'elle avait faite en rentrant chez elle, c'était d'ôter ses vêtements, de les rouler en boule et de les déposer sur l'appui extérieur de la fenêtre. Elle s'en débarrasserait plus tard.

Appuyant la nuque contre le bord de la baignoire, elle exhala un soupir. Où Randolph avait-il donc la tête quand il lui avait proposé ce rendez-vous au Cock and Bull ?

À l'instant où cette idée lui traversa l'esprit, elle éprouva un pincement de culpabilité.

Randolph avait eu raison, c'était un choix raisonnable. Personne ne l'avait reconnu, et sa présence n'avait éveillé aucune curiosité. Il s'était mêlé aux marins, pêcheurs et poissonniers, océan d'êtres anonymes qui ne pensaient qu'à se noyer dans la bière et le gin après une longue semaine de travail.

Evelyn sortit de son bain et se sécha à l'aide d'une serviette de coton épais. Après avoir revêtu une robe d'alpaga bleu clair, elle descendit en hâte, pressée de retrouver son père dans la salle à manger.

Elle venait à peine de poser le pied dans le vestibule que quelqu'un actionna le heurtoir de la porte d'entrée. Hodges n'étant nulle part en vue, Evelyn alla ouvrir elle-même. Elle s'attendait à voir une connaissance de son père, mais découvrit Jack Harding sur le perron.

— Bonjour, Evie.

— Jack ! Qu'est-ce qui vous amène ?

Avec ses cheveux ébouriffés par la brise et cet éclat si particulier dans son regard émeraude, il était à couper le souffle.

— Votre père m'a envoyé un message hier soir pour m'inviter à déjeuner, répondit-il.

— Vraiment ? Il ne m'en a rien dit.

— Il a sans doute cru que vous étiez vraiment malade, et il ne voulait pas vous déranger. Puis-je entrer ?

Elle tressaillit, et se rendit compte qu'elle le dévisageait sans bouger.

— Oui, bien sûr, dit-elle en s'effaçant pour le laisser passer.

Jack pénétra dans le vestibule et referma la porte derrière lui.

— Allez-vous déjeuner avec nous ? s'enquit-il avec un empressement qui la fit rosir de plaisir.

— Je m'apprêtais justement à aller retrouver père.

Elle conduisit Jack dans la salle à manger tout en lui coulant un regard à la dérobée. Il était superbe dans ses vêtements bien coupés et ses bottes de cuir. Un sourire apparut sur ses lèvres quand elle se remémora la vieille veste de velours raccommodée et à la chemise tachée de graisse de la veille. Même habillé comme un vagabond Jack demeurait séduisant, ce qui ne lassait pas d'être agaçant.

— Bonjour, monsieur Harding, le salua lord Lyndale en se levant pour l'accueillir.

— Je vous en prie, milord, appelez-moi Jack. Il n'y a jamais eu une telle formalité entre nous à Lincoln's Inn.

— C'était avant que vous ne deveniez avocat. Mais j'avoue que je préfère vous appeler Jack. Et que vous m'appeliez Emmanuel.

— Pas Lyndale ?

— Non, pas avec vous. J'ai été Emmanuel Darlington pendant de longues années, avant que mon frère ne me lègue son titre. Je me considère avant tout comme un professeur et un avocat. Je n'aime pas les manières supérieures de l'aristocratie.

Evelyn sourit avec fierté. Son père avait refusé de renoncer à son poste à Oxford, même après être devenu duc. C'était un homme exceptionnel, un véritable érudit, dévoué à ses étudiants.

Jack et Evelyn prirent place à table. Aussitôt, Mme Smith entra et posa sur la table du bœuf froid et des petits pains.

— Avez-vous rencontré Randolph Sheldon ? s'enquit Lyndale.

Un frisson d'appréhension courut le long de la colonne vertébrale d'Evelyn. Son père ignorait que Randolph se cachait à Shoreditch. En fait, il croyait qu'il avait pris un bref congé de l'université pour pleurer sa cousine et attendre les résultats de l'enquête sur son meurtre.

Elle jeta un coup d'œil à Jack et crispa les doigts sur sa serviette posée sur ses genoux.

— J'ai vu M. Sheldon, répondit-il. Je réfléchis à la meilleure défense, au cas où Bow Street déciderait de l'interroger, ou même de l'arrêter.

En voyant son père hocher la tête pour manifester son approbation, Evelyn laissa échapper un discret soupir de soulagement. Jack avait réussi à le mettre au courant sans lui dévoiler les faits les plus choquants, et s'était débrouillé pour contourner la vérité sans jamais mentir.

Quel avocat incroyablement doué !

— Pour être franc, je suis content que vous soyez du côté de Randolph, avoua Lyndale. La jurisprudence est pleine de ces tragédies dans lesquelles des hommes sont condamnés à mort pour des broutilles. Beaucoup sont innocents, mais ils n'avaient pas les moyens de s'offrir un avocat. Je suis sûr que vous avez déjà été témoin de telles injustices.

Les yeux de Jack s'assombrirent.

— En effet, dit-il. Si nombreux soient mes succès, je n'en ai pas moins perdu des procès, et j'ai assisté à l'exécution de certains de mes clients qui n'étaient pas coupables du crime qu'on leur imputait.

La tension dans la pièce était palpable, soudain. À raison. Quelle torture de devoir assister, impuissant, à la mort d'un innocent.

Un sentiment d'urgence s'empara d'Evelyn, si puissant qu'elle en fut étourdie. Si innocent soit-il, Randolph aussi pourrait être condamné et envoyé en prison… ou, pire, être pendu.

Des images lui revinrent à l'esprit. Randolph et ses yeux bleus empreints de bonté, l'écoutant exposer ses théories sur l'œuvre de William Blackstone. Elle avait toujours rêvé de rencontrer un homme qui saurait voir au-delà de son physique et apprécier son intelligence.

Et sur ce point Randolph semblait parfait. Il tenait compte de son opinion et avait été même jusqu'à solliciter son aide pour ses recherches. Ce n'était pas sa faute s'il ne pouvait faire figurer son nom sur ses travaux ni l'inclure dans ses recherches. L'université était un univers dominé par les hommes.

Et voilà qu'après avoir cherché pendant des années un partenaire compatible intellectuellement, celui-ci risquait de payer de sa vie pour un crime qu'il n'avait pas commis.

— Tenez-moi informé des progrès de votre enquête, Jack, dit Lyndale.

— J'ai engagé un détective privé pour m'aider dans mes recherches.

Evelyn tressaillit. Il n'avait pas perdu de temps.

— Parfait, déclara Lyndale en se levant. Avant que je n'oublie... nous donnons chaque mois un dîner auquel nous invitons lord Bathwell et lord Barnes. Je serais enchanté que vous vous joigniez à nous.

Jack se leva à son tour et inclina la tête.

— Ce serait avec plaisir.

Le regard de Lyndale passa d'Evelyn à Jack, et il ajouta :

— Je vous laisse discuter de cette affaire.

Sur ces mots, il tourna les talons, les laissant en tête à tête. Jack se rassit.

— Vous avez déjà engagé un détective ?

— Mon confrère Anthony Stevens travaille avec un enquêteur très doué, qui a un instinct de limier. C'est lui qui a tout arrangé. Si Bess Whitfield avait quelque chose à cacher, cet homme le découvrira.

Jack posa le coude sur la table et se pencha en avant.

— Il y a une autre raison à ma présence aujourd'hui, Evie. Nous sommes samedi.

— Et ?

— Samedi, Evie. C'est le jour où les théâtres sont le plus fréquentés.

— Les théâtres ?

— Nous pourrions commencer par interroger l'habilleuse de Bess Whitfield.

— Se trouve-t-elle sur la liste de suspects que Simon nous a fournie ?

— Non. Mais j'ai appris au cours de ma carrière qu'il ne fallait jamais négliger le témoignage des domestiques. Ils en savent souvent plus que quiconque sur leurs maîtres.

— Suggérez-vous que je vous accompagne au théâtre ce soir ? Sans chaperon ?

— Emmenez votre femme de chambre s'il le faut. Elle pourra nous attendre dans la voiture. Nous entrerons dans le théâtre par la porte de derrière, ni vu ni connu.

13

Certains samedis soir, le théâtre de Drury Lane accueillait jusqu'à trois mille personnes. Situé à Covent Garden, il faisait face à Catherine Street, tandis que l'arrière du bâtiment donnait sur Drury Lane. Construit deux ans plus tôt, c'était le quatrième théâtre à se dresser sur ce même site, le précédent ayant brûlé.

La voiture de Jack passa devant le théâtre, et Evelyn regarda la foule des spectateurs qui s'engouffraient à l'intérieur. Les nouveaux becs de gaz illuminaient les élégants costumes des messieurs et les splendides robes des dames. Certains avaient des jumelles de théâtre à la main, d'autres des programmes.

Jack demanda au cocher de les conduire à l'arrière du bâtiment, dans Drury Lane, et de s'arrêter devant l'entrée des artistes.

Evelyn se tourna vers Janet.

— Attends-nous dans la voiture. Nous n'en avons pas pour longtemps.

La femme de chambre ouvrit des yeux comme des soucoupes, et lissa nerveusement quelques mèches échappées de son chignon.

— Ce n'est pas dangereux, mademoiselle ?

Evelyn sourit et lui tapota la main.

— Ne t'inquiète pas, je reviendrai vite.

Jack sauta à terre, puis aida Evelyn à descendre.

— Votre servante n'approuve pas vos activités clandestines, remarqua-t-il alors qu'ils gagnaient la porte.

— Elle fera ce que je lui demande.

— Ah, mais à qui est-elle censée obéir ?

Evelyn ralentit le pas et jeta un regard en coin à Jack. La lumière n'était pas aussi vive que devant le théâtre, car on n'avait pas jugé nécessaire de pourvoir l'arrière du bâtiment de becs de gaz modernes.

Dans la pénombre, entièrement vêtu de noir, Jack ressemblait à un pirate séduisant mais dangereux.

— Ne vous inquiétez pas, répliqua-t-elle. C'est à moi que Janet obéit. Elle ne dira pas un mot à mon père.

Jack hocha la tête, visiblement rasséréné par cette réponse. Ils avaient atteint la porte, il tourna la poignée.

Le battant s'ouvrit au même moment, livrant passage à deux hommes en costume du XVIIe siècle.

— Comment diable je pouvais savoir qu'ils allaient prendre Chester à ma place ? grommela l'un des deux comédiens.

— Tout part à vau-l'eau depuis que Bess a été tuée et que le metteur en scène a redistribué les rôles, rétorqua l'autre.

Evelyn retint son souffle, mais aucun des deux hommes ne leur accorda la moindre attention. Jack en profita pour la pousser à l'intérieur. La porte se referma sur les acteurs.

Ils se retrouvèrent dans un corridor mal éclairé. On entendait au loin les musiciens accorder leurs instruments. Des comédiens et des machinistes allaient et venaient, sortant des loges, rassemblant leurs accessoires avant le lever du rideau.

Au grand étonnement d'Evelyn, personne ne les arrêta. Tout le monde était apparemment trop absorbé par les préparations de dernière minute pour se soucier d'eux. Jack attrapa par la manche un homme à l'expression déterminée qui passait devant eux.

— Nous cherchons Mary Morris.

L'homme, qui serrait une écritoire à pince contre sa poitrine, s'arrêta net et dévisagea Jack d'un air agacé.

— Qui êtes-vous ?

— Son frère.

Désignant d'un signe de tête un point derrière lui, il répondit d'un ton sec :

— Mary est dans la deuxième loge à droite. Mais à votre place, je ne la dérangerais pas. Elle est d'une humeur massacrante depuis que l'actrice pour qui elle travaillait est morte. On l'a rétrogradée, et elle doit habiller les seconds rôles.

Jack sourit.

— Merci du tuyau.

L'homme leur tourna le dos et s'éloigna d'un pas pressé. Attrapant la main d'Evelyn, Jack l'entraîna à sa suite. Ils s'arrêtèrent devant la porte indiquée. Il frappa deux coups, puis attendit.

— Qu'est-ce que c'est ? répondit une voix étouffée.

Jack ouvrit. Une femme corpulente, entre deux âges, leva la tête et les fusilla du regard. Penchée en avant, elle fixait à l'aide d'épingles les pans d'une robe dans le dos d'une actrice à la silhouette osseuse. Le corsage, visiblement destiné à une femme à la poitrine opulente, pendait tristement sur son buste maigre.

— Bon sang ! grommela l'habilleuse. Personne peut arranger cette robe sur toi, t'as pas de seins.

L'actrice étrécit ses yeux soulignés de khôl noir, puis, après avoir poussé une petite exclamation indignée, empoigna sa jupe et sortit en affichant une expression offensée.

Jack s'avança, Evelyn sur ses talons.

La loge était exiguë, encombrée de costumes et de chapeaux. Sur un comptoir s'entassaient des produits de maquillage, des perruques, des épingles à cheveux. L'endroit empestait la sueur, la fumée et la poudre de riz.

— Qui vous êtes ? s'enquit Mary.

— Je m'appelle Jack Harding. Je voudrais vous parler de Bess Whitfield.

Deux rides verticales se creusèrent entre les sourcils de l'habilleuse.

— Vous êtes un agent ?

— Non. Je suis avocat, et cette dame est une amie du cousin de Bess. Est-ce que les gens de Bow Street sont venus vous interroger ?

— Pas encore. Je me demande pourquoi ils mettent si longtemps à se décider.

— Ils n'y ont peut-être pas pensé.

— À ce qu'on dit, il paraît qu'ils savent qui a fait le coup. Quelqu'un a vu un étudiant sauter par la fenêtre de sa chambre.

— Vous n'avez pas l'air convaincu.

— Bess aurait su se défendre contre un gamin de ce genre.

— Vous la connaissiez bien ? voulut savoir Evelyn.

— Bess était *mon* actrice. Le jour où elle est entrée ici, j'ai tout de suite su qu'elle avait tout ce qu'il fallait pour réussir. Pas comme ces gamines qui défilent par douzaines ! Bess m'avait prise d'affection et mon statut au théâtre s'élevait avec le sien. Je lui dois beaucoup.

— On prétend qu'elle avait de nombreux amants. Croyez-vous que l'un d'eux ait pu la tuer par jalousie ?

— Je saurais pas dire. Elle les aimait bien, c'est sûr. Il y avait de tout. Des aristos, de riches commerçants, et même de jeunes machinistes assez jolis garçons. La pauvre petite a été délaissée par son père quand elle était enfant, alors elle recherchait les attentions des hommes un peu comme une phalène est attirée par les flammes. Je connaissais tous ses amants, sauf son vieux bienfaiteur.

— Son bienfaiteur ?

— Il devait être riche. C'était sans doute un noble, car il lui envoyait des présents de valeur régulièrement. Mais j'ai jamais su son nom.

— Savez-vous pourquoi quelqu'un aurait voulu la tuer ?

— Non. Elle avait des rivales au théâtre, mais sa mort leur aurait pas profité. Elles savaient que le directeur aurait engagé d'autres filles venant de l'extérieur. C'est d'ailleurs ce qu'il a fait, tout de suite après la mort de Bess.

— Possédait-elle quelque chose de précieux ? Un objet pour lequel on serait allé jusqu'à la tuer ?

— Aucun de ses bijoux a disparu.

— Autre chose que des bijoux ou de l'argent ?

— Elle tenait un journal intime, mais elle était très prudente. Elle y écrivait jamais le nom de son bienfaiteur. Mais tous ses autres amants étaient dedans.

— Un journal ? Savez-vous où il se trouve ?

— Il a disparu. J'ai fouillé sa loge, mais je savais qu'il y serait pas. Bess le gardait toujours avec elle.

— Vous rappelez-vous certains de ses admirateurs sur lesquels elle aurait pu écrire ? hasarda Evelyn.

Mary haussa les épaules.

— Je les connaissais tous, ils venaient la voir dans sa loge après le spectacle.

— Donnez-nous leur nom, insista Evelyn. S'il vous plaît.

— Il y avait un vicomte avec une moustache recourbée qu'elle appelait Maxwell. Et le gros comte de Newland. Et aussi un genre de roturier brun qui parlait bien. Il s'appelait Sam, mais j'ai jamais entendu son nom de famille.

Evelyn réprima une petite exclamation de stupeur.

— Maxwell Stanford, vicomte de Hamilton, et Harold Kirk, comte de Newland !

— Il y en avait d'autres. Certains voulaient faire croire qu'ils étaient spectateurs et qu'ils venaient simplement saluer Bess. Ah ! Comme si la vieille Mary savait pas quand un homme a envie de coucher avec une femme. C'est comme vous deux, ajouta-t-elle en dévisageant Jack.

— Nous ne sommes pas… amants, protesta Evelyn.

— Pas encore ? Mais ça va pas tarder si je me fie au regard de celui-ci, ajouta-t-elle en fixant Jack.

14

— Faites arrêter la voiture au coin de la rue, ordonna Jack, qui s'était penché par la fenêtre pour s'adresser au cocher.

Quelques secondes plus tard, le véhicule s'immobilisait à quelques mètres de la demeure d'Evelyn.

Celle-ci agrippa la manche de sa servante et ouvrit la portière.

— Janet, fais le tour du pâté de maison, veux-tu ? Et frappe à la portière en revenant.

Janet ouvrit la bouche et la referma, l'air étonné. Puis, comme sa maîtresse la gratifiait d'un regard sévère, elle s'empressa de sortir.

Jack se renversa avec nonchalance contre le dossier de la banquette, les yeux rivés sur Evelyn.

— Je suppose que vous souhaitez me parler en tête à tête, dit-il.

— J'ai quelque chose à vous demander. Quand Mary a insinué que vous aviez une inclination pour moi, vous n'avez pas protesté. Pourquoi ?

Le regard dont Jack l'enveloppa était sans ambiguïté.

— Voulez-vous savoir la vérité, Evie ?

— Oui. Si nous devons travailler ensemble, il faut que tout soit clair entre nous.

Evelyn n'avait cessé de ressasser les paroles de l'habilleuse depuis qu'ils avaient quitté le théâtre – et pour l'heure l'essentiel de ses pensées n'était pas consacré à l'actrice assassinée.

Mary Morris était une vieille maligne, bien plus expérimentée qu'elle lorsqu'il s'agissait des hommes. Sa remarque sur le fait que Jack avait envie de coucher avec elle l'avait prise au dépourvu.

Le plus choquant c'était que ce dernier n'avait pas cherché à nier, se contentant d'un haussement d'épaules résigné.

Jack éprouvait-il vraiment du désir pour elle ?

Au lieu d'analyser les précieuses informations fournies par l'habilleuse au sujet des amants de Bess, Evelyn n'avait eu qu'une idée en tête : se retrouver seule avec Jack afin de l'interroger.

Un sourire moqueur apparut sur les lèvres de celui-ci. Il se pencha en avant, appuyant le coude sur son genou.

— Vous êtes pleine de contradictions, Evie. C'est fascinant. Vous me questionnez sur mes désirs, et dans la même phrase vous mettez en avant notre collaboration professionnelle. Êtes-vous complètement ignorante des besoins qu'éprouve un homme ?

— Je... je ne vois pas de quoi vous parlez, bredouilla-t-elle, doutant soudain de la sagesse d'avoir amené ce sujet sur le tapis de manière aussi directe.

Les rideaux étaient tirés, et dans la pénombre de l'habitacle, Jack lui parut soudain presque irréel.

— Je pense au contraire que vous savez très bien de quoi je parle.

Sa voix grave et sensuelle lui arracha un irrépressible frisson. Tendant la main, il toucha du bout des doigts une boucle égarée sur sa joue, puis sa main descendit lentement sur son cou. Le cœur d'Evelyn se mit à cogner sourdement.

Jack se pencha davantage, si près qu'elle sentit son souffle sur son visage. Le parfum de son eau de toilette, un mélange de bois de santal et de girofle, lui monta à la tête. Elle demeura immobile, incapable d'esquisser le moindre geste. L'idée de s'écarter ne lui traversa même pas l'esprit.

Embrassez-moi.

Cette pensée s'insinua en elle, traîtreusement.

Avec une infinie lenteur, il approcha ses lèvres des siennes. Tendre, persuasif, il fit glisser le bout de sa langue sur ses lèvres, puis les entrouvrit et envahit sa bouche. Bouleversée, elle s'offrit sans réserve à son baiser.

Comme mues par une volonté propre, ses mains se refermèrent sur ses bras. Evelyn s'abandonna à son étreinte, mêlant sa langue à la sienne, caressant son torse puissant en frémissant de désir. Ses doigts remontèrent dans son cou, puis plongèrent dans sa chevelure brune.

Avec un grognement sourd, Jack lui encadra le visage de ses mains. Son baiser se fit plus ardent, et Evelyn oublia jusqu'à l'existence des mots « logique » et « convenances ».

Jack lui caressa les épaules, puis la peau à la naissance de sa gorge.

Elle frissonna lorsque sa paume effleura le côté de son sein, et se cambra pour mieux s'offrir. Son cœur battait follement, son esprit lui criait de résister, mais son corps refusait d'obéir.

Il referma les doigts sur son sein.

La chaleur de sa main la fit fondre de désir. Sa caresse avait beau être légère, elle n'en réagit pas moins violemment. Ses seins se gonflèrent, leur pointe durcit.

Oh, Seigneur ! C'était exactement ce qu'elle voulait… et plus encore…

Des coups résonnèrent à la portière.

Evelyn bondit en arrière. Jack jura entre ses dents.

Elle tendit la main vers la poignée, se ressaisit, posa les doigts sur ses lèvres. La honte et la culpabilité la submergèrent tel un raz-de-marée.

— Nous ne devons plus jamais parler de cela, murmura-t-elle à Jack.

— N'essayez pas de nier ce que vous ressentez, Evie.

— C'était une erreur, rien de plus.

Les yeux verts brillèrent dans la pénombre.

— Éprouvez-vous la même chose quand Randolph vous embrasse ?

Evelyn le fixa, horrifiée. Pauvre Randolph ! Comment avait-elle pu se comporter de manière aussi dévergondée ?

Des coups résonnèrent de nouveau à la portière, plus insistants. Evelyn ouvrit celle-ci brusquement. L'atmosphère dans la voiture était étouffante, elle avait besoin d'air frais. Janet se tenait sur le trottoir, l'air pincé.

— Milady, rentrons-nous ?

— Oui, bien sûr. Mon père doit nous attendre.

Evelyn se précipita en avant comme si elle voulait échapper à un brasier dévastateur. Jack la retint par le bras.

— Le marchepied n'est pas déplié.

Il sauta à terre, abaissa ledit marchepied, et tendit la main à la jeune femme. Elle descendit, mais quand elle voulut se libérer, il refusa de la lâcher.

— Il faut que nous discutions de ce qui s'est passé aujourd'hui, déclara-t-il d'un ton neutre.

Elle crut un instant qu'il faisait allusion à leur étreinte passionnée. Puis elle comprit qu'il parlait de ce que l'habilleuse de Bess leur avait rapporté.

À en juger par son petit sourire suffisant, il avait deviné ses pensées.

— Je serai libre lundi, répondit-elle.

— Venez me retrouver à l'Old Bailey.

Il gratifia Janet d'un sourire charmeur, avant d'ajouter :

— Je suis sûr que Janet sera ravie d'assister à son premier procès.

Jack regarda Evelyn s'éloigner d'un pas rapide, sa femme de chambre trottinant à ses côtés pour ne pas se laisser distancer.

Il était tendu de la tête aux pieds, et le sang lui battait aux tempes. À quoi diable avait-il pensé ?

Ce n'était qu'un élan de désir. Evelyn était une belle femme. Elle l'avait regardé dans les yeux et l'avait interrogé sur ses désirs secrets.

Quel homme n'aurait pas été troublé à sa place ?

Puis il l'avait embrassée et avait senti la passion qui bouillonnait en elle. Sous la façade guindée et raisonnable se cachait une nature de feu. C'était un défi que la vie lui lançait... tel un daim passant à vive allure sous le nez d'un chasseur pour le narguer.

« Ah, mais il y a un hic, mon vieux Jack ! » se rappela-t-il.

Lady Evelyn était intouchable. Non seulement c'était une cliente susceptible de compromettre son travail, mais c'était en outre la fille d'Emmanuel Darlington.

Son maître de stage méritait qu'il agisse avec le plus grand respect. Or, séduire sa fille dans une voiture garée pratiquement sous ses fenêtres n'était pas la meilleure façon de lui témoigner sa gratitude.

Sans parler du fait qu'Evelyn avait l'intention d'en épouser un autre.

Jack pinça les lèvres. Plus il en apprenait sur Randolph Sheldon, plus il était persuadé qu'il ne convenait pas à Evelyn. Ils s'entendaient peut-être intellectuellement, mais Jack était certain qu'il n'y avait pas la moindre étincelle de passion entre eux.

À cela s'ajoutait le meurtre brutal de Bess Whitfield. Le criminel était toujours en liberté. Et le plus troublant dans l'affaire, c'était que Jack n'était pas complètement convaincu de l'innocence de Randolph Sheldon.

15

Quand il se réveilla, il était affalé sur une chaise bancale, le front reposant sur un vieux bureau. Sa main était refermée sur une bouteille de whisky presque vide.

La température de la pièce avait chuté. L'odeur des cendres qui refroidissaient dans la cheminée mêlée à celle de la nourriture pourrie le tira de la stupeur dans lequel l'alcool l'avait plongé. Il leva la tête, et une douleur fulgurante lui vrilla les tempes.

Il essaya de se lever en prenant appui sur ses bras, mais la douleur se déplaça à l'arrière de son crâne, envahissant toute sa tête tel un démon.

La malédiction le poursuivait.

La chaise craqua quand il se laissa retomber dessus lourdement. Il regarda autour de lui. Le sol était jonché de papiers froissés, de vêtements sales et de morceaux de nourriture gâtée. Des mouches bourdonnaient au-dessus d'un trognon de pomme.

Il porta la bouteille à ses lèvres d'une main tremblante et but à longues gorgées. Le whisky bon marché lui brûla l'œsophage et une boule de feu explosa dans son estomac.

Cette garce était morte.

Il aurait dû s'en réjouir, mais l'euphorie était retombée.

Il ferma ses paupières gonflées et se remémora le meurtre. Son expression furieuse quand elle l'avait surpris en train de fouiller sa chambre. Au premier coup de poignard, sa colère s'était transformée en terreur. Il avait été obligé d'agir ainsi, pour protéger son avenir. Mais il avait aussi éprouvé une excitation qui avait atteint un pic quand elle avait compris avec horreur qu'elle allait mourir. Elle s'était débattue faiblement, puis il y avait eu le sang… des flots de sang.

Chaque fois que la lame aiguisée lui transperçait le corps, l'élixir pourpre jaillissait, éclaboussant les murs, ses vêtements, son visage, ses lèvres.

Elle l'avait trahi. Aussi, bien qu'il n'ait pas prévu de la tuer, il n'en éprouvait aucun remords.

Mais maintenant, il n'avait plus rien.

Non, ce n'était pas tout à fait exact.

Il y en avait une autre, qui pouvait lui donner ce qu'il voulait. La beauté blonde aux yeux bleus qu'il avait repérée.

Elle était pure. Innocente.

Et contrairement à cette actrice dépravée, elle ne le trahirait jamais avec un autre.

16

25 avril 1814, Londres, tribunal de l'Old Bailey présidé par l'Honorable Harvey Lessard

Il n'y avait pas de justice pour les pauvres et les faibles.

Du moins, c'était ce qu'Evelyn avait toujours pensé.

Deux gardiens amenèrent une femme dans la salle du tribunal en la tenant solidement par les bras. Une mise en scène barbare, pathétique, et totalement inutile.

Les poignets et les chevilles enchaînés, la femme avança en traînant les pieds jusque devant le juge. Sa robe était déchirée, rapiécée, et trop courte. Ses chaussures n'étaient que des morceaux de cuir usés, retenus par de la ficelle. À en croire les chuchotements du public elle avait environ trente ans, mais avec son visage sillonné de rides et ses cheveux gris, elle en paraissait vingt de plus.

Six enfants, et pas de mari, toujours d'après les bruits qui couraient parmi les spectateurs.

Evelyn s'agita sur le banc de bois, mal à l'aise.

La femme était jugée pour le vol d'environ trente-cinq shillings de nourriture dans la maison d'un particulier.

Pourquoi, sinon pour nourrir ses six enfants ? songea Evelyn. La vie dans les taudis de St Giles était déjà dure pour les femmes dont le mari avait un travail, alors pour une veuve avec une demi-douzaine de bouches à nourrir…

Seigneur, elle risquait la peine de mort pour une infraction aussi insignifiante ! Et que deviendraient ses enfants ? Si elle en croyait les récits de son père, ils s'enrôleraient dans des bandes de pickpockets pour survivre.

— Hannah Ware, commença le juge Lessard, du haut de son estrade, vous vous êtes rendue coupable de vol de nourriture chez un particulier. Avez-vous quelque chose à dire pour votre défense, avant que la sentence ne soit prononcée ?

La femme ouvrit la bouche et la referma, émettant un son rauque et inarticulé, à peine audible dans la vaste salle.

Evelyn décida de sortir sur-le-champ. Elle refusait d'assister à une telle injustice. Ce n'était pas pour cela qu'elle était venue aujourd'hui, mais pour…

À cet instant, les portes du fond du tribunal s'ouvrirent si brusquement qu'elles heurtèrent le mur. Toutes les têtes se tournèrent. Jack Harding traversa la salle d'un pas vif, sa robe noire d'avocat flottant derrière lui.

— Si la cour veut bien m'accorder son indulgence, milord, dit-il en s'arrêtant à la hauteur de l'accusée. Je suis le représentant de Mme Hannah Ware.

Le juge Lessard se redressa comme si on lui avait enfoncé une aiguille entre les omoplates.

— Vous êtes en retard, monsieur Harding.

— Je vous demande pardon, milord. J'ai été retenu par un autre procès.

— Vous êtes un avocat très occupé, monsieur Harding. Je demandais justement à l'accusée si elle avait quelque chose à dire avant que je ne prononce la sentence. Vous pouvez parler à sa place.

— Mme Ware regrette terriblement son geste, milord. Elle a succombé à un moment de faiblesse, volant de la nourriture pour ses enfants, dont l'aîné est malade. Elle accepte de rembourser en totalité la somme correspondant à son larcin. Et elle demande respectueusement à la cour de bénéficier de la protection du clergé.

Des murmures se propagèrent dans l'assemblée. Evelyn serra les poings sur ses genoux. Demander à bénéficier de la protection du clergé permettait à la défense d'éviter la peine de mort. La cour ne prononçait alors pas de condamnation, et l'accusé était envoyé à l'église où une pénitence était prononcée.

— La protection du clergé ne peut s'appliquer, puisque l'accusée a commis un vol chez un particulier, rétorqua le juge.

— Permettez-moi de ne pas être de cet avis, milord. Mme Ware est accusée d'avoir dérobé des vivres pour un montant de trente-cinq shillings. D'après les nouvelles lois, seuls les délits concernant des sommes supérieures à quarante shillings sont exclus de la protection du clergé.

Le juge hésita, et consulta longuement les documents étalés devant lui avant de relever la tête.

— Afin de donner la preuve que l'accusée est effectivement attachée à l'Église et qu'elle peut bénéficier de son indulgence, la cour exige qu'elle lise le premier et le second verset du Psaume 51.

Le juge Lessard fit un signe à l'huissier, qui apporta un exemplaire de la Bible à Hannah Ware.

Celle-ci prit le volume relié de cuir entre ses mains tremblantes.

Jack s'en saisit, ouvrit le livre à la bonne page, et le lui rendit.

— Allez-y, Hannah. Faites de votre mieux.

D'une voix hachée, Hannah lut les lignes connues pour avoir épargné une condamnation à mort à de nombreux accusés.

— Fais-moi grâce, ô Dieu selon ta miséricorde ; selon la grandeur de tes compassions, efface mes forfaits... Enlève mon iniquité et purifie-moi de mes péchés...

Quand elle eut terminé, le juge hocha la tête.

— La cour accorde la protection du clergé dans cette affaire, monsieur Harding. Vous avez beaucoup de chance que le marquage au fer ait été aboli, ajouta-t-il en toisant Hannah Ware par-dessus le bord de ses lunettes cerclées.

Autrefois, les accusés qui demandaient la protection du clergé recevaient une marque au fer rouge sur le pouce afin de ne pouvoir bénéficier à nouveau de cette indulgence s'ils commettaient d'autres délits. La flétrissure avait été abolie trente-cinq ans auparavant, avant la naissance de Hannah Ware, mais si l'usage avait subsisté Hannah aurait été marquée sur-le-champ, devant le public qui assistait au procès.

— Comme votre avocat s'y est engagé, j'exige la restitution des trente-cinq shillings avant que vous ne soyez remise en liberté, madame Ware, poursuivit le juge.

La femme blêmit et lança à Jack un regard affolé.

— Cette somme va être versée sur-le-champ, assura Jack.

— La séance est levée, déclara le juge en abattant son marteau.

On ôta ses chaînes à Hannah Ware, et le juge se leva. Alors que les gens commençaient à sortir de la salle, Evelyn vit la femme nouer les bras autour de la taille de Jack et le remercier en sanglotant.

Une vieille femme, derrière laquelle marchaient six enfants en file indienne, s'approcha d'elle. Le plus jeune avait quelques mois, et l'aîné environ huit ans. Ils embrassèrent leur mère, leurs visages striés de larmes exprimant à la fois la joie et le soulagement. Les enfants devaient attendre au fond de la salle, et Evelyn ne les avait même pas vus. Sans l'intervention de Jack, ils auraient pu assister à la condamnation à mort de leur mère !

Gênée, tel un intrus observant une famille par la fenêtre, Evelyn se leva et quitta discrètement la salle.

— Tiens, tiens, qu'est-ce que je vois ?

Evelyn pivota sur ses talons et se retrouva nez à nez avec un grand brun aux épaules larges, dont le regard sombre avait quelque chose de vaguement menaçant.

— Je vous demande pardon ? dit-elle.

Un mince sourire étira les lèvres de l'inconnu.

— On m'avait parlé de vous, mais je refusais de le croire.

— Je vous connais ? demanda-t-elle, de plus en plus mal à l'aise.

Vêtu d'une robe noire, l'homme était de toute évidence avocat. Il ne portait pas de perruque, et ses cheveux noirs coupés court faisaient ressortir sa mâchoire carrée et ses traits fermes.

Il haussa une épaule avec désinvolture, et son impressionnante carrure la frappa de nouveau. Sous la robe, on devinait un corps de boxeur, tout en muscles.

— Je m'appelle Anthony Stevens, se présenta-t-il.

— Vous êtes l'un des avocats qui partagent le cabinet de M. Harding.

— Et j'imagine que vous êtes lady Evelyn Darlington ? La toute nouvelle cliente de Jack ?

Evelyn acquiesça.

— J'ai rendez-vous avec M. Harding. Un huissier m'avait dit que je le trouverais dans la salle du juge

Lessard, mais il était en retard, et j'ai cru que je m'étais trompée de salle.

— Ah, vous venez donc d'assister au procès de Hannah Ware !

— En effet.

— Jack a-t-il réussi à lui éviter la peine de mort ?

— Oui, grâce au Ciel ! Le juge a accordé à Mme Ware la protection du clergé.

— Jack est vraiment très fort, commenta Anthony avec un demi-sourire. Le juge Lessard est connu pour son extrême sévérité.

— Il a menacé Mme Ware de la flétrissure, et je pense qu'il aurait fait exécuter cette peine si le marquage n'avait pas été aboli.

— Ah, l'art délicat de la flétrissure ! répliqua Anthony d'un ton chargé de sarcasme. Savez-vous qu'il n'était pas rare que les criminels soudoient le bourreau pour qu'il leur applique un fer froid ? De sorte qu'ils pouvaient continuer d'exercer leurs talents de voleurs sans que leur pouce porte la marque infamante. Tout cela n'était qu'une imposture, de toute façon. Certains officiels recevaient leur part du butin, ces affaires étaient très lucratives. Si je devais renaître dans une prochaine vie dans les classes défavorisées, je participerais sûrement à toutes ces combines.

— Je ne pense pas que ce soit le cas de Hannah Ware, rétorqua Evelyn. Elle voulait juste nourrir ses enfants.

— Cette femme n'a pas le moindre shilling devant elle. Jack a-t-il promis le remboursement des marchandises volées ?

La question laissa Evelyn décontenancée. Jack avait effectivement promis d'en restituer le montant, et Hannah Ware avait paru atterrée quand le juge l'avait réclamée sur-le-champ.

Où allait-elle trouver cet argent ? Et surtout, comment pouvait-elle s'offrir les services d'un avocat aussi renommé que Jack Harding ?

— Vous paraissez perdue, lady Evelyn. Laissez-moi deviner. Vous vous demandez pourquoi un avocat aussi cher et aussi prestigieux que Jack Harding assure la défense d'une voleuse sans le sou comme Hannah Ware ?

Son ton désinvolte provoqua la fureur d'Evelyn.

— Je ne me permettrais de traiter de voleuse une veuve avec six enfants à charge !

— Votre sympathie va aux classes inférieures, lady Evelyn ?

— Que savez-vous de la détresse de cette femme ?

— Rien. Mais à en juger par votre robe élégante, vous non plus.

L'espace d'un instant, elle se demanda où Anthony Stevens voulait en venir. Puis elle comprit qu'il s'amusait à l'aiguillonner pour tester ses réactions. Elle avait déjà vu cela. Des avocats de la partie adverse pénétrant dans l'étude de son père avec des attitudes belliqueuses, déformant les faits, interprétant les textes de loi de manière erronée afin de déstabiliser leur adversaire et de faire pencher la balance en leur faveur.

Levant le menton, Evelyn soutint sans ciller le regard de son interlocuteur.

— Êtes-vous toujours aussi agressif, monsieur Stevens ?

— Seulement quand je suis de bonne humeur.

Elle ne put s'empêcher d'éclater de rire.

Un instant, Anthony Stevens parut surpris, puis il retrouva rapidement son expression moqueuse.

— Je commence à comprendre pourquoi Jack a accepté de vous aider. Il est si rare de trouver une dame qui ait le sens de l'humour.

— J'ai déjà rencontré des personnes de votre genre, monsieur Stevens. Sachez que je ne me laisse pas facilement intimider.

— Dans ce cas, permettez-moi de satisfaire votre curiosité. Hannah Ware fait partie des dossiers *pro bono* Jack.

— *Pro bono* ? Vous voulez dire qu'il la défend gratuitement ?

— Vous avez l'air étonné.

— Je pensais… il me semblait… que les avocats du niveau de Jack Harding se faisaient payer très cher.

— C'est le cas, rétorqua Anthony en la gratifiant d'un regard pénétrant. Mais, contrairement à moi, il a encore une âme et une conscience.

Evelyn ne sut que répondre. Elle fut sauvée par l'arrivée d'un deuxième homme.

— Anthony ! Ennuierais-tu cette dame ?

L'homme qui s'avançait vers eux était à couper le souffle. Il avait d'épais cheveux clairs, un regard bleu perçant, la peau bronzée et les traits finement sculptés, comme si le créateur avait décidé de prendre son temps pour lui dessiner un visage exceptionnel. Il ne portait pas de robe d'avocat, mais un costume bleu marine qui révélait une silhouette souple et musclée.

— Laisse-la tranquille, Anthony, avertit le nouveau venu en s'arrêtant près d'eux.

— Qu'est-ce qui te fait croire que je m'en prenais à cette dame ? riposta Anthony, narquois.

— Je te connais, répliqua l'inconnu en souriant à Evelyn, dont le cœur manqua un battement. Je vous en prie, pardonnez-lui, milady. Ses manières peuvent être abominables.

— Ce n'est rien. M. Stevens m'a appris des choses très intéressantes.

L'air surpris, une fois de plus, Anthony s'inclina très bas, comme si Evelyn avait été la reine d'Angleterre en personne.

— Une vraie dame, dit-il en se redressant. Permettez-moi de vous présenter M. Brent Stone, avocat dans notre cabinet. Brent, voici lady Evelyn Darlington.

Le regard de Brent Stone pétilla.

— La dernière affaire de Jack. Vous devez être quelqu'un de tout à fait particulier pour qu'il ait accepté de vous aider. Il est débordé. Êtes-vous venue le voir ?

— J'avais rendez-vous avec lui, mais il paraît très occupé cet après-midi.

— C'est le jour des affaires qu'il traite gratuitement.

— C'est ce que m'a dit M. Stevens. Mais je ne peux m'empêcher d'être étonnée.

— Jack prend en charge des douzaines de cas semblables tous les ans. Nous faisons tous deux partie d'une organisation qui s'occupe de fournir ce genre de services aux personnes dans le besoin.

— En faites-vous également partie, monsieur Stevens ?

— Hélas, non, lady Evelyn ! J'exerce dans un domaine qui ne concerne pas les pauvres.

— Quel est ce domaine ?

— J'exploite le beau sexe au profit des messieurs.

— Pardon ?

— Je les débarrasse des épouses dont ils ne veulent plus, expliqua-t-il sans détour.

— Je vois.

— La réputation d'Anthony le précède dans les salons, précisa Brent Stone.

— Y a-t-il d'autres avocats dans votre cabinet que je n'ai pas encore rencontrés ?

— Un seul, M. James Devlin. Il n'est pas à l'Old Bailey cet après-midi, mais vous aurez sûrement le privilège de faire sa connaissance bientôt, assura Anthony.

— Je suis impatiente.

Maintenant qu'elle connaissait ces deux-là, elle ne pouvait s'empêcher de se demander à quoi ressemblait le quatrième membre du cabinet.

Les portes de la salle de tribunal s'ouvrirent, et Hannah en sortit avec ses six enfants, Jack Harding dans leur sillage.

Ce dernier se figea en découvrant Evelyn. Il regarda tour à tour Anthony Stevens, puis Brent Stone, et jura entre ses dents.

17

— Que diable faites-vous là, tous les deux ?

— Pas de panique, Jack, répliqua Anthony. Nous étions en train de nous présenter à lady Evelyn.

— C'est bien ce que je craignais.

— Vos confrères sont charmants, monsieur Harding, intervint Evelyn.

Jack leva les yeux au ciel.

— Charmants ? Personne n'avait encore songé à parler en ces termes d'Anthony Stevens.

— Elle a dû le confondre avec moi, dit Brent Stone d'un ton moqueur.

Evelyn sourit.

— Vous m'avez tous deux appris des choses très intéressantes. Ils m'ont parlé de vos activités charitables, Jack. Je n'étais pas du tout au courant.

Une expression admirative s'inscrivit sur ses traits délicats. Jack éprouva une curieuse émotion, un peu comme un petit garçon cherchant l'approbation d'une jolie gouvernante.

C'était ridicule.

— Ce n'est rien, assura-t-il.

— Je ne dirais certes pas cela. Père est un fervent partisan de la justice pour tous. Selon lui, les riches ne devraient pas être les seuls à bénéficier d'un représentant légal sous prétexte qu'ils ont les moyens de se l'offrir.

Anthony sifflota doucement.

— Attention, Jack. Elle va te prendre pour son champion.

Jack lui lança un regard noir.

— Vous n'avez rien à faire, vous deux ?

— À vrai dire, je te cherchais quand j'ai aperçu lady Evelyn, répondit Anthony. J'attends mon informateur arménien, Armen Papazian. Il a déniché des renseignements qui pourraient t'être utiles.

— Recevons-le ailleurs. La salle réservée aux clients me paraît plus appropriée.

Anthony arqua un sourcil étonné.

— Pourquoi ? Tu ne désires pas que Mlle Darlington soit présente ?

Jack éprouva une furieuse envie de lui envoyer son poing dans la figure. Cette canaille le provoquait et espérait susciter une réaction indignée d'Evelyn. Le problème, c'était qu'il ignorait quel genre d'informations le détective avait découvertes.

Il se pouvait très bien qu'elles concernent le passé secret de Randolph Sheldon.

— Je veux savoir ce que M. Papazian a trouvé, décréta Evelyn.

— C'est tout naturel, milady, répondit Anthony.

— Allons-y, dans ce cas, fit Jack d'un ton sec.

Il s'occuperait d'Anthony plus tard. Pas question d'échanger des coups de poing devant Evelyn.

Brent Stone s'inclina devant elle.

— Je ne peux malheureusement pas rester pour cet entretien, car j'ai un rendez-vous. Enchanté d'avoir fait votre connaissance, lady Evelyn.

Sur ce, il pivota sur ses talons, et s'éloigna.

Jack se tourna vers Evelyn.

— Où est votre femme de chambre ? voulut-il savoir.

— Je l'ai laissée dans la voiture. La visite de l'Old Bailey ne l'intéressait pas.

— Vous n'avez donc jamais de chaperon ?

— Bien sûr que si. Dans la voiture.

Jack jeta un bref regard à Anthony.

— Je ne peux pas vous emmener dans le salon privé sans votre domestique, déclara-t-il.

Ils gagnèrent donc un coin du vaste hall.

— Où est ton homme ? s'enquit Jack.

— Je l'attends d'une minute à l'autre. Il n'est jamais en retard. Ah, le voilà !

L'homme en question était de petite taille, il avait une masse de cheveux noirs frisés et fronçait les sourcils. Les paupières lourdes, le regard inquisiteur, il les dévisagea tour à tour avant de les saluer. Anthony fit les présentations.

— Monsieur Harding, lady Evelyn Darlington, voici M. Papazian.

Jack serra la main du détective.

— Il paraît que vous avez du nouveau ?

— Je n'ai pas terminé d'étudier la liste de suspects fournie par M. Sheldon et M. Guthrie. J'ai cependant appris qu'un homme se rendait chaque après-midi sur la tombe de Bess Whitfield. J'ai discuté avec le jardinier du cimetière, qui trouve son manège étrange. L'homme arrive tous les jours à 13 heures pile, et se conduit d'une façon très curieuse.

— Qu'est-ce que cela signifie ?

— Je ne saurais le dire, mais j'ai découvert son identité.

— Qui est-ce ? intervint Anthony.

— Harold Kirk. Le comte de Newland.

Evelyn laissa échapper une exclamation étouffée.

— C'est l'un des amants de Bess Whitfield dont Mary Morris, l'habilleuse, nous a parlé !

— Donc, Mary connaissait les secrets de sa maîtresse, commenta Papazian.

Jack lança un coup d'œil à Evelyn.

— Je pense qu'il est temps d'aller nous recueillir sur la tombe de Bess Whitfield.

— Cet homme souffre d'une obsession, chuchota Evelyn.

— D'après moi, il en a un grain, répondit Jack.

Ils s'étaient dissimulés derrière une imposante pierre tombale et épiaient Harold Kirk, le vieux comte de Newland.

Son comportement était vraiment très bizarre. Il tournait en rond autour de la tombe, plaçant à la fin de chaque tour une rose sur la dalle. Tout en accomplissant ces gestes, il ne cessait de marmonner. Evelyn voyait ses lèvres remuer comme s'il psalmodiait, mais elle était trop loin pour distinguer ce qu'il disait.

— Je suis venu le guetter toute cette semaine, murmura Jack. Il agit de la même façon chaque fois. Je pense sincèrement qu'il est toqué.

C'était la première fois qu'Evelyn accompagnait Jack au cimetière. Le comportement répétitif de Newland était tout à fait alarmant. Malgré la douceur de ce mois de mai, Harold Kirk portait un lourd manteau de laine. Son teint était cendreux, ses cheveux gris clairsemés étaient hérissés sur son crâne telles de mauvaises herbes. De taille moyenne, il était on ne peut plus banal, exception faite de son gros nez qui n'était pas sans évoquer une tomate trop mûre.

Evelyn essuya ses mains moites sur sa robe de deuil. Elle avait choisi cette toilette, qui datait de funérailles de son oncle, car le chapeau noir et le voile de crêpe dissimulaient son visage. Jack portait également une veste sombre. Avec son col relevé, son chapeau enfoncé sur le crâne, il avait tout du visiteur anonyme allant s'incliner sur la tombe d'un être cher.

— Que dit-il ? souffla Evelyn.

— Je suis passé à côté de lui hier, et je l'ai entendu prononcer le nom de Bess Whitfield, sa date de naissance et la date de sa mort. Exactement ce qui est inscrit sur sa tombe.

— Se pourrait-il que ce soit lui l'assassin, selon vous ?

Jack haussa les épaules.

— Soit il l'a tuée, soit sa mort l'a laissé inconsolable. Quoi qu'il en soit, il n'est pas rare que les meurtriers se rendent sur la tombe de leur victime, un peu comme des amoureux désespérés.

Newland cessa tout à coup son manège et se mit à tousser. Tirant un mouchoir de son gilet, il commença à suffoquer, cherchant sa respiration pendant une longue minute. Sa toux s'amplifia, et sa main se crispa sur sa poitrine tandis qu'il maintenant toujours le mouchoir contre sa bouche. Son visage devint aussi rouge que son nez. Cela parut durer une éternité, puis sa toux finit par s'apaiser, et il remit son mouchoir dans sa poche.

Malgré la distance qui les séparait, Evelyn aperçut des taches de sang sur le tissu.

— Seigneur, murmura-t-elle.

— Il paraît qu'il est tuberculeux au dernier degré, dit Jack. Il n'en a plus pour longtemps. C'est ce qui me fait douter qu'il soit le meurtrier.

— Pourquoi ?

— Il n'a aucun mobile. Il est veuf depuis plus de dix ans et n'a pas d'enfant. S'il avait une liaison avec une actrice en vue et que celle-ci décrivait ses prouesses au lit en détail dans son journal intime, qui s'en soucierait ?

— Il est comte. La bonne société ne le lui pardonnerait pas, assura Evelyn. N'a-t-il pas d'héritier ?

— Un neveu, qui se trouve en Inde pour le moment. Pour autant que je sache, ils n'ont jamais été proches. Newland se moque totalement de cet homme, qui héritera de son titre et de sa fortune à sa mort.

— Vous dites vous-même qu'il est toqué. S'il est mentalement dérangé, il pourrait se révéler dangereux, non ?

— C'est possible, en effet.

Newland s'immobilisa soudain à mi-parcours de son circuit et tourna les yeux en direction de la pierre tombale derrière laquelle Jack et Evelyn étaient cachés. Il esquissa un mince sourire, et fit un pas vers eux.

18

Evelyn étouffa un cri.

— Partons, décréta Jack. Tout de suite.

— Mais…

Il lui agrippa le bras et la fit pivoter sur elle-même.

— Ne regardez pas en arrière. Faites comme si vous ne l'aviez pas vu.

Sans lui lâcher le bras, Jack l'entraîna dans l'allée dallée qui sinuait entre les tombes. Evelyn dut accélérer le pas pour se maintenir à sa hauteur.

— Il nous a vus, Jack.

— Gardez votre voile rabattu devant les yeux. Il ignore qui nous sommes.

— Comment pouvez-vous en être sûr ?

— Il ne peut que nous prendre pour des gens en deuil venus se recueillir sur une tombe.

— Alors pourquoi nous sauvons-nous ?

Elle était déjà hors d'haleine, et ils n'avaient parcouru que la moitié de l'allée. Jack ne fit pas mine de ralentir.

— Je ne veux pas prendre le risque qu'il vous reconnaisse. Qu'il soit l'assassin de Bess Whitfield ou pas, c'est un dément.

Ils parvinrent à l'entrée du cimetière où leur fiacre les attendait. Le cocher descendit de son perchoir et leur ouvrit la portière.

Evelyn était terriblement tentée de se retourner pour voir si le comte les avait suivis.

— Non, Evie, l'avertit Jack, qui l'avait deviné.

Il la fit monter dans le fiacre, et lança un ordre au cocher. La voiture s'ébranla.

Evelyn se risqua à jeter alors un coup d'œil par la fenêtre.

Le comte de Newland se tenait là, juste devant la dernière rangée de tombes, près de la route. Son regard aussi farouche que celui d'un animal féroce la prit de court, et elle se figea. C'est alors qu'il leva la main et agita son mouchoir sanglant dans leur direction.

Dans l'épaisse pile d'invitations et de lettres s'entassant sur le bureau d'Evelyn, une enveloppe se détachait – non pas à cause de l'élégante calligraphie sur le vélin coûteux et du sceau en relief doré, mais parce qu'elle portait les armes du vicomte de Hamilton.

Evelyn fit sauter le sceau et déchira l'enveloppe ivoire. Elle contenait une invitation pour l'un des bals costumés les plus courus de la saison, donné par Cécilia Stanford, vicomtesse de Hamilton. Ce n'était pas un bal costumé ordinaire, car l'identité des invités était tenue secrète avec une vigilance digne de manœuvres militaires.

Evelyn était l'amie de Georgina, la fille des Hamilton. Celle-ci avait vingt ans, deux ans de moins qu'Evelyn, et en était à sa quatrième saison.

Georgina était une intellectuelle, et dévorait toutes les publications consacrées à un sujet particulièrement controversé mais qui lui tenait à cœur : les droits des femmes. Elle avait eu beau clamer qu'elle ne voulait pas faire son entrée dans le monde, sa volonté avait été totalement ignorée en raison du statut social de sa famille. Cécilia, sa mère, qui était une hôtesse réputée, était effarée par les opinions de sa fille. Elle était bien décidée à faire parader celle-ci dans toutes les réceptions, saison après saison, afin de lui trouver un mari convenable.

Evelyn, tout comme Georgina, n'avait aucune envie de faire son entrée officielle dans le monde. Mais comme elle avait déjà atteint l'âge avancé de vingt ans quand son père était devenu comte, cela lui avait été épargné.

Si sa mère avait vécu, peut-être lui aurait-elle inculqué l'importance pour une débutante de participer à la saison londonienne. Mais elle était morte quand Evelyn était toute petite, et son père était bien trop occupé à Lincoln's Inn pour se soucier de ce genre de frivolités. Evelyn n'avait été que trop heureuse qu'il ait d'autres chats à fouetter.

Une saison interminable, faite d'une succession de bals, de soirées, de parties de campagne, de bals costumés et de mercredis soir à l'Almack, à la merci de ces terrifiantes matrones, tout cela dans l'espoir de trouver un mari, Evelyn ne souhaitait un tel supplice à personne, et encore moins à elle-même.

Non, elle avait trouvé en Randolph son âme sœur. C'était un homme avec qui elle pouvait avoir une conversation intellectuelle sans qu'il éprouve le besoin de sortir sa tabatière pour tromper son ennui.

Le visage de Jack Harding jaillit soudain dans son esprit. Ce dernier épouserait-il l'une de ces débutantes rougissantes ?

Jack n'était pas noble, mais il était fortuné. Et beaucoup de mères de la bonne société cherchaient un homme riche plutôt qu'un aristocrate pour leur fille. Dans l'idéal, on donnait la préférence à un fiancé à la fois riche et titré. Mais, à choisir, dès que la chasse au mari était ouverte la plupart des mères recherchaient la fortune avec autant d'ardeur que des chiens de meute lancés après le gibier.

Jack ne lui semblait pas être le genre d'homme à jeter son dévolu sur une débutante à l'allure virginale et pourvue d'une mère envahissante. Qu'aurait-il eu en commun avec une telle fille ?

Cela dit, les hommes pouvaient se montrer irrationnels lorsqu'il s'agissait de choisir une épouse. Jack était peut-être en quête d'une femme riche, issue d'une famille noble et respectable.

Evelyn se rembrunit. Les projets matrimoniaux de Jack Harding ne la concernaient en rien.

Elle baissa les yeux sur le carton d'invitation, et nota que le bal masqué devait avoir lieu dans quinze jours. Ce serait là une excellente occasion d'en apprendre davantage sur le mari de la vicomtesse.

Mary Morris avait en effet cité Maxwell Stanford, vicomte de Hamilton, dans la liste des amants de Bess Whitfield. Contrairement au comte de Newland, Maxwell avait une épouse et une fille. Si le journal de Bess Whitfield tombait dans des mains malintentionnées, les deux femmes seraient terriblement humiliées. Les journaux à scandale s'en donneraient à cœur joie, et n'hésiteraient pas à publier le récit de la liaison entre le vicomte et l'actrice. Les ragots se propageraient dans les salons comme une traînée de poudre.

En somme, Maxwell avait une excellente raison de tuer Bess, et de faire disparaître son journal intime.

Evelyn se demanda si sa femme ou sa fille soupçonnaient ses activités extraconjugales. Peut-être ne seraient-elles même pas surprises d'apprendre qu'il avait une liaison. Après tout, dans la bonne société, la plupart des hommes mariés avaient une maîtresse.

Tout comme les épouses avaient des amants.

En ce qui la concernait, Evelyn ne voulait pas d'un mariage de ce genre. Elle ne s'imaginait pas trompant son mari, et elle savait qu'elle serait bouleversée si ce dernier prenait une maîtresse.

Elle reporta son attention sur le carton d'invitation. Si la chasse au mari ne l'avait jamais intéressée, en revanche, elle ne détestait pas les bals costumés et les réceptions. Le bal masqué annuel de Cécilia Stanford était l'un de ses préférés. Comme tous les invités, elle aimait revêtir un costume et abandonner le temps d'une soirée les règles de bienséance rigides auxquelles la bonne société soumettait ses membres.

Evelyn se demanda ce qu'elle allait porter. Le personnage de Cléopâtre lui vint aussitôt à l'esprit. Elle adorait la période égyptienne.

Jack se trouvait-il sur la liste des invités ? s'interrogea-t-elle. Si oui, quel serait son costume ?

Celui de Marc-Antoine ?

Seigneur ! Où avait-elle la tête ?

Elle ignorait si Jack était invité, mais avait très envie qu'il vienne. Observer le vicomte de Hamilton les aiderait peut-être à avancer dans leur enquête. Mais, pour être honnête, ce n'était pas la seule raison pour laquelle elle souhaitait que Jack soit là.

Elle commençait à apprécier sa présence, et ce n'était pas une bonne chose du tout.

Assise à son bureau, elle prit une feuille et y traça quelques mots.

Monsieur Harding,

Reçu une invitation pour le bal costumé de la vicomtesse de Hamilton. Serez-vous présent ?

Lady Evelyn

Elle ne prit pas la peine de mentionner le vicomte lui-même. Jack ferait certainement le lien avec Maxwell Stanford, le vicomte dont leur avait parlé Mary Morris.

Quelques heures plus tard, Hodges entra dans le salon avec un plateau d'argent sur lequel était posée une enveloppe adressée à Evelyn. Elle attendit qu'il soit ressorti pour l'ouvrir. Les mots étaient tracés d'une main ferme, à l'encre noire.

Pas encore reçu d'invitation. Que pouvez-vous faire ?

Jack n'avait pas signé.

Il était rusé.

Elle déchira la lettre en petits morceaux qu'elle jeta dans le feu.

Cela faisait des semaines qu'Evelyn n'avait pas rendu visite à lady Georgina Stanford. Elle monta les marches du perron de la splendide demeure de Berkeley Square, et souleva le heurtoir.

Au bout de quelques secondes, un majordome à l'air morose vint lui ouvrir.

Evelyn le considéra avec stupéfaction. Hodges aurait mis un temps fou avant d'arriver à la porte, en supposant qu'il ait entendu le heurtoir.

— Bonjour, lady Evelyn. Lady Georgina vous attend.

Evelyn pénétra dans le vaste vestibule de marbre, illuminé par des lustres contenant des douzaines de chandelles. La lumière qui entrait par la porte ouverte fit scintiller les pampilles de cristal, projetant de magnifiques dessins iridescents sur le sol.

Evelyn suivit le majordome dans le corridor, passa devant deux salons et une salle de musique. Elle jeta un coup d'œil à l'intérieur dans l'espoir d'apercevoir le vicomte, mais les pièces étaient vides. Il n'était probablement pas chez lui. Chaque fois qu'elle avait rendu visite à son amie, il n'était pas là.

Le majordome ouvrit la porte d'un salon, et elle entra. Les fauteuils tendus de soie et les rideaux étaient d'un bleu soutenu, assorti au tapis d'Aubusson. Des tableaux de maîtres flamands et hollandais ornaient les murs.

Georgina Stanford se leva pour l'accueillir.

— Evelyn ! s'exclama-t-elle en s'approchant pour l'étreindre. Ton message annonçant ta visite m'a fait tellement plaisir.

Georgina était une jeune fille séduisante à l'épaisse chevelure châtaine et aux yeux noisette. Mince et élancée, elle avait le sourire facile. Si elle en était à sa quatrième saison, ce n'était pas par manque de demandes en mariage, mais bien plutôt parce que ses prétendants ne l'intéressaient pas.

Les deux jeunes femmes s'assirent côte à côte. Une domestique apporta un plateau avec le thé, des scones et des petites crêpes. Georgina remplit les tasses et en tendit une à Evelyn.

— J'ai reçu l'invitation de ta mère pour le bal costumé, dit celle-ci quand la domestique eut disparu.

— Je suppose que tu viendras ?

— Bien sûr. C'est l'événement de la saison que je préfère. Que comptes-tu porter ?

— J'ai pensé à un costume de Diane chasseresse.

— Diane ! La mythologie romaine ne la représente-t-elle pas le torse en partie dénudé ?

— Exactement.

— Georgina Stanford, tu n'oserais pas !

— Pourquoi pas ? Ce serait le meilleur moyen de pousser ma mère à bout.

— Qui veut-elle te faire épouser, en ce moment ?

— Lucas Crawford, le fils du comte de Haverston.

— Lucas n'est qu'un gamin.

— Certes, mais c'est l'héritier du titre. Et à en juger par l'état dans lequel se trouve Haverston, il n'aura pas longtemps à attendre pour prendre sa place.

— Comment comptes-tu éviter ce mariage ?

— En faisant un pied de nez à Lucas. Je vais aux réunions d'un groupe de féministes, et nous étudions en ce moment le livre de Mary Wollstonecraft sur les droits des femmes, dans lequel elle explique que les femmes sont considérées comme inférieures aux hommes à cause de leur manque d'instruction. Wollstonecraft est morte il y a dix-sept ans, mais ses idées demeurent d'actualité. Dernièrement, nous avons discuté de son opinion sur le mariage.

— Ce doit être captivant.

— En effet ! Certaines dans notre groupe pensent que les poètes, comme Byron, contribuent à piéger les jeunes filles en leur faisant croire au mariage d'amour. Ces filles se marient et sacrifient leur identité à leur mari. Les hommes ne se laissent pas tromper par la poésie, ils s'en servent pour contrôler les femmes et les contraindre à renoncer à leurs droits en se mariant. Et selon elles, le mariage est comparable à l'esclavage.

— Je doute que ce groupe de femmes plaise à ta mère, commenta Evelyn en riant.

Georgina leva les yeux au ciel, avant de s'emparer d'un scone.

Evelyn éprouva un pincement de culpabilité. Et si le père de Georgina avait bel et bien tué Bess Whitfield ?

Elle aimait beaucoup Georgina. Elles étaient amies, et on ne cherchait pas à nuire à ses amis. Cela dit, elle ne devait pas oublier que la vie de Randolph était en jeu. Il était innocent et, contrairement au vicomte, il n'avait ni titre ni fortune pour influencer favorablement les policiers de Bow Street.

Chassant ce sentiment de culpabilité malvenu, Evelyn demanda :

— Tes parents sont là aujourd'hui ?

— Non. Père est à son club, comme d'habitude, et mère est à la partie de campagne de lady Litmanson. J'ai prétexté une migraine pour échapper à cette corvée et aux sermons de mère à propos de M. Crawford.

— Penses-tu que tu te marieras un jour ?

— Seulement si je trouve l'âme sœur, une communion d'esprits.

— Je comprends, dit Evelyn en songeant à Randolph.

— Parle-moi de ton M. Sheldon.

Naturellement, Georgina ignorait que Randolph se cachait, et qu'il était suspect dans une affaire de meurtre. Evelyn entendait garder le secret aussi longtemps que possible.

C'est-à-dire jusqu'à ce que la police mette la main sur Randolph, auquel cas elle n'aurait plus le choix.

— Randolph est allé à Oxford effectuer des recherches pour mon père, mentit-elle.

— Il doit te manquer ?

La question, si innocente soit-elle, prit Evelyn au dépourvu. Pour être tout à fait sincère, Randolph ne lui manquait pas autant qu'elle l'aurait cru.

Avant le meurtre, ils discutaient souvent le soir, quand Randolph passait voir son père. Parfois, elle se rendait au bureau de lord Lyndale, dans Oxford Street, quand elle savait que Randolph s'y trouvait. Ils avaient passé des heures à parler, ou à travailler côte à côte à la bibliothèque universitaire, le nez plongé dans d'énormes volumes de droit.

Evelyn était inquiète pour Randolph. Elle pensait sans cesse à lui.

Mais lui manquait-il réellement ?

Non.

Georgina la dévisagea avec curiosité.

— Quelque chose ne va pas, Evelyn ?

— Je... euh...

— Il y a un autre homme, déclara son amie tranquillement.

— Ce n'est pas ce que tu crois.

Georgina reposa sa tasse et se pencha en avant.

— Raconte-moi.

— Je suis venue quémander une faveur. J'aimerais qu'un certain gentleman figure sur la liste des invités de ta mère pour son bal costumé.

— Donne-moi son nom et je lui ferai envoyer une invitation sur-le-champ si cela n'a pas déjà été fait.

— M. Jack Harding...

— L'avocat ?

— Tu le connais ?

Georgina agita gracieusement la main.

— Oui. Sois tranquille, il figure sur la liste des invités. S'il ne l'a pas encore reçue, son invitation devrait arriver d'un moment à l'autre. Il est invité à tous les événements de la bonne société, tu sais, mais il daigne rarement s'y rendre. De toute évidence, c'est un homme très occupé. Toutefois, il est très apprécié, et toutes les matrones seraient enchantées de le recevoir. Il semble que son activité d'avocat soit fort lucrative.

Evelyn se rembrunit. Jack n'était pas un avocat cupide, comme elle l'avait cru au début. Ce qu'il avait fait pour Hannah Ware et ses enfants en était la preuve. Et lui avait montré combien cet homme avait une personnalité complexe.

— S'il répond rarement aux invitations, cela explique que je ne l'aie pas rencontré plus tôt, observa-t-elle.

— Les avocats avec qui il partage son cabinet sont invités également, car ils ont les faveurs de mon père, ajouta Georgina.

Voilà qui était intéressant. Pourquoi Maxwell Stanford avait-il eu besoin de leurs services ?

— Pourquoi t'intéresses-tu à M. Harding ? voulut savoir Georgina. Il te plaît ?

— Non, absolument pas, répondit vivement Evelyn.

Georgina la scruta, puis :

— C'est un homme séduisant. Il n'y aurait rien d'étrange à...

— Non, tu te trompes. Ce n'est pas cela du tout. Père aimerait que M. Harding donne à l'occasion des conférences à Oxford. Je voudrais l'aider.

Le mensonge lui était venu avec une facilité déconcertante.

— Pourquoi ton père ne le lui demande-t-il pas lui-même ?

— Il l'a fait. Il le fera. Je pensais le faire aussi.

— Je vois, répondit Georgina d'un ton qui laissait entendre qu'elle n'était pas dupe. Ne sois pas trop dure envers toi-même, Evelyn. D'après Mary Wollstonecraft une femme doit explorer tous les aspects de sa personnalité, y compris la sensualité, si elle veut être vraiment libre et heureuse.

19

— Cléopâtre est un excellent choix. Ton avocat va être subjugué.

Evelyn fit volte-face. Lady Georgina eut un sourire narquois, ses yeux noisette pétillant derrière son loup noir. Elle s'était déguisée en Diane chasseresse, comme prévu, mais, Dieu merci, sa tunique lui couvrait les deux seins ! Elle portait dans son dos un arc élégant et un carquois rempli de flèches dorées.

— Ce n'est pas *mon* avocat, Georgina ; juste une connaissance. Et ce n'est pas à moi de me tenir sur mes gardes. Avec ton arc et tes flèches, tu as tout de Cupidon. Lucas Crawford ferait bien de se méfier.

— Ha ! s'exclama Georgina en riant. Costumée comme tu l'es, tous les hommes présents vont être frappés par la flèche de l'amour et essayer de deviner ton identité. Tu es splendide, Evelyn.

Le compliment lui arracha un frisson d'excitation. Elle s'était préparée avec beaucoup de soin, ce soir. Elle était vêtue d'un fourreau doré très décolleté. Comme elle ne portait ni le corset ni les jupons volumineux des toilettes de bal traditionnelles, sa robe lui semblait légère comme l'air. Elle avait glissé ses pieds nus dans des sandales dont les lacets étaient noués haut sur ses chevilles. Des bracelets dorés en forme de serpents aux yeux vert émeraude lui enserraient le haut des bras. Elle avait envisagé de porter une perruque noire, mais y avait renoncé au dernier moment. Un diadème orné d'émeraudes assorties aux yeux des serpents retenait ses boucles blondes, qui cascadaient librement dans son dos. Un loup recouvert de sequins dorés cachait le haut de son visage, si bien qu'elle se sentait plus audacieuse que jamais. Si elle n'avait pas prévenu son amie qu'elle porterait un costume de Cléopâtre, celle-ci ne l'aurait jamais reconnue.

Evelyn se savait séduisante, et elle avait envie que Jack Harding la voie ainsi. Qu'il la regarde comme une jolie femme, et non plus comme la gamine studieuse qui le suivait partout en ânonnant ses conjugaisons grecques et latines.

« Ne sois pas imprudente, lui souffla une petite voix intérieure. Ce genre d'attirance est dangereux. »

— Sais-tu quel costume doit porter ton avocat ? s'enquit Georgina.

Evelyn scruta la foule déguisée.

— Je n'en ai aucune idée. Et ce n'est pas mon avocat, répéta-t-elle.

Une bergère et un ange donnaient le bras à un homme corpulent déguisé en Henry VIII. Le trio trébucha, bousculant Evelyn et Georgina.

— Quel monde ! Il sera difficile de retrouver qui que ce soit, observa Georgina.

L'étiquette voulait que les invités soient annoncés à leur entrée par un valet, mais cette règle ne s'appliquait pas lors d'un bal costumé. Une atmosphère de mystère et d'excitation régnait dans la salle. Les costumes étaient extravagants, et certains invités s'étaient donné beaucoup de mal pour cacher leur identité. Le monde entier semblait représenté, depuis les princes orientaux avec les esclaves des harems jusqu'aux

Chinois, en passant par les chevaliers et les belles dames du Moyen Âge.

Des domestiques en livrée portant des plateaux chargés de coupes de champagne se faufilaient dans la foule. Derrière les masques, les regards luisants de convoitise cherchaient d'éventuels partenaires avec lesquels s'adonner à des plaisirs coupables sous couvert d'anonymat.

La salle de bal était comme un immense kaléidoscope de couleurs vives et scintillantes. Éblouie par la lumière, étourdie par les rires et la musique, Evelyn sentit la tête lui tourner.

À cet instant deux mains solides se refermèrent sur sa taille et la hissèrent sur une chaise.

— Une reine mérite un trône, dit une voix masculine.

Evelyn étouffa une exclamation en découvrant Jack. Déguisé en pirate, il était entièrement vêtu de noir, depuis la pointe de ses bottes jusqu'à la plume de son chapeau. Le col de sa chemise était ouvert, révélant sa peau hâlée. Une épée au côté et un bandeau sur l'œil complétaient sa tenue.

Evelyn se rappela que le soir de leur visite à Drury Lane, il était également vêtu de noir, et qu'elle l'avait alors comparé à un pirate séduisant mais dangereux.

— Seigneur, Jack ! Vous m'avez fait une peur bleue.

À peine son prénom lui eut-il échappé qu'elle se rendit compte qu'elle avait fait une entorse aux convenances. Elle jeta un regard en coin à Georgina, qui pour le coup allait être persuadée que Jack était bel et bien *son* avocat.

Avec toute la dignité dont elle était capable, elle descendit de la chaise.

— Permettez-moi de vous présenter lady Georgina Stanford. Georgina, voici M. Harding.

Jack ôta son chapeau et s'inclina de façon formelle.

— C'est un immense plaisir, lady Stanford.

Georgina eut un sourire charmant.

— Pas de formalités ce soir, monsieur Harding. Ma mère pense que la soirée sera plus drôle si les invités ne révèlent pas leur identité. Mais je suis heureuse de faire votre connaissance.

— Votre mère a raison. On prétend toutefois qu'elle sait à l'avance quel costume ses invités ont choisi, et qu'elle connaît l'identité de chacun. Est-ce vrai ?

— Posez-lui la question vous-même, monsieur Harding. La voilà justement en compagnie de mon père. Pardonnez-moi si je m'éclipse avant qu'elle ne me bombarde de questions au sujet d'un certain invité.

Georgina fit une rapide révérence, et détala.

Evelyn regarda le couple approcher.

Lady Cécilia, vicomtesse de Hamilton, avait choisi le costume de la reine Élisabeth Ire. Elle portait une collerette et des jupes volumineuses, son visage était poudré de blanc et ses cheveux dissimulés sous une perruque rousse. Elle avait une présence impressionnante, comme la reine qu'elle imitait ce soir. Cécilia tenait à sa réputation d'hôtesse en vogue, et elle prenait ce bal costumé très au sérieux.

Maxwell Stanford, lui, n'avait pas pris la peine de se déguiser. Il approchait des soixante ans, et c'était encore un bel homme aux cheveux d'un noir de jais et à la stature athlétique. Sa moustache lui barrait le visage d'une joue à l'autre.

Le regard du vicomte passa rapidement sur Jack pour s'arrêter sur Evelyn avec un intérêt évident.

— Monsieur Harding, dit Cécilia, j'espère que vous vous amusez.

— Votre bal est spectaculaire, de même que votre costume, milady. Aucune autre hôtesse à Londres ne peut rivaliser avec vous.

Lady Cécilia sourit, visiblement charmée, et ses joues se colorèrent malgré la couche de poudre.

— Je suis flattée, monsieur Harding.

Evelyn réprima l'envie de lever les yeux au ciel. Seul Jack avait le don de faire rougir une hôtesse aussi sérieuse que Cécilia.

Le vicomte prit la parole, balayant Evelyn d'un regard appuyé.

— Je ne demanderai pas son identité à cette ravissante Cléopâtre, mais j'espère que la soirée vous plaît également.

— Le champagne est exceptionnel, milord, et les costumes de vos invités sont un régal pour les yeux.

— Tout comme vous. J'ai toujours été fasciné par l'Égypte ancienne, déclara le vicomte.

Malgré son amabilité, Evelyn se sentait mal à l'aise sous son regard insistant. La flamme de désir qui brillait dans ses yeux ne parvenait pas à dissimuler une froideur inquiétante, et le cœur d'Evelyn se mit à cogner sourdement.

Cet homme aurait-il été capable de poignarder sauvagement une femme ?

Evelyn sentit la vicomtesse se raidir, irritée par l'intérêt manifeste que lui portait son époux. Elle glissa son bras sous le sien, et Evelyn fut certaine de la voir le pincer en guise d'avertissement.

Leur mariage était loin d'être heureux. Si le vicomte poursuivait ouvertement d'autres femmes de ses assiduités, il ne fallait pas s'étonner que son épouse soit aussi amère.

Un silence gênant s'abattit sur le petit groupe. Ce fut Jack qui le brisa.

— On m'a dit que vous connaissiez l'identité de tous vos invités malgré leur costume, milady. Est-ce vrai ?

— Balivernes ! Quelqu'un s'est moqué de vous. Si je vous ai reconnu, monsieur Harding, c'est parce que vous portez un bandeau sur l'œil, et non un masque. Comment pourrais-je savoir à l'avance quel déguisement mes invités ont choisi ? Je serais bien incapable de deviner l'identité de votre Cléopâtre.

— Moi aussi, assura Jack avec un sourire diabolique.

Lady Cécilia parut se détendre.

— Venez, mon cher, dit-elle à son mari. Nous devons accueillir nos autres invités. Ce fut un plaisir, monsieur Harding.

Jack fit un signe de tête, et leurs hôtes disparurent dans la foule.

— Cette femme a un tisonnier dans le derrière, et son mari est un fornicateur.

— Jack !

— Je n'aime pas du tout la façon dont il vous a regardée.

— Le croyez-vous capable de tuer quelqu'un ? murmura-t-elle, les joues en feu.

— N'importe qui peut tuer. La question est : Hamilton est-il capable de poignarder une femme sans défense ?

— C'est la raison pour laquelle je tenais à ce que vous veniez ce soir. Pour que vous l'observiez. J'ai déjà vu le vicomte en société, mais je n'avais pas de raison de le considérer comme un suspect. J'espérais que votre expérience des criminels nous aiderait.

— Mon expérience peut éclairer le comportement d'une personne. Mais il faut reconnaître que les criminels ont un côté sombre inhérent à leur nature qui peut être difficile à détecter. Ils sont capables de dissimuler leurs pensées les plus noires et de se fondre dans leur environnement.

— Peut-être, mais vous en savez davantage sur eux que la plupart des gens.

Jack inclina la tête de côté et la jaugea d'un regard froid avant de suggérer :

— Séparons-nous pour la soirée, Evie. Quand Hamilton se rendra à la salle de jeu, j'engagerai la conversation avec lui. C'est la meilleure façon d'étudier ses réactions.

— Mais...

Jack eut un geste de la main pour l'interrompre.

— Il ne faut pas qu'on nous voie ensemble. Cela risque d'attirer l'attention.

Evelyn fut déconcertée. Jack s'inquiétait-il d'éventuels ragots ? Il ne se souciait tout de même pas de sa réputation à *elle* ? Elle connaissait les règles de bienséance mieux que quiconque, et savait parfaitement que la fille d'un comte ne pouvait avoir une attitude trop familière avec un célibataire.

Craignait-il plutôt d'éveiller la curiosité du vicomte ?

Quoi qu'il en soit, Evelyn eut l'impression d'être remise à sa place comme une enfant.

— Je n'ai pas l'intention de vous suivre comme votre ombre, répliqua-t-elle d'un ton crispé.

— Je sais. Je vous suggère simplement de vous méfier des colporteurs de ragots. Bien que vous soyez très habilement déguisée et que vous soyez arrivée avec votre père, j'ai appris à ne jamais sous-estimer les mauvaises langues.

— Êtes-vous inquiet pour votre réputation, Jack ?

Il lui adressa un clin d'œil narquois.

— Toujours, Evie. Je ne voudrais pas que la bonne société me voie en compagnie d'une seule femme. On pourrait en conclure à tort que j'ai décidé de renoncer au célibat.

Avec un claquement de talons, il remit son chapeau, et s'enfonça dans la foule.

20

Evelyn sirota son champagne en contemplant le tourbillon bigarré des danseurs sur la piste. Après que Jack eut tourné les talons, elle avait pris le parti de l'ignorer totalement. Son carnet de bal, où elle était inscrite sous le nom de lady Cléopâtre, était plein. Elle avait donc dansé toute la soirée, jusqu'à en avoir le souffle court et les pieds douloureux. Elle avait eu divers cavaliers, parmi lesquels un capitaine en permission qui portait son propre uniforme, et le fils d'un comte déguisé en Gengis Khan.

Quand la grande pendule de la salle de bal sonna 1 heure du matin, elle s'arrêta enfin pour déguster un autre verre de champagne en bavardant avec Georgina et ses amies. Elle était très fière de ses vaillants efforts pour ne pas penser à Jack ni à ce qu'il avait pu apprendre sur le vicomte. Mais elle eut beau faire, elle ne put s'empêcher de couler de discrets regards du côté de la salle de jeu.

Il lui suffit d'entrevoir une silhouette noire pour que son intérêt resurgisse.

Un verre de whisky à la main, Jack se dirigea vers le fond de la salle pour rejoindre un groupe de gentlemen. Ceux-ci étaient tous masqués, mais elle reconnut malgré tout la haute silhouette d'Anthony Stevens et les cheveux blonds de Brent Stone. Un troisième homme, aux cheveux sombres et au sourire désinvolte, discutait avec eux. Probablement le quatrième avocat du cabinet.

Au bout d'une minute, elle se décida à détourner les yeux de crainte qu'on ne la surprenne.

« Qu'est-ce que Jack a bien pu découvrir sur le vicomte ? s'interrogea-t-elle. Et pourquoi ce changement d'attitude ? »

Ils étaient censés enquêter ensemble. Mais Evelyn devait admettre qu'elle lui en voulait de l'avoir congédiée si rapidement, alors qu'elle s'était donné tant de mal pour se faire belle ce soir. Elle voulait qu'il s'intéresse à elle, et au diable la bonne société. Au lieu de quoi, il lui avait rappelé les convenances !

Elle se revit tout à coup à l'âge de douze ans, cherchant désespérément à attirer l'attention de l'élève de son père.

Seigneur, non !

Elle ne voulait plus penser à cette époque. Elle était une femme à présent, elle avait trouvé son égal sur le plan intellectuel en la personne de Randolph Sheldon – un homme qui *recherchait* ses attentions. Il était temps d'agir en adulte, d'aborder Jack avec indifférence et professionnalisme, et de lui demander ce qu'il avait découvert.

Mais quand elle pivota sur elle-même, il avait disparu.

— Si tu cherches ton pirate, je l'ai vu se diriger vers la terrasse. Un peu d'air frais te ferait peut-être du bien, à toi aussi ? suggéra Georgina, railleuse.

Evelyn ne prit pas la peine de discuter. S'excusant auprès de leurs amies, elle se faufila vers les portes-fenêtres.

Ce faisant, elle ne put s'empêcher de remarquer que beaucoup d'invités avaient trop bu. Les yeux des hommes luisaient derrière les masques, les femmes riaient trop fort. Un homme corpulent portant un costume de bouffon du Moyen Âge tenta de l'arrêter au passage. Elle se déroba prestement sans quitter des yeux les portes-fenêtres. Elle craignait que Jack ne rentre sans qu'elle le voie, et se fonde dans la foule.

Une fois dehors, elle s'immobilisa le temps de laisser ses yeux s'habituer à la pénombre relative. Des torches étaient disposées le long de la terrasse, et la pleine lune brillait dans le ciel sombre telle une perle géante. Evelyn s'approcha de la balustrade, et contempla les jardins parfaitement entretenus. Un parfum de roses et de fleurs printanières lui parvint, porté par la brise. Une petite brise lui caressa le visage. Après la salle bondée et bruyante, la terrasse apparaissait comme un havre de paix et de fraîcheur.

— Monsieur Harding ? appela-t-elle.

Pas de réponse.

La terrasse était déserte, seuls deux messieurs fumaient dans un coin – elle voyait l'extrémité de leur cigare rougeoyer dans l'ombre. Il n'y avait personne d'autre. Georgina se serait-elle trompée ?

Penchée au-dessus de la balustrade, elle examina les jardins en plissant les yeux. Elle avait failli ne pas le voir.

Juste là, derrière les rosiers, à côté du labyrinthe. Une silhouette sombre se déplaçant furtivement. Ce n'était pas un invité se promenant nonchalamment dans les allées.

Evelyn se pencha autant qu'elle le pouvait sans basculer par-dessus la rambarde. L'ombre passa non loin d'elle.

C'était Jack, elle en était certaine.

Que faisait-il ?

Elle décida de le suivre et descendit les marches de pierre qui menaient au jardin. Son costume était aussi voyant qu'un drapeau blanc claquant dans le vent, mais par chance ses sandales ne faisaient aucun bruit. Elle demeura à distance, sans jamais le perdre de vue, et en priant pour qu'il ne se retourne pas.

Elle le suivit jusqu'à l'arrière de la maison. Les jardins remontaient en pente douce vers la bâtisse, et des pierres un peu plus claires trahissaient un ajout moderne. L'architecte avait habilement placé plusieurs portes-fenêtres ouvrant sur les jardins.

Mais plus Jack s'éloignait de la terrasse, moins il y avait de lumière. À un moment, Evelyn crut l'avoir perdu. Puis elle entendit le bruit d'une poignée que l'on actionnait, et courut se cacher derrière une statue. De là, elle vit Jack ouvrir l'une des portes vitrées et se faufiler à l'intérieur. Quelques secondes plus tard, une flamme apparut et une lampe répandit une lueur jaune.

Que diable fabriquait-il ?

Soudain, le visage de Jack apparut, et les lourdes tentures furent tirées devant les portes vitrées.

Evelyn se rapprocha et essaya de regarder entre les rideaux, mais il faisait trop sombre.

À la fois frustrée et agacée par tous ces mystères, elle tourna la poignée, et la porte vitrée s'ouvrit sans bruit.

Au moment où elle posait le pied à l'intérieur, une main se plaqua sur sa bouche et on la tira en arrière. La porte fut refermée d'un coup de pied.

Bien que la lumière fût très faible, Evelyn ne céda pas à la panique et ne tenta pas de se débattre. Son odeur, sa force étaient imprimées dans son esprit, et elle le reconnut sur-le-champ.

— Ne faites pas de bruit, lui chuchota-t-il à l'oreille.

Son souffle tiède lui frôla la joue et elle frissonna. Elle hocha la tête pour lui montrer qu'elle avait compris. Alors, il la lâcha et s'écarta.

— Que faites-vous ici ? demanda-t-il d'une voix dure.

— Et vous ?

— Je comptais explorer la bibliothèque personnelle de Hamilton.

Evelyn regarda autour d'elle, et constata qu'ils se trouvaient effectivement dans une bibliothèque. Des livres reliés de cuir garnissaient les rayonnages. Une table de travail et un fauteuil capitonné étaient placés devant une fenêtre en arc de cercle de façon à bénéficier de la lumière naturelle.

— Vous alliez fouiller cette pièce sans moi ?

— Pour être franc, oui. J'ai eu la chance de trouver cette entrée sans avoir à m'aventurer dans le corps principal de la maison. Aussi, si vous voulez bien ressortir et retourner danser, je continuerai mes recherches.

— Non.

— Pardon ? fit-il en arquant un sourcil.

— Pourquoi ne m'avez-vous pas exposé votre plan ? Je peux vous aider. À deux, nous irons plus vite.

— C'est bien pour cela que je ne vous en ai pas parlé. C'est dangereux, Evie.

Il jeta un coup d'œil à la porte-fenêtre par laquelle elle venait d'entrer, puis au solide battant de chêne qui menait à la partie principale de la maison.

— Il y a deux entrées. Un domestique, ou Hamilton lui-même, pourrait arriver à tout moment.

— Je suis prête à courir le risque.

— Ne soyez pas ridicule. Partez.

Evelyn leva crânement le menton.

— C'est pour cela que vous avez insisté pour que nous allions chacun de notre côté, ce soir ? Vous ne vous souciez pas le moins du monde de ma réputation, ni de la vôtre, n'est-ce pas ?

— Je savais que vous vous montreriez aussi entêtée qu'à l'accoutumée.

— Nous sommes censés enquêter ensemble.

— Vous ne pensez donc jamais à votre sécurité ?

— Assez perdu de temps. Je suppose que vous comptez commencer par fouiller le bureau de Hamilton ?

Il eut un instant d'hésitation, et elle eut peur qu'il ne la fasse sortir manu militari. Cela dit, s'il la hissait sur son épaule comme un sac de pommes de terre, il risquait fort d'attirer l'attention.

— Fouillez son bureau, ordonna-t-il d'un ton sec. Je vais m'attaquer aux étagères. Cherchez un compartiment secret... un tiroir... quelque chose où l'on puisse cacher un journal intime.

Evelyn fila vers le bureau sans mot dire, redoutant que Jack ne change d'avis et ne lui demande de partir. Le cœur battant, elle vérifia chaque tiroir, jeta un coup d'œil au moindre bout de papier. Elle découvrit une liasse de factures, qu'elle passa en revue. Au milieu de la pile, elle s'interrompit, les sourcils froncés.

Grimpé sur un tabouret, Jack passait le bout des doigts sur l'étagère la plus haute, cherchant probablement un mécanisme secret. Les muscles puissants de ses épaules saillaient sous la chemise noire. Evelyn déglutit, la gorge sèche, et s'imagina laisser courir ses mains sur sa peau nue.

Il descendit de son perchoir et se retourna. La jeune femme se rappela un peu tard qu'elle était toujours derrière le bureau, les factures à la main, les yeux rivés sur lui.

— Qu'y a-t-il ? Qu'avez-vous trouvé ?

Evelyn battit des paupières, chassant de son esprit la vision de ses épaules nues, et brandit le paquet de factures.

— Ce sont des notes de bijoutiers, de fleuristes, de couturières. Tous ces articles devaient être livrés à l'adresse de Bess Whitfield, à Londres.

— Montrez-moi cela.

Leurs doigts s'effleurèrent quand il prit les factures. Il les examina longuement, une par une.

— La dernière livraison de la couturière a eu lieu la veille de la mort de Bess, nota-t-il.

— Pourquoi lui aurait-il offert une robe s'il avait l'intention de la tuer ?

— Je pense que le crime n'était pas prémédité. C'est un crime passionnel, commis dans un moment de folie. Le criminel a frappé la victime plusieurs fois, avec violence. Il n'est pas entré par effraction, elle lui a ouvert la porte. Donc, elle le connaissait. Il y a une dimension personnelle dans ce crime.

— Oh, mon Dieu !

— J'ai aussi trouvé quelque chose.

Jack retourna vers la bibliothèque et s'empara d'une liasse de lettres posées sur l'une des étagères les plus basses. Il revint vers Evelyn et les étala sur le bureau. Il y en avait une douzaine.

— Ce sont des lettres d'amour écrites par Bess Whitfield à Maxwell Stanford, vicomte de Hamilton.

Evelyn parcourut quelques lettres. L'écriture était élégante, le papier parfumé. Le couple semblait entretenir une relation qui oscillait entre amour et haine, car le contenu des missives allait de la colère à la description sans fard d'actes érotiques. Les yeux écarquillés de stupeur, Evelyn se demanda si les femmes faisaient vraiment ce genre de choses aux hommes…

Est-ce que cela plairait à Jack ? lui souffla une petite voix intérieure.

Elle tressaillit intérieurement. C'est le nom de Randolph qui aurait dû lui venir à l'esprit, pas celui de Jack.

— Regardez.

Jack désigna la date inscrite dans le coin supérieur droit d'une des lettres.

— Bess a vu Hamilton avec une autre femme. Elle était furieuse. La lettre porte la même date que la facture de la couturière. Hamilton a dû lui offrir une robe pour se faire pardonner.

— Elle a peut-être refusé la robe et ses excuses, suggéra Evelyn.

— Et il se serait vengé en la poignardant. C'est possible. Ce genre d'attirance physique très puissante a un côté animal, et peut être à l'origine d'actes dangereux, voire mortels.

« Oui, l'attirance que je ressens pour vous est animale, dépourvue de logique, et très dangereuse », se dit-elle.

— Quoi qu'il en soit, enchaîna Jack, ces lettres n'ont rien à voir avec le journal disparu de la défunte.

— Il ne l'a sans doute jamais trouvé. Ou bien il en ignorait l'existence.

— Peut-être, mais nous n'avons pas le temps d'échafauder une théorie maintenant. Replacez chaque objet exactement là où vous l'avez trouvé.

Jack rassembla les lettres et retourna les déposer dans leur cachette. Evelyn remit chaque facture à sa place dans la pile, et rangea le tout dans le tiroir.

Une pensée lui traversa soudain l'esprit et anéantit sa belle assurance.

— Et Georgina ? chuchota-t-elle.

— Quoi, Georgina ? dit Jack en descendant de son tabouret.

— C'est une amie. Que se passera-t-il si nous prouvons que son père a tué Bess Whitfield ? Cela détruira non seulement le vicomte, mais aussi Georgina et sa mère. Le scandale sera épouvantable et les ragots impitoyables.

Jack la rejoignit en trois enjambées et lui souleva le menton, la forçant à croiser son regard. Ses yeux étincelaient dans la pénombre.

— N'allez pas imaginer que vous avez fait quoi que ce soit de mal. Si Hamilton est coupable, il sera seul responsable de la ruine de sa famille. De toute façon, tout ce dont nous avons la preuve ce soir, c'est que Hamilton et Bess Whitfield entretenaient une relation tumultueuse. Il n'est en rien différent de la plupart des hommes mariés de l'aristocratie. Ces lettres et ces factures ne prouvent pas qu'il a poignardé sa maîtresse. N'importe quel avocat saurait le démontrer.

— Mais...

Il lui prit le visage en coupe avec une tendresse infinie.

— Chut, Evie. Si par hasard Hamilton est coupable, en tant que lord et membre de la noblesse, il est probable qu'il ne sera pas inculpé et n'aura jamais à affronter un procès. Il est extrêmement difficile de rendre un verdict de culpabilité lorsqu'il s'agit d'un vicomte. Il faudrait qu'il soit jugé par la Chambre des lords, et ces derniers savent protéger leurs pairs. On n'engagera peut-être même pas de poursuites contre lui, et le scandale sera évité. Pourriez-vous en dire autant si Randolph était accusé ? Il n'a ni titre ni influence.

Jack avait raison. Mais Georgina avait toujours été tellement gentille avec elle.

— N'oubliez pas que le comte de Newland est un suspect tout aussi plausible.

Elle acquiesça d'un signe de tête. Sa logique, sa présence même étaient rassurantes. Elle avait une envie folle de se blottir contre lui, de sentir ses bras l'envelopper, d'appuyer le front contre son épaule solide. Pour elle, qui s'était toujours crue forte, cette sensation était déconcertante.

— Venez, dit-il en reculant. Nous sommes là depuis trop longtemps. Il faut partir.

Il avait dû percevoir sa vulnérabilité, la myriade d'émotions qui tourbillonnaient en elle, le réconfort qu'elle retirait de sa présence, car il lui tendit la main.

Elle s'en empara sans hésiter.

Jack éteignit la lampe, puis ouvrit avec précaution la porte-fenêtre. Après avoir regardé de tous côtés pour s'assurer que personne ne rôdait dans les parages, il tira Evelyn à sa suite et referma derrière eux.

Ils marchèrent côte à côte en silence, jusqu'à ce que les flammes des torches de la terrasse apparaissent. Jack ralentit le pas, lâcha la main d'Evelyn et tapota ses poches.

— Que se passe-t-il ? demanda-t-elle.

— J'ai oublié ce satané bandeau. Il faut que j'y retourne.

— Quoi ? Dans la bibliothèque ?

— Oui, je l'ai laissé là-bas, j'en suis sûr.

— C'est dangereux, n'y allez pas. Personne ne saura que c'est le vôtre.

— Le vicomte et la vicomtesse m'ont vu en costume. Combien de pirates y a-t-il dans la salle ce soir ?

« Je ne saurais dire, aurait-elle pu répondre, je n'ai vu que vous. »

— Retournez dans la salle de bal avant que quelqu'un ne remarque votre absence, Evie. Nous nous reverrons au sujet de l'enquête.

— Quand ? s'écria-t-elle.

Mais il avait déjà disparu dans les ténèbres.

21

Jack retraversa le jardin à toute allure, et s'introduisit de nouveau dans la bibliothèque.

Son bandeau était là où il l'avait posé, sur une étagère. Il l'attrapa et le fourra dans sa poche en se maudissant de sa négligence. Pour commencer, il n'aurait jamais dû autoriser Evelyn à fouiller la pièce avec lui.

Mais quand elle le défiait, il la trouvait magnifique et ne pouvait rien lui refuser.

Il avait eu le souffle coupé ce soir quand il l'avait aperçue dans son costume de Cléopâtre. Ses doigts l'avaient démangé de caresser ses épaules nues, ses hanches que moulait le satin blanc, sa chevelure d'or pâle.

Il devenait sentimental, et en oubliait d'être prudent. Ce n'était pas la première fois qu'il fouillait une maison. Jamais encore il n'avait laissé derrière lui pareil indice trahissant son passage. Sachant que Hamilton l'avait vu en costume de pirate deux heures plus tôt, cela revenait carrément à laisser sa carte de visite.

C'était à cause d'Evie. Ses yeux de chat, son intelligence affûtée, son courage. Quand ses yeux s'étaient brouillés de larmes à la pensée qu'elle risquait de faire du mal à son amie, il avait réagi instinctivement.

La vérité, c'était que la détresse d'Evie l'avait perturbé, et qu'il avait vraiment voulu la réconforter. Il lui était arrivé par le passé de consoler des clients, ou leur épouse, mais ses motifs étaient superficiels et égoïstes. Il avait besoin de pouvoir s'appuyer sur des témoins solides dans une salle de tribunal. Il ne fallait pas qu'ils soient abattus, accablés par la culpabilité. Il ne s'était soucié de leur chagrin qu'en tant qu'avocat déterminé à influencer le jury.

Avec Evie, c'était différent.

Enfin, non, pas tout à fait.

L'égoïsme demeurait. Certes, il avait été ému par son chagrin, mais le désir l'aiguillonnait. Il la désirait encore plus que lorsqu'il l'avait embrassée dans la voiture. Chaque fois qu'il la touchait, son attirance grimpait d'un cran. Elle ne semblait pas se rendre compte de l'effet qu'elle produisait sur lui et cela ne faisait qu'attiser son ardeur.

S'il suffisait pour éveiller son désir qu'il effleure ses lèvres des siennes, que ressentirait-il s'il avait son corps nu contre le sien dans un lit ?

Des pas résonnèrent dans le couloir derrière la porte. Jack se raidit.

Diantre.

Son erreur, son manque de rigueur risquaient de lui coûter cher. Il n'avait plus le temps de fuir par la porte donnant dans le jardin. On le repérerait immanquablement.

Agrippant un lourd chandelier de cuivre, il se cacha dans un coin à l'extrémité des rayonnages.

La porte s'ouvrit. Un domestique entra, et vida la corbeille à papier. Mais au lieu de ressortir, il s'arrêta devant les étagères.

Jack retint son souffle, les doigts crispés sur le chandelier, le cœur battant. Si l'homme faisait un pas sur la droite, il n'aurait d'autre choix que de l'assommer.

Le valet repartit dans l'autre direction, redressa un livre au centre de la bibliothèque, puis sortit en fermant la porte derrière lui.

Avec un soupir, Jack reposa le chandelier sur le bureau et s'essuya le front. Il l'avait échappé belle.

— Les invitations sont-elles parties ?

Evelyn leva la tête et cessa de chipoter dans son assiette. Son père se tenait sur le seuil de la salle à manger.

— Pardon ? dit-elle.

— Les invitations destinées à lord Bathwell et à lord Barnes. Les as-tu envoyées ? demanda-t-il.

Il faisait référence à leur dîner mensuel avec les deux juges. Il tenait à garder des liens avec eux bien qu'il ne plaidât plus et que son temps fût entièrement consacré à ses étudiants d'Oxford.

Cependant, à cause des derniers événements concernant Randolph, Evelyn avait complètement oublié le dîner.

Elle avait toujours apprécié ces discussions au cours desquelles s'échangeaient des anecdotes amusantes sur les gaffes commises par les jeunes avocats. Mais aujourd'hui, elle n'éprouvait que de l'agacement à l'idée de devoir organiser cette soirée. Dîner en compagnie des deux juges lui apparaissait soudain terriblement ennuyeux.

Elle redressa néanmoins les épaules et repoussa ces pensées. Elle avait toujours été une fille obéissante, soucieuse des besoins de son père et de sa carrière.

— Cela m'était sorti de la tête, père. Je vais envoyer les invitations sur-le-champ.

— N'oublie pas d'inclure M. Harding.

Malgré elle, elle frémit d'impatience à l'idée de voir Jack. Lui présent, le dîner s'annonçait plus intéressant, et, pour une fois, ce n'était pas la perspective d'une conversation intellectuelle qui la stimulait.

« Arrête tout de suite ! » se morigéna-t-elle.

Elle devait rester concentrée sur l'affaire. Quatre jours s'étaient écoulés depuis le bal costumé, et elle n'avait pas eu de nouvelles de Jack. Il était vraisemblablement occupé par d'autres dossiers. Après tout, Randolph n'était pas son seul client. Mais elle aurait aimé savoir quelle action il envisageait à présent. Elle refusait catégoriquement d'admettre qu'il lui manquait.

— Envoie ces cartons au plus vite, ma chérie. Ces messieurs ont tous beaucoup d'obligations, lança son père en tournant les talons.

Evelyn finit son thé, puis quitta la salle à manger pour aller s'occuper de ces invitations. Hodges l'arrêta au pied de l'escalier.

— Vous avez un visiteur, lady Evelyn.

L'espace d'une fraction de seconde, elle eut l'espoir fou que ce fût Jack.

— Un certain M. Simon Guthrie, précisa Hodges. Je l'ai conduit dans le salon. Voulez-vous que je fasse servir du thé ?

Evelyn était déconcertée. Pourquoi diable Simon lui rendait-il visite ? Randolph avait-il de nouveaux ennuis ? La police l'avait-elle retrouvé ?

Hodges attendait sa réponse, le front plissé. Elle se ressaisit.

— Non, merci, Hodges. M. Guthrie ne restera pas longtemps.

Le majordome hocha la tête et s'éloigna en traînant les pieds.

Evelyn se précipita au salon.

Simon se leva lorsqu'elle entra. Ses cheveux sombres étaient soigneusement coiffés, son regard brun doux et pensif. De taille moyenne, les traits banals, c'était un homme qui pouvait se fondre dans n'importe quelle foule. Mais la première fois qu'elle l'avait vu, à Oxford, Evelyn avait deviné chez lui une intelligence aiguisée. Il était assistant comme Randolph, mais travaillait sous la direction d'un autre professeur. Evelyn aimait bien Simon, et elle appréciait qu'il soit resté l'ami de Randolph dans l'adversité. C'était un garçon loyal.

Elle lui fit signe de s'asseoir, et prit place face à lui.

— Y a-t-il un problème, Simon ?

Ce dernier croisa les mains.

— Randolph souhaiterait vous voir.

— Mais le danger...

— Il est désespéré, Evelyn. Il passe ses journées à Shoreditch, dans une complète solitude. Je lui ai apporté des livres, pour qu'il continue à travailler. Mais il est en proie à une profonde mélancolie. Il dit que vous lui manquez.

Le cœur d'Evelyn chavira au souvenir des moments passés ensemble.

— Comment voudrait-il que nous fassions ?

— Il y a une petite librairie dans Bond Street. Smithy's Books. Il y a peu de monde l'après-midi, et ils ont installé des sièges dans l'arrière-boutique pour que les clients puissent examiner les livres à leur aise.

— Je connais cette librairie.

— Demain à 16 heures ?

— Dites à Randolph que j'y serai.

— Oh, et puis...

— Oui ?

— Randolph aimerait vous voir seule. Sans M. Harding.

Evelyn eut une brève hésitation. Quelle étrange requête de la part de Randolph.

Elle avait promis à Jack de ne pas enquêter seule et de ne pas rencontrer Randolph sans lui.

— C'est un problème ? s'enquit Simon.

Elle songea à ce pauvre Randolph, isolé et anxieux dans cette maison de Shoreditch. Il lui manquait aussi, se rendit-elle compte. Peut-être pourraient-ils discuter du projet sur lequel il travaillait avant cette épouvantable affaire. Mais leur rencontre ne pourrait qu'être brève. Et pourquoi faire perdre son temps à Jack ? De son propre aveu, il était très pris. Et puis, elle trouvait grotesque de lui faire jouer les chaperons.

Levant les yeux, elle s'aperçut que Simon l'observait.

— Il n'y a aucun problème. Dites à Randolph que je serai au rendez-vous et que j'attends ce moment avec impatience.

22

Il y avait quantité de boutiques fort tentantes pour une dame dans Bond Street. Evelyn passa devant les plus récentes : un joaillier spécialisé dans les broches en pierres précieuses, et l'atelier de Mme Fleur, une couturière française qui faisait fureur. Mais pour la première fois, ce n'était pas à cause des boutiques que son pouls s'emballait.

Elle avait envoyé Janet à l'herboristerie pour acheter l'infusion dont son père aurait besoin dans la semaine. Mais cette fois, elle avait inscrit sur la feuille le nom d'un mélange de plantes rares, dont la préparation retiendrait la femme de chambre pendant au moins une heure.

Evelyn fit halte devant une petite boutique dont la porte était surmontée d'une enseigne : *Smithy's Books*. Une clochette tinta lorsqu'elle poussa la porte et en franchit le seuil. L'odeur des livres la réconforta, et lui rappela la bibliothèque universitaire.

Le libraire, un petit homme âgé avec une moustache blanche et de grosses lunettes, était occupé à réparer la reliure d'un livre sur le comptoir. Il leva les yeux, la salua distraitement, puis reporta son attention sur son travail. En traversant la salle encombrée d'étagères, elle constata que Simon avait raison. En cette fin d'après-midi, la boutique était déserte.

Elle pressa involontairement la main sur son cœur quand elle vit Randolph. Assis sur un vieux canapé de velours vert fané, il tenait un livre devant son visage. Mais elle reconnut immédiatement sa masse de cheveux blonds.

— Randolph, chuchota-t-elle.

Il abaissa son livre et sourit. Ses yeux bleu pâle pétillèrent derrière ses lunettes cerclées.

— Evelyn.

Elle eut l'impression qu'ils s'étaient quittés la veille. Elle éprouvait la même émotion que lorsqu'elle entrait dans les bureaux de son père et trouvait Randolph assis à son bureau en train de travailler.

Il se leva, elle courut vers lui, et ils s'enlacèrent.

Randolph avait une silhouette mince, d'une taille légèrement supérieure à la moyenne. Dans ses bras, elle prit conscience de son corps frêle, comme s'il avait perdu du poids depuis leur dernière rencontre.

— Vous m'avez terriblement manqué, Evelyn, murmura-t-il.

— À moi aussi.

C'était son ami le plus proche, son confident, se rendit-elle compte. Il lui prit la main, et ils s'assirent côte à côte sur le vieux canapé. Evelyn lui caressa le visage, remarquant sa maigreur et les cernes sombres sous ses yeux. Son inquiétude refit surface.

— Comment allez-vous ?

— C'est difficile, Evelyn. Vraiment horrible, en fait.

Il plissa les yeux, et elle craignit qu'il ne se mette à pleurer. Elle lui pressa la main.

— Mon Dieu, Randolph, racontez-moi.

— Je quitte rarement la maison de crainte d'être reconnu ou arrêté. Par chance, elle n'a pas encore été vendue, mais toutes les affaires de Bess sont là, et je ne peux m'empêcher de penser qu'elle est morte... assassinée.

— Soyez assuré que nous faisons tout ce que nous pouvons, Randolph.

— Nous ? répéta-t-il.

— M. Harding et moi. Vous vous rappelez que nous l'avons engagé ?

— Oui, oui, c'est juste que je n'aime pas savoir que vous passez du temps avec un homme. Cela me met mal à l'aise.

Une rougeur envahit ses joues pâles, comme s'il était soudain fiévreux.

— Ne soyez pas idiot, c'est pour vous que je fais cela.

Randolph se décomposa. Il semblait si malheureux... une flèche de culpabilité transperça Evelyn.

— Voyez-vous souvent Simon Guthrie ? demanda-t-elle pour faire dévier la conversation.

— C'est mon meilleur ami, mon seul visiteur.

La voix de Randolph était sourde, désespérée, comme un écho provenant d'outre-tombe.

Le cœur d'Evelyn chavira. N'était-ce pas elle, sa meilleure amie ? Mais elle ne devait pas se montrer égoïste. Simon était libre de rendre visite à Randolph, tandis qu'elle, fille de comte, célibataire de surcroît, ne pouvait se rendre à Shoreditch, dans la maison d'une actrice assassinée, pour y retrouver un homme.

— Vous rappelez-vous les moments que nous passions ensemble, à la bibliothèque universitaire ? demanda-t-il.

Comment aurait-elle pu les oublier ? Les souvenirs affluèrent. Elle se rappela l'un des projets de Randolph qui avait requis des recherches ésotériques sur les aqueducs romains. Penchés sur les documents ils avaient chuchoté des heures durant, puis le bibliothécaire avait menacé de les jeter dehors, car l'heure de fermeture était passée depuis quinze minutes.

Son père étant retenu par une réunion plus longue que prévu, Randolph en avait profité pour lui suggérer de l'accompagner dans un café grec, sur le Strand. Ils avaient bu du café dans un coin sombre de l'établissement, où ne se trouvait aucune dame convenable et où tout le monde se moquait de savoir qui elle était. Enhardie par l'atmosphère, elle s'était penchée pardessus la table et avait embrassé Randolph. C'était terriblement inconvenant, audacieux, et excitant.

La clochette de l'entrée tinta, tirant Evelyn de ses pensées.

— Venez, dit Randolph, qui se leva et la tira par la main.

— Mais où…

— Chut, fit-il, un doigt sur les lèvres.

Il l'entraîna vers la porte de derrière, et elle se retrouva dans une ruelle, à l'arrière du magasin. Une vague odeur de poubelles lui frôla les narines. Un chat famélique, qui buvait l'eau au pied d'une gouttière, détala quand la porte claqua derrière eux. Seul le bruit d'un volet qui battait au loin brisait le silence.

— Randolph, est-ce bien prudent…

Il l'attira abruptement dans ses bras.

— Il faut que je reste un moment seul avec vous sinon je vais devenir fou, dit-il avant de se pencher pour capturer ses lèvres.

Déconcertée par cette agressivité qui ne lui ressemblait pas, Evelyn faillit le repousser. Puis elle se ravisa. Randolph avait besoin d'elle. Son comportement était dicté par la peur et une sensation de danger.

À vrai dire, elle avait également besoin d'échanger ce baiser avec lui, mais pour d'autres raisons. Dont une curiosité irrépressible – et presque honteuse.

Les baisers de Randolph seraient-ils semblables à ceux de Jack ?

Fermant les yeux, elle lui offrit ses lèvres.

Le contact fut loin d'être déplaisant. Elle s'abandonna contre lui, posa la main sur son torse, là où battait son cœur. Randolph gémit, et se fit plus pressant, déposant des baisers humides sur ses lèvres et dans son cou. Sa bouche avait un parfum de café, mais elle n'en fut pas étonnée, connaissant son penchant pour ce breuvage. Toutefois, une petite voix lui fit remarquer que les baisers de Jack étaient plus ardents, et son corps plus solide et musclé que celui de Randolph.

La vérité, c'était que ce dernier manquait d'expérience et ne parvenait pas à éveiller sa passion.

Elle fit un pas en arrière, et leva la main pour le maintenir à distance comme il faisait mine de se rapprocher.

— J'ai besoin de ces baisers, Evelyn, dit-il d'un ton implorant. J'ai besoin de savoir que tout n'a pas changé dans ma vie.

— Rien n'a changé, Randolph. Je suis à vos côtés comme je l'ai toujours été.

Mais sa voix tremblante manquait de conviction, y compris à ses propres oreilles.

— Suis-je donc le seul à ne pas avoir été officiellement présenté à ta cliente ?

Jack lança un bref coup d'œil à James Devlin. Celui-ci avait rejoint ses amis et confrères dans une taverne non loin de Lincoln's Inn, et buvait un verre avec eux. Cette petite réunion hebdomadaire était devenue une habitude ; ils en profitaient pour discuter de leurs dossiers les plus complexes et des stratégies possibles. Mais vu les sourires narquois qu'affichaient ses amis, la dernière personne dont Jack avait envie de parler, c'était d'Evelyn Darlington. Il pouvait se passer de leurs moqueries et remarques paillardes.

Une serveuse déposa quatre chopes sur la table, et Jack avala une gorgée de bière avant de répondre. Beau ténébreux à l'attitude désinvolte, James Devlin ne mâchait pas ses mots. Jack savait qu'il profitait de sa liberté de célibataire et des nombreuses courtisanes de la capitale. Il avait un talent indéniable pour éviter le piège du mariage et les matrones qui cherchaient à caser leur fille. Qu'il veuille être présenté à Evie hérissait Jack.

— Pourquoi voudrais-tu faire la connaissance d'Evelyn Darlington, Devlin ?

— Parce que je me sens tenu à l'écart, tout simplement. Brent prétend qu'elle est aussi belle de près que de loin. Anthony lui-même en est toqué.

Anthony avala sa bière de travers et reposa brutalement sa chope.

— Toqué ? Qui diable t'a dit une chose pareille ?

Le sourire de Devlin s'élargit légèrement.

— C'est Brent. Il paraît que tu n'as pas réussi à l'intimider, et que tu lui souriais comme un benêt.

— Tu lui as dit ça ? s'écria Anthony en se tournant vers Brent, les yeux étrécis.

Ce dernier haussa les épaules avec nonchalance.

— Je lui ai juste raconté ce dont j'avais été témoin.

Jack intervint avant que la situation ne dégénère.

— N'y a-t-il pas d'autres affaires dont nous pourrions parler ?

— Certes, mais nous voudrions tous avoir des nouvelles de lady Evelyn, annonça Brent.

Jack dévisagea Brent par-dessus le bord de sa chope, et sa gorge se noua. Brent Stone était indéniablement bel homme. Evelyn l'avait-elle trouvé séduisant quand ils s'étaient rencontrés à l'Old Bailey ? Jack n'était pas près d'oublier ce jour où, entrant à l'improviste dans le bureau de Brent, il l'avait trouvé dans une position compromettante avec une femme.

Il s'ébroua mentalement. Sa réaction était stupide. Ses amis étaient dignes de confiance, ils se connaissaient depuis des années. Il n'était pas du genre jaloux, et Evelyn n'était ni sa fiancée ni sa maîtresse.

Elle était promise à Randolph Sheldon.

— L'enquête progresse, mais c'est loin d'être bouclé, marmonna-t-il.

— Et le comte de Newland ? As-tu suivi la piste fournie par Papazian ? s'enquit Anthony.

— Newland est détraqué, il se rend sur la tombe de Bess Whitfield chaque jour, comme un obsédé.

— Un obsédé ? releva Devlin. J'ai entendu parler de meurtriers qui assistent aux funérailles de leur victime, et vont se recueillir sur leur tombe. C'est peut-être ton assassin, Jack.

— Je ne suis pas convaincu. Il n'avait aucun mobile. Un vieil homme proche de la mort ne se soucie pas du journal intime d'une actrice à la mauvaise réputation. Même si ce journal contient des détails explicites sur son comportement sexuel.

Jack avait déjà parlé à ses confrères du journal disparu de Bess Whitfield. Puisqu'il ne pouvait les empêcher de s'intéresser à Evelyn et au dossier, autant mettre leur réflexion à contribution.

— Et la liste de suspects que je t'ai donnée ? demanda-t-il à Anthony. Papazian a-t-il déniché quelque chose ?

Anthony secoua la tête.

— L'un de ces hommes est décédé de causes naturelles, deux étaient à l'étranger au moment du meurtre, et le dernier a un solide alibi. Cette liste ne menait nulle part, c'était une perte de temps.

— Cela ne m'étonne pas. Randolph est désespéré, il se raccroche à n'importe quoi.

— Tu penses qu'il a écrit ces noms au hasard ? intervint Devlin.

— Non, mais j'ai depuis le début la conviction qu'il en sait plus qu'il ne veut bien le dire. L'un de vous a-t-il des informations sur le vicomte de Hamilton ?

— Maxwell Stanford ? fit Brent. J'ai rédigé plusieurs lettres patentes pour lui.

— Et moi, j'ai préparé un contrat pour l'achat d'un pavillon de chasse, ajouta Devlin.

— C'était l'un des amants de Bess, expliqua Jack. J'ai trouvé des lettres dans sa bibliothèque, qui révèlent une relation tumultueuse. Le vicomte est dans la force de l'âge, en bonne santé, et il a une famille qui souffrirait durement si un scandale venait à éclater. Il aurait beaucoup à perdre si le journal de Bess était rendu public.

— Tu as fouillé sa bibliothèque ? s'exclama Brent, incrédule. Lady Evelyn est-elle au courant de tes activités clandestines ?

— Elle était avec moi.

Devlin laissa fuser un rire sonore.

— J'ai toujours dit que ce genre de femme te donnerait du fil à retordre, Jack.

— Tu as trouvé le journal ? voulut savoir Brent.

— Non. D'après l'habilleuse de Bess Whitfield, il y avait aussi parmi ses derniers amants un certain Sam, un roturier. Si je mets la main sur le journal, je pourrai alors l'interroger et découvrir s'il avait un mobile.

— Il me semble que tu négliges le plus évident, remarqua Anthony d'une voix traînante.

Jack se renversa dans son fauteuil.

— C'est-à-dire ?

— Randolph Sheldon a interrompu le meurtrier, qui s'est enfui par la fenêtre. Vu ce que tu nous as décrit de la scène – les coussins éventrés et la chambre saccagée –, il se peut que le journal se trouve toujours dans l'appartement londonien de Bess Whitfield.

— Tu as raison. Il faut que je le fouille.

— Est-ce que lady Evelyn t'accompagnera ? demanda Devlin, un sourire sarcastique aux lèvres.

— Connaissant sa nature entêtée, je suppose que oui, répondit Jack.

— Tu as couché avec elle ? Ce serait peut-être plus facile pour toi si ton désir était enfin satisfait.

— N'écoute pas Devlin, Jack, déclara Brent. C'est un crétin. Continue plutôt de suivre le conseil que je t'avais donné : travaille dur, et tu n'auras pas le temps de penser à elle sous cet angle.

— Vous êtes deux crétins, marmonna Anthony. Depuis quand le désir complique-t-il les choses ? Jack peut s'accorder une partie de jambes en l'air sans perdre son bon sens d'homme de loi.

Brent le fusilla du regard.

— Tes affaires de divorce ont déformé ton jugement. De toute évidence, tu n'as jamais été amoureux.

— Parce que toi, tu l'as été ? rétorqua Anthony. On ne te voit jamais avec une femme, pourtant.

Jack leva les yeux au ciel. Ces deux-là étaient comme des frères, mais ils adoraient se chamailler.

Mais lui suggérer de fouiller l'appartement de Bess était une bonne idée. Evelyn insisterait pour venir, naturellement. Il aurait dû être agacé à cette pensée, or son cœur battait déjà un peu plus vite.

Il lui tardait de la revoir.

Jack s'en alla dès qu'il eut fini sa bière. Devlin fit un signe à la serveuse et commanda trois autres chopes.

— Comment est-elle, cette lady Evelyn ? demanda-t-il à ses deux amis.

Brent haussa les épaules.

— Je ne lui ai parlé qu'une seule fois, à l'Old Bailey. Elle est fille d'avocat, l'endroit lui était donc familier, mais elle a paru surprise quand je lui ai appris que Jack offrait spontanément ses services pour défendre les pauvres.

— Tu penses qu'elle en veut à son argent ? hasarda Devlin.

— J'en doute. Emmanuel Darlington a hérité d'un titre de comte et de toutes les propriétés qui vont avec. Avant cela, c'était déjà un avocat de renom. Non, je crois qu'elle est très naïve, et qu'elle est persuadée qu'un étudiant pauvre accusé de meurtre ferait un bon mari.

— Et toi, Anthony ? s'enquit Devlin. Que penses-tu d'elle ?

— C'est plus qu'une belle femme. Elle est pétillante. J'ai l'impression que Jack s'en est entiché, le pauvre vieux.

— Et en quoi serait-il à plaindre ?

Anthony s'adossa à son siège.

— Cette femme ne peut être qu'une source d'ennuis. Non seulement il y a cette affaire de meurtre à résoudre, mais en plus elle est intelligente, entêtée, indépendante. Si on ajoute à cela son physique, elle représente une force qu'il ne faut pas sous-estimer. Il sera intéressant de voir comment Jack va en venir à bout.

— Il ne s'agit pas seulement de s'inquiéter du cœur de Jack. D'après ce que j'ai compris, lady Evelyn et son père sont peut-être en danger, remarqua Brent.

Anthony croisa les bras.

— C'est possible. Mais plus Jack avance dans son enquête sur ce meurtre, plus il s'expose lui-même au danger.

23

Les semaines passaient, mais le fabuleux souvenir du carnage ne s'effaçait pas. Comme un whisky de prix, il se bonifiait avec le temps.

L'assassin se remit à arpenter son bureau comme le sang recommençait à lui marteler sourdement la tête. Plaquant les mains sur ses tempes, il tomba à genoux, aspirant de longues goulées d'air. La douleur s'intensifia, il eut l'impression qu'une bête féroce rugissait dans sa tête, menaçant de lui fendre le crâne.

Le temps pressait.

Il fallait qu'il trouve ce journal.

C'était la clé de ce pouvoir qu'il convoitait. Mais dans les mains de ses ennemis, c'était une arme redoutable, qui lui ferait perdre tout ce qu'il avait obtenu.

Au début, Bess avait nié l'existence de ce journal. Une fois, il l'avait surprise à son secrétaire dans sa chambre, en train d'écrire à la lueur d'une bougie. Lorsqu'il était entré, elle avait brusquement refermé le petit volume à la couverture noire, et l'avait fait disparaître. Trop tard. Désormais, il connaissait son existence.

Bien qu'elle soit morte, la pensée que ce journal était caché quelque part le tourmentait.

Il lui fallait finir ce qu'il avait commencé. Mettre la main sur ces écrits intimes et les utiliser pour faire chanter ses rivaux. Ensuite, il remplacerait Bess par une autre. Par cette superbe blonde, qui n'oserait pas lui mentir, et qu'il contrôlerait aisément.

— Vous voulez fouiller où ?

— Chez Bess Whitfield, dans son appartement de Mayfair. C'est un immeuble de quatre étages avec des locataires. D'après mes informateurs, le logement qu'elle occupait n'a pas été reloué depuis le meurtre.

Hodges avait annoncé Jack une demi-heure plus tôt, et quand Evelyn était entrée dans le salon, il se tenait près de la fenêtre et observait la rue. Elle n'avait pu s'empêcher de détailler sa silhouette athlétique, ses larges épaules mises en valeur par la coupe de sa veste vert mousse, ses cuisses musclées sous le pantalon moulant. Quand il s'était retourné et lui avait souri, elle avait éprouvé un curieux tiraillement au creux du ventre.

Comme la petite écolière d'autrefois, elle était tout excitée à l'idée que Jack Harding était venu pour la voir.

— Eh bien ? Qu'en pensez-vous, Evie ?

Elle se rendit compte qu'il la fixait, attendant sa réponse. Il était assis dans une bergère à oreilles, ses longues jambes croisées, tandis qu'elle avait pris place sur le canapé qui lui faisait face. S'efforçant de rassembler ses idées capricieuses, elle lissa un pli imaginaire sur sa jupe.

— Une femme ayant été sauvagement assassinée dans la chambre, je ne suis pas étonnée que le propriétaire ait du mal à trouver un nouveau locataire.

— C'est un avantage pour nous. Il y a des chances que le journal s'y trouve toujours.

— Mais Randolph a dit que la chambre était sens dessus dessous. Le meurtrier a dû trouver ce qu'il cherchait.

— C'est aussi ce que j'ai cru au début. Mais après en avoir parlé avec Anthony Stevens, j'ai compris que nous avions peut-être tiré des conclusions hâtives.

— Que voulez-vous dire ?

— Randolph nous a expliqué que Bess voulait lui confier « un objet important ». Quand il est arrivé, la porte était ouverte et la gouvernante absente. Alors qu'il se trouvait dans le vestibule, il a entendu du bruit. Il est allé voir ce qui se passait et a découvert le corps de Bess. C'est alors que l'agent est arrivé, et qu'il s'est affolé. La fenêtre était déjà ouverte, il s'est enfui en s'accrochant aux plantes grimpantes de la façade. Le bruit qu'il a entendu était sans doute celui qu'a fait l'assassin en se sauvant. Randolph l'a interrompu dans ses recherches, il est donc possible qu'il n'ait pas trouvé le journal.

— Je veux aller avec vous.

— Je savais que vous me le proposeriez. Mais…

— Le logement de Bess est vide. Je ne cours aucun risque. Je vous ai dit dès le début que je voulais prendre part à cette enquête pour aider Randolph. Si vous ne voulez pas que je vous accompagne, il vous faudra m'attacher dans ma chambre !

Les yeux de Jack s'assombrirent, trahissant une émotion indéfinissable.

— Croyez-moi, Evie, cela me tente beaucoup.

Les joues de la jeune femme s'embrasèrent, mais elle refusa de se laisser détourner de son objectif.

— Deux personnes vont plus vite qu'une seule, vous vous rappelez ? fit-elle et, sans attendre sa réponse, elle enchaîna : Comment comptez-vous pénétrer dans l'appartement ?

— Ce sera la partie la plus facile, assura-t-il. Je n'aurai même pas besoin de faire appel aux services d'un de mes clients pour forcer la serrure.

— Il vous est arrivé de défendre des cambrioleurs professionnels ?

— Bien sûr. Je n'écarte personne a priori. Je suis fier de mon travail.

Evelyn se rembrunit.

— Vous plaisantez ?

— Un peu, admit-il en haussant les épaules. J'ai parlé au propriétaire de Bess. Il croit que je suis intéressé par la location du logement, et ne demandait pas mieux que de me confier la clé pour que j'y jette un coup d'œil. La gageure, ce sera que vous m'accompagniez dans cette escapade sans chaperon.

Evelyn eut un sourire mystérieux.

— Ne vous inquiétez pas pour cela, Jack. À mon âge, je sais comment faire pour me passer d'un chaperon indésirable.

24

Il n'y avait rien de plus simple. Pendant que Janet et Mme Smith étaient occupées à dresser l'inventaire du contenu du cellier, Evelyn sortit par la porte de la cuisine et traversa le jardin pour gagner la rue, où elle héla un fiacre. Elle eut tôt fait de gagner Mayfair où, obéissant aux instructions de Jack, elle demanda au cocher de la déposer en face de l'ancien logement de Bess Whitfield.

Elle régla la course, descendit de voiture et examina l'immeuble de quatre étages, de l'autre côté de la rue. Avec ses jardinières fleuries et sa façade de brique rouge, rien ne le différenciait des autres. Si ce n'est qu'un meurtre avait été commis entre ses murs.

Evelyn frissonna malgré elle.

— Evie !

Jack surgit d'une ruelle voisine.

— Je suppose que vous n'avez pas eu de problème pour venir et que personne ne vous a vue partir ?

— Ils ne s'apercevront même pas de mon absence.

Il sourit et lui offrit son bras.

— Nous y allons ?

Ils traversèrent la rue et gravirent les marches du perron. Mais au lieu de la clé attendue, Jack sortit deux fines baguettes métalliques de sa manche, dont l'une munie d'un crochet, et les introduisit dans la serrure.

— Que faites-vous ?

— Parlez plus bas, et agissez comme si vous étiez chez vous, répondit-il d'un ton dégagé.

Evelyn dut faire un effort de volonté pour ne pas se retourner afin de s'assurer que personne ne les regardait.

— Êtes-vous en train de crocheter cette serrure ? Qu'est-il arrivé au propriétaire qui ne demandait pas mieux que de vous faire visiter la maison ? chuchota-t-elle avec véhémence.

— Une affaire de famille urgente l'a, paraît-il, contraint de quitter la ville. Je n'avais pas envie d'attendre son retour.

La serrure émit un cliquetis métallique, et le battant pivota. Jack posa la main au creux des reins d'Evelyn et la poussa à l'intérieur avant de refermer la porte derrière eux.

La pénombre les enveloppa ; une odeur d'humidité flottait dans l'air. Evelyn cligna les paupières, et attendit que ses yeux s'accoutument à l'obscurité qui contrastait avec la lumière vive du dehors. Regardant autour d'elle, elle remarqua que les rideaux de velours avaient été soigneusement tirés devant les fenêtres.

— Où sont les occupants du troisième et du quatrième étage ? s'enquit-elle. Cette maison semble inhabitée.

— Ils sont partis après le meurtre.

Jack entrouvrit les tentures afin d'avoir un peu de lumière sans toutefois que les voisins puissent remarquer leur présence. Evelyn distingua les motifs du papier peint et les contours de l'escalier.

— Par où allons-nous commencer ?

— Par la chambre de Bess, répondit Jack. C'est là qu'était l'assassin avant l'arrivée de Randolph.

Elle acquiesça d'un hochement de tête et lui emboîta le pas. Les marches grinçaient sous leur poids, et Evelyn s'obligea à rester à bonne distance de Jack. Des ombres dansaient sur les murs, tels des spectres surgissant des motifs du papier peint. Elle sentit les poils se hérisser sur sa nuque.

En parvenant au deuxième étage, ils se retrouvèrent devant une porte fermée sur laquelle était fixée une plaque de cuivre, gravée d'un B pour Bess Whitfield. Avant qu'Evelyn n'ait le temps poser la moindre question, Jack ressortit ses crochets et se mit au travail. Il était très habile, car il ne s'écoula guère plus de cinq secondes avant que la serrure cède.

Les fenêtres étaient garnies de rideaux de dentelle qui laissaient entrer le soleil à flots. Presque tous les meubles avaient été enlevés, et seules subsistaient quelques pièces choisies, sans doute conservées par le propriétaire quand il avait constaté que personne ne venait réclamer les biens de l'actrice. Il y avait sous la fenêtre un canapé recouvert d'un tissu doré, une jolie table avec les chaises assorties, des vases et des bibelots précieux disposés avec goût sur une étagère.

L'absence de livres frappa Evelyn, et elle supposa que Bess Whitfield ne s'intéressait pas à la littérature.

« Étrange, songea-t-elle, qu'un homme comme Randolph, qui était obsédé par les livres, ait été proche d'une femme qui ne s'y intéressait visiblement pas. »

Les parquets avaient été récurés récemment, et une odeur de citron flottait dans l'appartement. Un seau et une serpillière étaient posés dans un angle. De toute évidence, le propriétaire avait fait son possible pour effacer les traces du crime sordide qui avait été commis ici et rendre l'endroit plaisant pour un locataire éventuel.

— La chambre doit se trouver par là, dit Jack en ouvrant la première porte sur sa gauche.

Evelyn entra. La première chose qu'elle vit, ce fut le lit à baldaquin dont on avait ôté le matelas. Ici, le parquet n'était pas étincelant. Au centre de la pièce, une tache sombre à côté de laquelle étaient posées une bouteille de vinaigre blanc et une brosse attirait le regard.

C'était là que Bess Whitfield s'était vidée de son sang.

Evelyn imagina les taches écarlates sur les murs et sur les rideaux… Rien d'étonnant à ce que Randolph se soit enfui en courant ! À sa place, aurait-elle eu le courage d'attendre les autorités et de leur expliquer sa présence sur les lieux ?

Elle n'en était pas certaine.

— Tout va bien ? s'enquit Jack.

— Je… je me disais que la réaction de Randolph n'avait peut-être pas été aussi lâche que je le croyais.

Jack lui prit le coude et la fit pivoter vers lui.

— Les gens réagissent tous différemment. Mais vous connaissant, Evie, je ne pense pas que vous vous seriez enfuie.

Le cœur de la jeune femme s'emballa. Le lien qui l'unissait à Jack en cet instant était tangible, et effrayant.

— Peut-être ne me connaissez-vous pas aussi bien que vous le croyez, murmura-t-elle.

Il esquissa un sourire.

— En l'occurrence je suis sûr de moi. Vous ne fuyez pas devant l'épreuve, vous êtes prête à vous battre jusqu'au bout. Randolph Sheldon ne connaît pas sa chance d'avoir une femme telle que vous à ses côtés pour le soutenir. Allons, Evie, enchaîna-t-il. Dépêchons-nous de fouiller cette chambre et d'en finir.

Evelyn battit des paupières et se ressaisit.

— Il est clair que le propriétaire a nettoyé les lieux. Vous ne croyez pas qu'il a trouvé le journal ?

— Bess Whitfield n'était pas idiote, elle a dû le ranger dans un endroit où personne ne soupçonnerait qu'il se trouvait.

— Je suppose qu'il faut encore chercher des tiroirs secrets ?

— Vous comprenez vite, Evie, répondit-il avec un sourire. Vous devriez songer à vous installer comme détective privé.

— Une occupation peu banale pour une femme, répliqua-t-elle, se détendant un peu. J'imagine la réaction de mon père.

Elle repéra un placard et une commode au fond de la chambre, et décida de s'attaquer à cette dernière. Le tiroir du haut était vide, ce qui ne l'étonna pas. Les autres aussi avaient été vidés. Elle revint au premier et se mit à tâtonner, cherchant un creux ou un bouton. En vain.

Le bruit d'une chaise que l'on tirait sur le parquet la fit se retourner. Elle découvrit Jack perché sur le siège, qui essayait d'atteindre un coin du plafond.

— J'ai l'impression que ce joint a été recouvert de plâtre, dit-il.

Il glissa la main dans la poche de sa veste et en sortit un petit couteau qu'il introduisit sous ledit joint. Des morceaux de plâtre tombèrent sur son crâne, et une crevasse apparut dans le mur. C'était une cachette très ingénieuse, dut admettre Evelyn, admirative. Seule une personne à l'œil exercé comme Jack aurait eu l'idée d'aller y voir de plus près. Il introduisit les doigts dans la cavité.

— Bon sang, dit-il en fronçant les sourcils, c'est vide.

— Vous en êtes sûr ?

— Oui. Elle a dû récupérer le journal, et replâtrer le creux.

— Pourquoi aurait-elle fait cela ?

— Sans doute craignait-elle que sa cachette ne soit découverte, répondit Jack en descendant de la chaise.

— Tout s'explique. Elle voulait donner ce journal à Randolph, son seul parent vivant, pour qu'il le mette en sécurité. Elle a été assassinée avant d'avoir pu lui dire où elle l'avait caché.

Ils tournèrent la tête d'un même mouvement en entendant une porte se refermer au rez-de-chaussée, puis des pas retentir dans l'escalier.

— Il y a quelqu'un. Il faut partir, chuchota Evelyn, paniquée.

— Pas le temps. Dans le placard. Vite.

Il lui agrippa le bras, ouvrit la porte du placard et la poussa à l'intérieur. Puis il entra à son tour, laissant le battant très légèrement entrouvert. L'endroit était exigu. Des petits sachets de pot-pourri répandaient un fort parfum fleuri. Pressée contre Jack, Evelyn était consciente de la force et de la chaleur qui émanaient de son corps.

Des pas pesants firent craquer le parquet. Le cœur d'Evelyn battait follement, des gouttes de sueur roulèrent entre ses seins. Elle tendit le cou pour jeter un coup d'œil dans la chambre, tout en priant le ciel pour que le nouvel arrivant n'y entre pas. Mais les pas s'approchèrent, s'arrêtèrent sur le seuil.

Jack posa un doigt sur ses lèvres pour l'inciter à garder le silence. L'homme pénétra dans la chambre, et Evelyn vit le couteau apparaître entre les doigts de Jack.

Elle se mordit la lèvre, leva les yeux, et aperçu dans l'entrebâillement un visage qu'elle connaissait. Celui du vicomte de Hamilton.

Bonté divine, que venait-il faire ici ?

À peine la question eut-elle jailli dans son esprit que le vicomte remarqua les copeaux de plâtre sur le sol.

Il alla se camper dans l'angle et examina le plafond. Mais au lieu d'aller explorer la cachette dans le mur, il pivota vers le placard.

Le sang d'Evelyn se glaça. Elle était certaine qu'il allait s'approcher et ouvrir la porte.

De fait, Hamilton fit trois pas d'un air décidé, avant de s'immobiliser au milieu de la chambre. Puis il se balança d'avant en arrière, l'air absorbé.

C'est alors qu'Evelyn entendit la latte de parquet grincer. Hamilton tomba à genoux, sortit un burin dans sa poche, et entreprit de soulever la latte. Il travailla une longue minute, marmonnant des jurons, avant de parvenir à la desceller. Elle se cassa en deux avec un bruit sonore.

Le vicomte se pencha, tâtonna dans l'ouverture. Il y eut encore une série de jurons, et il se redressa, l'air contrarié.

Son visage avait viré au rouge brique, ses narines frémissaient et une grosse veine palpitait sur sa tempe. De colère, il jeta son burin sur le sol. Puis il se redressa en marmonnant, ramassa l'outil et sortit de la chambre au pas de charge.

Quelques secondes plus tard, ils entendirent la porte du hall se refermer. Jack prit Evelyn par la main.

— Vite. Filons avant qu'il ne revienne.

Ils sortirent de la chambre, mais alors qu'ils passaient devant une autre pièce, ils virent Hamilton à quatre pattes, démontant une autre latte de parquet.

Ils dévalèrent l'escalier. L'entrée était en vue quand soudain Evelyn trébucha et laissa fuser un cri. Vif comme l'éclair, Jack se retourna et la rattrapa. Ils échangèrent un bref regard, mais déjà des pas précipités résonnaient au-dessus de leur tête.

Hamilton s'était lancé à leur poursuite.

Ils achevèrent de descendre à toute allure et Jack ouvrit la porte d'entrée. Mais au lieu de sortir, il fit volte-face et attira Evelyn dans le coin le plus éloigné du vestibule.

La prenant dans ses bras, il s'inclina et s'empara de ses lèvres.

25

Jack glissa sa main sur la nuque d'Evelyn, et il la maintint fermement contre lui. Son chapeau, dont les rubans s'étaient dénoués durant sa course folle, tomba sur le sol. Il glissa les doigts dans sa chevelure blonde, et trouva aussitôt son pouls qui battait à coups saccadés.

Son corps pressé contre lui était chaud et souple et, l'espace d'un instant, il oublia le danger tout proche. Puis le bruit des pas de Hamilton sur les marches pénétra sa conscience.

Evelyn émit un petit son inarticulé. Jack pesa contre elle de tout son poids, la plaquant contre le mur, étouffant ses protestations.

Du coin de l'œil, il vit Hamilton apparaître dans le vestibule.

Ce dernier leur jeta un rapide coup d'œil, puis reporta son attention sur la porte grande ouverte et se précipita à l'extérieur.

Jack releva la tête, mais ne s'écarta pas d'Evelyn.

— Il est parti, souffla-t-il.

Elle tremblait, ses pupilles étaient dilatées de peur.

— Que s'est-il passé ?

— Il nous a pris pour un couple d'amoureux. De toute évidence, il ignore que les troisième et quatrième étages ne sont pas occupés. Quand il a vu la porte grande ouverte, il a cru que nous nous étions enfuis et il s'est lancé à nos trousses.

— Nous l'avons échappé belle. Si c'est lui le meurtrier, nous aurions pu être ses prochaines victimes, articula-t-elle d'une petite voix.

Jack éprouva une crainte rétrospective. L'idée que quiconque puisse faire du mal à Evelyn le rendait fou. Il serait capable de tuer pour la protéger, cela ne faisait aucun doute.

— Je ne l'aurais pas laissé vous toucher, assura-t-il d'une voix dure.

Il fut soudain conscient de ses seins ronds et fermes pressés contre son torse.

— Jack, je...

Il baissa les yeux, fixa sa bouche. Maintenant que le danger était passé, il avait envie de l'embrasser vraiment, de dessiner de la langue le contour de ses lèvres, de déboutonner son corsage, de goûter à ses seins, de l'entendre gémir...

Elle plaqua la main sur son torse et il crut qu'elle allait le repousser. Elle n'en fit rien.

— Jack... murmura-t-elle dans un souffle.

Elle inclina la tête de côté, exposant son cou gracile. Il ne put s'en empêcher : il l'embrassa à l'endroit où son pouls palpitait follement – aussi follement que le sien.

Elle s'offrit docilement à son baiser.

Mais il avait conscience du lieu où ils se trouvaient. Ils étaient entrés de façon illégale dans une demeure privée, et la porte était ouverte, et n'importe qui pouvait les voir. La passion le disputa un instant à la logique et à la prudence.

Puis il fit un pas en arrière, s'éloignant de l'objet de ses désirs.

— Il faut que vous remontiez dans le fiacre.

Evelyn semblait égarée. Elle cilla, s'efforçant visiblement de se ressaisir.

— Vous croyez que Hamilton risque de revenir ?

— Je n'ai pas l'impression qu'il ait trouvé le journal, mais je préfère vous savoir en sécurité, loin d'ici.

Elle acquiesça avec raideur. Jack sortit le premier, regarda à droite et à gauche pour s'assurer que Hamilton n'était pas dans les parages. Puis il fit signe à Evelyn de le suivre jusqu'à la voiture qui les attendait.

Ses jupes lui effleurèrent les jambes quand elle s'assit face à lui. Ses yeux bleus étaient écarquillés, ses cheveux retombaient en désordre sur ses épaules. Elle s'humecta les lèvres, et malgré la menace que représentait Hamilton, il sentit le désir renaître et lui embraser les reins.

Il indiqua l'adresse de la jeune femme au cocher, et s'apprêta à redescendre.

— Vous ne venez pas avec moi ?

— Il faut que j'y retourne.

— Là-bas ? Mais pourquoi ? Vous avez dit que Hamilton n'avait pas trouvé le journal.

— En effet. Mais nous avons interrompu ses recherches. Je veux faire le tour de l'appartement, histoire de m'assurer qu'il n'a pas négligé un indice.

Evelyn lui agrippa le bras, le regard implorant.

— Il risque de revenir. Il y a de grandes chances qu'il soit l'assassin, Jack !

Il lui caressa le visage, laissa ses doigts s'attarder sur sa joue.

— Il est peu probable qu'il revienne aujourd'hui. Et même si c'est le cas, je sais me défendre, Evie, ne vous inquiétez pas. Vous ne vous débarrasserez pas de moi aussi facilement, ajouta-t-il avec un clin d'œil.

Dès que le fiacre eut disparu au coin de la rue, Jack remonta chez Bess. Il examina avec attention chaque latte de parquet, chaque moulure, mais ne découvrit aucune autre cachette.

À genoux sur le sol, il inspecta la planche que Hamilton avait soulevée avant de se lancer à leur poursuite. Il finit de l'arracher et regarda dessous.

Rien.

Hamilton n'avait peut-être pas trouvé le journal, mais il voulait à tout prix mettre la main dessus. Sa présence ici aujourd'hui en était la preuve. Le vicomte avait un mobile pour tuer Bess, et il en avait aussi eu la possibilité.

Il était sans l'ombre d'un doute le suspect principal dans cette affaire.

Il avait tout intérêt à ce que Randolph Sheldon soit jugé et pendu pour ce crime. Cela lui permettrait de poursuivre ses recherches sans être inquiété par Bow Street.

Jack plissa le front en repensant au manège du comte de Newland autour de la tombe de Bess Whitfield. Le vicomte était leur suspect principal, mais Newland ne pouvait être pour autant rayé de la liste. Si, contrairement à Hamilton, il n'avait pas de raison pressante de vouloir retrouver le journal, il était bel et bien fou. Et la folie conduisait souvent au meurtre.

Après avoir terminé la fouille de l'appartement, Jack héla un fiacre, et donna au cocher l'adresse de son cabinet à Lincoln's Inn. Calé contre le dossier de la banquette, il songea que les deux aristocrates avaient été bien près de voir le visage d'Evelyn. Newland au cimetière, et Hamilton ici même, aujourd'hui.

Le fait de tenir Evelyn dans ses bras, de l'embrasser, n'avait fait qu'accroître son désir. Il voulait davantage à présent. Il voulait la regarder se déshabiller pour lui, il voulait sentir son corps nu contre le sien, il voulait s'enfoncer en elle.

Combien de temps tiendrait-il ? Bon sang, c'était une torture de travailler à côté d'elle sans pouvoir la toucher – qui plus est en sachant qu'elle rêvait de s'offrir à Randolph Sheldon !

Une fois de plus, les paroles de James Devlin lui revinrent en mémoire. Cela faisait bien trop longtemps qu'il n'avait pas eu de femme dans sa vie. C'était un problème facile à régler.

Sa dernière maîtresse, Molly Adler, avait des courbes outrageusement sensuelles, et elle était prête à faire n'importe quoi au lit pour plaire à un homme. Se la remémorant, allongée sur le dos, les jambes écartées, il se demanda comment il avait pu se lasser de sa compagnie et secoua la tête, agacé par sa propre stupidité.

Pourquoi se torturer alors que le plaisir charnel s'obtenait si facilement ?

Il était temps de rendre une petite visite à Molly.

Jack avait envoyé un message pour prévenir. Il n'était pas idiot, et n'avait pas envie de débarquer chez son ancienne maîtresse alors qu'elle était au lit avec un autre homme. Cela faisait un peu plus de quatre mois qu'il ne l'avait pas vue, et, telle qu'il la connaissait, elle avait sans aucun doute trouvé un nouvel amant et bienfaiteur.

Ayant gravi les degrés du perron de l'élégante maison qu'il l'avait aidée à acheter, il souleva le heurtoir de bronze.

La porte s'ouvrit sur Molly en personne.

— Jack, murmura-t-elle d'une voix rauque riche de promesses.

Vêtue d'un déshabillé écarlate qui soulignait ses courbes, elle pencha la tête de côté, et sa lourde chevelure acajou lui balaya l'épaule. C'était une attitude calculée, destinée à mettre en valeur ses appas et à exciter son visiteur.

— Cela fait longtemps, Molly, dit-il simplement.

Ses lèvres fardées de rouge s'incurvèrent sur une petite moue tandis que son regard sombre le détaillait de la tête aux pieds.

— Tu m'as abandonnée de façon très abrupte, et je dois dire que cela m'a contrariée, avoua-t-elle, ce qui ne l'empêcha pas d'ouvrir la porte et de s'effacer pour le laisser entrer. Mais j'ai décidé de te pardonner, mon chéri.

Avec un sourire en coin, elle leva la main pour lui faire admirer le bracelet d'émeraudes qu'il avait envoyé avec la lettre.

Elle était toujours aussi prévisible, songea Jack.

Il entra, et elle referma la porte en s'adossant au battant.

— Tu m'as manqué, Jack. Je n'ai pas rencontré un seul homme qui puisse se comparer à toi.

Il baissa les yeux sur ses seins généreux. Elle en avait maquillé les pointes, et celles-ci apparaissaient telles deux gouttes de chocolat sombres, à travers le tissu translucide de son déshabillé.

— Je regrette de ne pas être venu plus tôt, dit-il d'un ton bourru.

Elle avança en ondulant des hanches, et posa les bras sur les épaules.

— Nous avons tout le temps de rattraper notre retard, n'est-ce pas, mon chéri ?

Il la suivit dans l'escalier, ôtant ses vêtements au fur et à mesure de sa progression. Sa cravate, sa veste, son gilet.

Les hanches rondes de la jeune femme se balançaient devant lui, et la soie transparente laissait voir les globes fermes de ses fesses.

Ils atteignirent la chambre, où des douzaines de bougies étaient allumées. De toute évidence, tout était prêt pour le recevoir. Molly laissa l'étoffe soyeuse glisser de ses épaules et tomber sur le sol, révélant un corps lisse et totalement épilé. Elle s'assit au bord du lit, remonta les jambes dans une attitude provocante, lui offrant une vue plongeant sur son intimité.

Molly était une habile courtisane. Elle avait tout ce qu'un homme pouvait désirer.

Mais elle n'était pas Evie, et ne le serait jamais.

À vrai dire, Molly Adler était l'antithèse de la beauté blonde, à la fois innocente et intelligente, qui l'avait envoûté.

Il avait beau faire, les cheveux acajou ne le séduisaient pas, et les yeux sombres et arrondis de la courtisane ne soutenaient pas la comparaison avec ceux, bleu pervenche et en amande, qui le hantaient.

Fermant les paupières, il s'efforça de se concentrer sur son désir, mais ce fut le visage d'Evelyn qui lui apparut. Sa peau claire et sans défaut, ses longs cheveux d'or. Il se rappela la passion qu'il avait sentie naître sous ses lèvres. Elle était l'image même de la fraîcheur et de l'innocence, tout le contraire de la femme qui se tenait en ce moment devant lui.

Il rouvrit les yeux et regarda Molly, ses jambes ouvertes… Ses lèvres esquissèrent une moue de dégoût et son désir s'évanouit d'un coup.

Seigneur ! Que lui avait-il trouvé, autrefois ?

Toute cette affaire était ridicule, et ses amis ne manqueraient pas de le lui dire.

Il n'empêche, s'il ne pouvait exorciser ce désir qu'il éprouvait pour Evie avec une autre femme – une courtisane expérimentée, en l'occurrence –, alors que devait-il faire ?

26

Deux jours après leur brève rencontre avec le vicomte de Hamilton, Hodges apporta une lettre à Evelyn. Elle s'en saisit vivement, pensant qu'elle venait de Jack.

Laissant l'enveloppe ivoire tomber sur son bureau, elle lut la lettre avec une détresse grandissante.

Très chère Evelyn,

J'ai été enchantée de t'avoir vue chez moi, puis au bal costumé donné par ma mère. Je ne veux plus attendre aussi longtemps pour passer du temps avec toi. J'ai invité quelques amies à prendre le thé jeudi après-midi, nous en profiterons pour discuter entre femmes. Je serais ravie que tu viennes. Ma mère ne sera pas là, elle est invitée chez lady Borrington.

Ton amie, Georgina

Evelyn savait ce qu'elle allait répondre, mais sa décision la mettait mal à l'aise, car elle ne s'était jusqu'à présent jamais montrée lâche.

Elle en avait le ventre noué. Elle aimait Georgina. Elle admirait sa gentillesse, son sens de l'humour, la force de caractère dont elle faisait preuve en refusant de céder aux pressions de sa mère qui voulait l'obliger à se marier. Il était évident que son amie comptait profiter de l'absence de la vicomtesse pour avoir une conversation à bâtons rompus avec ses amies féministes.

En d'autres circonstances, Evelyn aurait adoré se joindre à elles. Elle approuvait leur cause, et était souvent d'accord avec les opinions professées par Mary Wollstonecraft.

Que n'avait-elle envié les étudiants qui effectuaient leur stage dans le cabinet de son père ? Ces garçons avaient la possibilité d'étudier et de devenir avocats, alors qu'elle-même devait se contenter de rester assise à côté d'eux et de dévorer les livres de son père. Les stagiaires la prenaient pour une petite fille amusante, le nez toujours fourré dans les livres. Ils n'imaginaient absolument pas qu'une femme pouvait aspirer à autre chose qu'à jouer du piano, servir le thé et manier l'aiguille.

Néanmoins, malgré son affection pour Georgina et son désir d'assister à cette réunion, Evelyn devait décliner l'invitation. Le père de Georgina était vraisemblablement un assassin, qu'elle était sur le point de démasquer. Dans ces conditions, comment pourrait-elle regarder son amie en face ?

Impossible de lui révéler ce qu'elle savait. Georgina serait anéantie en apprenant que non seulement son père avait eu une liaison avec une actrice qui changeait d'amant comme un dandy change de cravate, mais qu'il l'avait sans doute tuée.

Evelyn connaissait suffisamment la loi pour savoir qu'ils ne disposaient contre Hamilton que de preuves indirectes. La seule certitude, c'était que Bess et Hamilton avaient été amants. Mais, apparemment, la moitié de Londres avait aussi eu l'actrice pour maîtresse.

La présence du vicomte dans l'appartement de cette dernière était certes un élément de plus contre lui, mais ils ne pouvaient en faire état puisqu'ils étaient eux-mêmes entrés dans la maison par effraction. Même si un policier croyait à leur histoire, rien ne prouvait que Hamilton était l'assassin. Il pouvait simplement vouloir récupérer le journal intime avant que quelqu'un d'autre ne le trouve et n'en révèle le contenu à la presse.

Ses pensées, comme souvent, se tournèrent vers Jack. Cela faisait déjà deux jours qu'elle l'avait quitté devant la maison où Bess Whitfield avait été assassinée.

Avait-il trouvé ce maudit journal ? Hamilton était-il revenu alors qu'il était encore sur les lieux ?

Elle se sentit rougir au souvenir du baiser de Jack, de son corps pressé contre le sien – son corps chaud, solide, musclé, si différent de celui de Randolph.

Jack s'était écarté le premier. Elle n'osait imaginer jusqu'où elle l'aurait laissé aller s'il ne s'était pas ressaisi. Elle était consciente que plus elle passait de temps avec lui, plus son cœur était en danger.

Accablée, elle se prit la tête entre les mains. Il fallait qu'elle prouve l'innocence de Randolph Sheldon, mais à quel prix ?

Trois jours plus tard, Evelyn décida qu'elle ne pouvait attendre davantage. Elle n'avait jamais été très patiente, et l'anxiété la rongeait. Il fallait qu'elle sache comment s'était terminée l'expédition de Jack chez Bess. Après tout, peut-être avait-il découvert le mystérieux journal. Elle l'imagina, calfeutré dans son bureau, lisant avidement son contenu illicite.

L'après-midi touchait à sa fin quand elle arriva à Lincoln's Inn. Elle franchit les monumentales portes de chêne, traversa la cour de style Tudor et se dirigea droit vers le bâtiment qui abritait les cabinets d'avocats. D'un pas vif, elle remonta le corridor, jusqu'à ce qu'elle trouve la porte qui l'intéressait.

Tournant la poignée, elle entra et heurta un homme de haute taille.

— Oh ! s'exclama-t-elle en vacillant.

Une main solide la retint.

— Pardonnez-moi, mademoiselle. Je ne vous ai pas fait mal ?

Un chapeau dans une main, une sacoche dans l'autre, l'homme était visiblement sur le point de sortir.

— Pas du tout, assura-t-elle.

Il sourit, et elle remarqua qu'il était plutôt séduisant avec ses yeux bleus, ses cheveux bruns bouclés et ses traits virils.

— Encore une fois, pardonnez-moi. J'étais pressé, et je ne me doutais pas qu'une aussi belle dame s'apprêtait à entrer. Puis-je vous aider ?

— Je viens voir un avocat.

— C'est votre jour de chance, car je suis un avocat très compétent, déclara-t-il en s'inclinant. James Devlin, pour vous servir.

Evelyn sourit, et expliqua :

— En fait, je suis là pour voir un avocat en particulier, monsieur Devlin.

— Et qui est cet heureux homme, si je puis me permettre ?

— M. Harding.

Une lueur amusée éclaira le regard bleu cobalt du jeune homme.

— Vous devez être lady Evelyn Darlington.

— Oui, comment le savez-vous ?

— Jack et moi travaillons dans le même cabinet.

— J'ai fait la connaissance de vos deux confrères, M. Anthony Stevens et M. Brent Stone.

James Devlin se pencha et lui murmura sur le ton de la confidence :

— Je vais vous révéler un secret, lady Evelyn. Je suis le meilleur des trois.

Reculant d'un pas, Evelyn croisa son regard pénétrant. En dépit de son attitude outrageusement charmeuse, elle ne pouvait s'empêcher de le trouver drôle.

— Je suis certaine que les dames ont du mal à vous résister, monsieur Devlin, mais ce sont les services de M. Harding que j'exige.

James haussa les épaules avec détachement.

— Si jamais vous vous lassiez de Jack, sachez que je suis disponible. Je n'ai pas autant de dossiers que lui à traiter, voyez-vous.

Avec un clin d'œil, il coiffa son chapeau et sortit. Evelyn secoua la tête, perplexe. Tous les confrères de Jack avaient-ils des personnalités aussi fortes ?

Oubliant James Devlin, elle entra dans le hall commun aux quatre bureaux d'avocats. Comme lors de sa dernière visite, McHugh, le secrétaire, était encore penché sur son bureau qu'encombraient des piles de dossiers.

Il leva la tête en entendant Evelyn approcher, fronça ses sourcils broussailleux et repoussa ses lunettes sur son nez d'un index taché d'encre.

— Lady Evelyn, je suppose que vous venez voir M. Harding ? dit-il en s'emparant d'un registre.

— Je crains de ne pas avoir de rendez-vous, avoua précipitamment Evelyn.

Elle s'attendait qu'il proteste et la renvoie, mais à sa grande surprise il se leva et lui fit signe de le suivre.

— Par ici, mademoiselle.

Ils passèrent devant trois portes closes, portant les noms des confrères de Jack.

— Les trois autres avocats sont à l'Old Bailey, remarqua McHugh. Vous avez de la chance, M. Harding n'avait pas de procès prévu cet après-midi, il se trouve donc dans son bureau.

Evelyn se mordit la joue pour réprimer un sourire. En dépit de son attitude polie, l'employé ne cachait pas son dédain pour cette cliente qui se présentait à l'improviste.

Ils s'arrêtèrent devant la porte de Jack, et il frappa un coup discret.

— Entrez.

— Lady Evelyn est là, monsieur Harding, annonça McHugh en entrouvrant le battant. Si vous n'avez plus besoin de moi, monsieur, j'aimerais partir.

— Je vous en prie, McHugh.

Après ce bref échange, la porte s'ouvrit en grand et Evelyn pénétra dans le bureau de Jack.

27

Jack posa le manteau d'Evelyn sur un fauteuil et l'invita à s'asseoir sur le canapé, près de son bureau. Il se percha sur le coin de sa table de travail, les yeux rivés sur la jeune femme.

Il avait ôté sa veste, son gilet et sa cravate, retroussé les manches de sa chemise et déboutonné son col, révélant son cou hâlé. De toute évidence il n'attendait pas de visite et s'était mis à l'aise pour travailler.

— Si je comprends bien, vous n'avez pas pu attendre que je vienne vous voir ? observa-t-il, railleur.

Evelyn leva le menton avec dignité.

— Vous devez vous douter que j'ai hâte de savoir ce qui s'est passé quand vous êtes retourné chez Bess.

Jack sourit, et le cœur d'Evelyn tressaillit. « Ne sois pas idiote ! se morigéna-t-elle. Garde la tête froide. »

Elle se rappela les employées du cabinet de son père et les clientes qui se pâmaient littéralement lorsqu'il entrait dans une pièce, et dut admettre que les années n'avaient fait qu'ajouter à son charme.

Non ! Il ne fallait pas qu'elle laisse les souvenirs d'enfance envahir ses pensées. Elle était adulte à présent, et elle avait un objectif à atteindre. En l'occurrence, épouser un homme qui respectait son intelligence et son indépendance d'esprit. L'arrogant Jack Harding ne correspondait pas à cette description.

— Avez-vous trouvé le journal, oui ou non ? demanda-t-elle en tendant le cou pour balayer du regard le plateau du bureau.

— Vous croyez que si c'était le cas je le laisserais traîner là, à la vue de tous ? répliqua-t-il en arquant un sourcil.

— Cessez de me taquiner, Jack. Je n'ai quasiment pensé à rien d'autre depuis notre visite chez Bess Whitfield.

Le visage grave, il s'écarta du bureau et vint s'asseoir sur le canapé, à côté d'elle.

— Je suis désolé, Evie, dit-il en s'emparant de sa main. Je n'ai pas trouvé le journal. Je suis convaincu que Bess a dû le changer de place avant d'être assassinée.

Elle perçut la chaleur de ses doigts à travers ses gants. Il lui caressa la paume du bout du pouce, et son pouls s'emballa de manière alarmante. Et tandis qu'elle contemplait son beau visage viril, elle sut, sans l'ombre d'un doute, que les sentiments contradictoires qu'elle éprouvait à son endroit allaient l'empêcher de tenir Jack à distance.

Pourquoi fallait-il que cet homme soit le plus séduisant qu'elle ait jamais rencontré ?

Luttant contre son envie de se rapprocher de lui, elle se leva et s'approcha du bureau, sur lequel un gros livre de droit était ouvert, le temps de se ressaisir.

— Que faites-vous ? voulut-elle savoir.

— Des recherches, répondit-il en se levant pour la rejoindre.

— En rapport avec Randolph ?

— Je cherchais des lignes de défense, au cas où il serait inculpé de meurtre.

— Vous pensez qu'on en arrivera là ?

— Dans mon métier, je dois envisager toutes les éventualités. Pour être franc, Randolph n'a ni les moyens financiers ni suffisamment de bon sens pour échapper aux agents de Bow Street indéfiniment.

— Je peux vous assister, proposa-t-elle spontanément. Je connais la loi, j'ai déjà échafaudé plusieurs théories pour la défense de Randolph. S'il doit aller au tribunal, je vous aiderai à préparer votre plaidoirie.

Jack l'interrompit d'un geste de la main.

— Une minute, Evie. Je travaille seul, lui rappela-t-il. Je suis tout à fait conscient de vos compétences. Mais il y a un monde entre la théorie, que l'on apprend dans les livres, et la pratique dans une salle de tribunal.

— Que voulez-vous dire ?

— Je veux dire que l'on ne vous apprend pas à l'université comment s'adresser à un jury composé de douze hommes.

— Mais les lois doivent être appliquées.

— Ce ne sont que des éléments de base, Evie. Il faut ensuite s'adresser aux témoins, présenter l'affaire sous un jour favorable. Seule l'expérience vous apprend cela. C'est ce qu'il y a de plus important pour peser sur la décision du jury.

— En somme, vous êtes un acteur.

Jack haussa les épaules, nullement déstabilisé par cette accusation.

— La comparaison est intéressante, et assez juste.

Evelyn décida de changer de tactique. Si les arguments logiques n'avaient pas de prise sur lui, révéler combien la situation la faisait souffrir serait peut-être plus efficace.

— Je vous en prie, laissez-moi faire quelque chose, Jack. Je ne dors plus depuis des semaines.

Il laissa échapper un soupir exaspéré et se passa la main dans les cheveux.

— Très bien. Faites des recherches dans les textes de loi, dit-il en tournant le lourd volume vers elle. De mon côté, je vais passer en revue les cas de jurisprudence.

— Merci.

— Voulez-vous un verre de vin ? C'est la fin de la journée, et je m'apprêtais à boire quelque chose avant que vous n'arriviez.

Elle accepta d'un signe de tête, et Jack se dirigea vers la desserte, dans un angle de la pièce.

Tandis qu'il remplissait les verres, elle lui coulait des regards à la dérobée tout en feignant de tourner les pages du volume devant elle. Les muscles de ses épaules saillaient sous sa chemise blanche, nota-t-elle. Il n'avait certes pas besoin de vestes rembourrées aux épaules, comme en portaient les dandys pour élargir leur carrure ! Il revint vers elle, lui tendit un verre, et leva le sien pour porter un toast.

— À la plus jolie assistante que j'aie jamais eue.

— À des recherches qui, je l'espère, aboutiront, dit-elle en levant à son tour son verre.

Après quoi, elle s'installa sur le canapé, avec des livres tout autour d'elle, tandis que Jack prenait place derrière son bureau. Ils travaillèrent ainsi pendant une bonne heure, échangeant idées et découvertes.

Le vin et la conversation aidèrent la jeune femme à se détendre. Jack évoqua les précédentes affaires de meurtre dont il avait été chargé et de la défense qu'il avait adoptée pour les clients qu'il savait innocents malgré les preuves qui s'accumulaient contre eux.

Il y avait les autres cas : ceux où l'accusé était coupable. Là encore, Jack s'attachait à les défendre de son mieux. Evelyn l'écoutait, fascinée. Contrairement à la plupart des hommes qu'elle connaissait, Jack ne parlait pas uniquement de lui. Il s'efforçait de fournir la meilleure défense possible à ces clients qui dépendaient si totalement de lui, quelle que soit la complexité de l'affaire.

Evelyn admirait son intelligence affûtée, son efficacité, sa stratégie ingénieuse face au tribunal. Elle lui fit quelques suggestions pour la défense de Randolph, et fut enchantée qu'il acquiesce à plusieurs d'entre elles.

Il remplit de nouveau leurs verres, et ils se remirent au travail. La soirée était fraîche, et la fenêtre ouverte laissait entrer la brise printanière. Elle le surprit à repousser en arrière la lourde mèche brune qui lui barrait le front. Malgré elle, ses pensées la ramenèrent à ce jour lointain, à Lincoln's Inn, alors que, tout jeune stagiaire, il étudiait un texte de loi.

Il avait eu le même geste. « Les habitudes ont la vie dure », songea-t-elle, rêveuse.

Il leva la tête à cet instant et la surprit à le dévisager.

— Qu'y a-t-il, Evie ? demanda-t-il en.

— J'étais malade d'inquiétude de ne pas avoir de vos nouvelles, confessa-t-elle. Je n'arrêtais pas d'imaginer le vicomte surgissant derrière vous, dans la chambre de Bess.

Le regard de Jack s'assombrit, et elle craignit un instant d'en avoir trop dit. Il repoussa son fauteuil, déplia lentement son grand corps athlétique. Les doigts d'Evelyn se crispèrent sur le livre qu'elle parcourait.

Franchissant la distance qui les séparait en trois longues enjambées, il s'agenouilla devant elle et lui prit les mains. Elle avait enlevé ses gants, et le contact de ses doigts lui arracha un frémissement.

— Vous n'aviez pas de raisons de vous inquiéter, Evie. J'étais sérieux quand je disais que je savais me défendre.

Elle eut beau faire, elle ne put s'empêcher de le comparer à Randolph. Jack était fort, compétent, d'une intelligence aiguisée, alors que la jeunesse studieuse de

Randolph ne l'avait du tout préparé aux situations de crise et, en l'occurrence, à ce qui lui arrivait.

Elle savait que Jack était tout aussi capable de venir à bout d'un Hamilton que de maîtriser n'importe quel problème juridique complexe.

Son regard s'attarda sur sa bouche, et elle se rappela aussitôt le plaisir qu'elle avait éprouvé lorsqu'il l'avait embrassée. Quelque chose s'embrasa entre eux, tel le feu qui couve sous la cendre, et elle reconnut l'étincelle du désir dans son regard. Le cœur battant, le souffle erratique, elle sut qu'il suffirait d'un mot de lui pour qu'elle le rejoigne sur l'épais tapis de laine. Les paupières baissées, elle attendit qu'il l'attire contre lui et couvre sa bouche de la sienne.

28

Jack lui lâcha les mains et fit remonter ses doigts le long de ses bras, jusqu'au bord de ses courtes manches ballon. Elle fut prise d'un vertige sensuel et, une fois de plus, se trouva incapable de repousser les pensées traîtresses qui l'envahissaient. Les paumes de Jack étaient plus rugueuses que celles de Randolph. Plus rugueuses, plus larges et sources d'une excitation ô combien plus enivrante !

— Vous n'auriez pas dû venir sans chaperon, Evie, déclara-t-il d'une voix rauque.

Il avait raison, bien sûr. Elle le savait. Ses yeux brillaient comme des émeraudes, et elle dut admettre qu'elle n'avait jamais désiré Randolph comme elle désirait Jack. C'était là un désir coupable qu'elle aurait dû s'interdire. Ce qu'elle éprouvait défiait la logique. Jeter les convenances aux orties et oublier la morale pour se donner à un homme alors qu'elle envisageait d'en épouser un autre était... stupide et irresponsable.

Il se rapprocha, lui encadra le visage de ses mains.

— Evie, chuchota-t-il, j'ai essayé d'exorciser ce désir que vous m'inspirez. Il faut me croire, j'ai essayé... mais j'ai échoué. Votre beauté, votre intelligence... m'ont ensorcelé.

Elle retint une exclamation de stupeur. Son désir faisait si totalement écho au sien ! Avait-il deviné ce qui était enfoui au plus profond d'elle-même ? Était-il à ce point intuitif ? Son aveu fit naître en elle une bouffée de joie qu'elle s'efforça de réprimer. Respirant son odeur familière avec délices, elle crispa les poings sur ses genoux, s'interdisant de poser les mains sur les siennes.

— Quand je vous ai embrassée chez Bess Whitfield, dans le vestibule, j'ai cru devenir fou, et ce n'était pas parce que Hamilton était à nos trousses. J'avais envie de vous embrasser encore, *partout*, murmura-t-il.

— Jack, je...

— Laissez-moi vous embrasser, Evie.

Elle ne protesta pas. Il inclina la tête, ses lèvres effleurèrent les siennes. Il l'embrassa avec une douceur infinie, et elle lui offrit sa bouche sans réserve. Quand leurs langues se mêlèrent, ce fut comme si elle renaissait à la vie. Plongeant les doigts dans son épaisse chevelure brune, elle l'incita à approfondir son baiser. Laissant échapper un grondement, il lui prit la nuque et l'embrassa avec une ardeur sauvage.

Ainsi donc, Jack Harding la désirait ? Dire que, quelques années auparavant, elle aurait tout donné pour qu'il s'intéresse à elle. Quelle ironie !

Seules ses lèvres et l'une de ses mains la touchaient, et pourtant elle avait l'impression que sa chaleur l'enveloppait comme une étoffe, la caressait de la tête aux pieds. Si un simple baiser suffisait à l'embraser, que ressentirait-elle si ses mains se promenaient sur son corps nu ? ne put-elle s'empêcher de se demander.

Il traça un sillon de baisers brûlants dans son cou, et plus bas encore, jusqu'à la dentelle de son corsage. Quand ses lèvres s'immobilisèrent au-dessus de sa poitrine, elle cessa de respirer. Les paupières mi-closes, elle le regarda déposer un baiser sur le bombé de son sein.

Elle s'était toujours comportée comme une dame, respectant strictement les codes de la bienséance. Mais soudain, le respect des convenances était le dernier de ses soucis. Son corps était en feu.

« Touchez-moi, avait-elle envie de crier. Touchez-moi encore… »

En tâtonnant, il passa les doigts dans son dos pour déboutonner sa robe. Celle-ci glissa jusqu'à la taille en même temps que sa chemise, dénudant ses seins.

— Vous êtes si belle, Evie…

Le mélange de respect et de désir dans sa voix et dans son regard eut raison d'elle. Et lorsqu'il happa la pointe d'un sein entre ses lèvres, elle chavira.

Seigneur, jamais elle n'aurait imaginé qu'un tel plaisir existait !

Elle lui agrippa les épaules tandis qu'il lui taquinait et lui mordillait les mamelons. La tête renversée, elle cambra le dos, et les dos colorés des livres qui emplissaient les étagères autour d'elle se fondirent comme dans un kaléidoscope.

Assise au bord du canapé, elle attira Jack à elle. Elle voulait sentir sa peau nue sous ses doigts, explorer son corps comme il explorait le sien.

Il y eut un bruissement d'étoffe, puis les mains de Jack remontèrent le long de ses jambes gainées de soie, et au-delà des jarretières. Elle se raidit, choquée, mais déjà il aspirait la pointe d'un sein entre ses lèvres, le caressait de la langue. Elle gémit alors qu'une onde de plaisir se déployait depuis son sein jusque dans son ventre. Insinuant les doigts au creux de ses cuisses, Jack explora son intimité, fouillant entre les replis de son sexe.

Evelyn laissa échapper un cri lorsqu'une spirale de délicieux frissons se déroula dans son corps. C'était immoral, scandaleux, et complètement… miraculeux.

Grisée, elle creusa les reins pour se presser contre sa main.

— Doucement, Evie, murmura-t-il.

Doucement ? Ce n'était pas du tout ce qu'elle voulait !

Il continua ses caresses, introduisit le bout d'un doigt dans sa chair intime, lui arrachant un cri de bonheur. Son pouce glissa sur la petite crête si sensible, une fois, deux fois. Elle se tortilla sur le canapé, ne sachant plus si elle devait l'attirer à elle ou le repousser.

Jack leva la tête. Elle croisa son regard si intense.

— Laissez-moi vous aimer, Evie. Je vous promets que vous ne penserez pas une seule fois à Randolph. Il ne saura jamais ce qui s'est passé.

La pensée en déroute, elle se dit que oui, elle pouvait faire l'amour avec Jack, satisfaire ce désir insensé qui la rongeait, sans en être le moins du monde choquée. En cet instant, son corps réclamait un plaisir que seul Jack pouvait lui offrir.

Elle se laissa glisser à genoux sur le tapis dans un flot de soie et se pressa contre lui.

— Oui, Jack, souffla-t-elle.

Une lueur de surprise s'alluma brièvement dans ses yeux verts, aussitôt remplacée par une farouche satisfaction.

— Ne bouge pas, mon ange.

Il se redressa et alla à la porte. L'espace d'une seconde, elle craignit qu'il ne l'abandonne ici, à moitié nue sur le tapis. Remontant son corsage sur sa poitrine, elle le regarda anxieusement.

Il fit tourner la clé dans la serrure et le cliquetis se répercuta dans la pièce comme une détonation. Le bruit aurait dû la faire sortir de sa transe, mais déjà Jack revenait vers elle de sa démarche féline, et tous ses doutes s'évanouirent.

— Les bureaux sont vides, mais c'est plus prudent, expliqua-t-il.

Il la mit debout, l'enlaça ses bras et la gratifia d'un baiser fougueux. Son corsage retomba sur sa taille, et les pointes de se seins se dressèrent contre le torse de Jack. Soudain, elle avait envie de le toucher elle aussi. Elle voulut s'attaquer aux boutons de sa chemise, mais il repoussa ses doigts avec impatience et tira sur le tissu, arrachant quelques boutons au passage. Puis il fit passer le vêtement par-dessus sa tête d'un geste vif.

Evelyn l'examina d'un regard avide. Il était tel qu'elle l'imaginait dans ses rêves de petite fille, et bien plus encore. Elle n'avait jamais vu d'homme nu, mais elle savait qu'aucun ne lui serait comparable. Il était dans la force de l'âge, finement musclé, et plus séduisant qu'il était possible de l'être.

Il lui prit le visage entre les mains, l'obligeant à détourner les yeux du renflement qu'elle venait de remarquer au bas de son ventre.

— Es-tu sûre de toi, Evie ? murmura-t-il. Si nous allons plus loin, il se peut que je ne puisse pas m'arrêter.

Oh, oui, elle était sûre d'elle. À vrai dire, elle pensait qu'elle en mourrait s'ils en restaient là. Cependant, elle s'entendit demander d'une toute petite voix :

— Vous ne le direz à personne ?

— Je vous le promets.

— Pouvez-vous faire en sorte qu'il n'y ait pas d'enfant ?

Il eut une légère hésitation, puis hocha la tête.

— Il existe des moyens.

— Alors faites-moi l'amour, Jack.

En réponse, il tira sur le dernier bouton qui maintenait encore sa robe en place. Celle-ci glissa sur ses hanches en même temps que sa chemise et tomba sur le tapis. Son pantalon de batiste suivit, et elle se tint devant lui, en bas de soie noire et jarretières.

Il la balaya d'un regard émerveillé.

— Tu es parfaite, Evie.

Il déboutonna en hâte son pantalon et s'en débarrassa. Evelyn frissonna en découvrant son sexe dressé qui émergeait d'un nid de boucles sombres. Alors que l'inquiétude l'étreignait, Jack l'allongea doucement sur le tapis.

Il s'étendit près d'elle et reprit ses lèvres, tendrement d'abord, puis avec passion, comme s'il voulait que ces instants restent gravés dans sa mémoire.

Alors qu'elle s'abandonnait à son baiser, elle sentit sa main glisser sur son ventre, puis plus bas, entre ses jambes. Elle se tordit de plaisir sous sa caresse, et perdit le souffle comme il déposait une pluie de baisers sur son corps, exacerbant son désir. Elle gémissait sans vergogne quand il la recouvrit de son corps et se hissa au-dessus d'elle en appui sur les avant-bras. Du genou, il lui écarta les cuisses. Elle ouvrit vivement les yeux et poussa un petit cri étouffé en sentant son sexe se presser à l'orée de sa féminité.

L'étincelle avide et passionnée dans son regard aurait pu l'effrayer, mais c'était Jack – Jack qu'elle connaissait et adorait depuis l'enfance. Sans hésiter, elle noua les bras autour de son cou.

Ils étaient là, peau contre peau, haletants. Puis il commença à entrer lentement en elle, dans sa chair intime, et la sensation était si pure, tellement inouïe, qu'Evelyn retint son souffle. Lorsqu'il s'arrêta soudain, elle cala les talons sur le sol et se cambra vers lui, réclamant davantage…

— Seigneur, Evie, ne bouge pas, gronda-t-il.

— Jack, je veux…

Il gronda de nouveau, et plongea en elle d'un seul coup. La douleur qui la traversa lui arracha un cri.

— Reste avec moi, Evie, dit-il d'une voix enrouée.

Il semblait souffrir lui aussi, et se retira, pour revenir de nouveau en elle. Il recommença encore et encore, et peu à peu la douleur s'effaça, laissant la place à une douce chaleur. Evelyn soulevait les hanches spontanément, s'adaptant au rythme que Jack avait initié. À présent, le sang lui battait aux tempes, dans la poitrine et dans le cœur, et le plaisir avait atteint une intensité telle qu'elle craignit de voler en éclats.

Et soudain ce fut le cas. Son corps fut parcouru d'un frémissement avant d'exploser littéralement. Tendue comme un arc, le dos cambré, les ongles enfoncés dans les épaules de Jack, elle bascula dans la jouissance. Une fois, deux fois, Jack s'enfonça en elle, puis il se raidit et se retira abruptement. Aussitôt après, elle sentit un liquide chaud se répandre sur son ventre.

Épuisée, pantelante, elle se laissait aller à savourer le poids du corps de Jack sur elle lorsqu'il déposa un baiser sur son front.

Elle rouvrit les yeux, contempla son beau visage aux traits si fermes. Et au milieu de la brume qui avait envahi son esprit une seule pensée surnagea : elle ne s'était pas rendu compte à quel point tourner la page avec Jack Harding serait difficile.

29

Après avoir récupéré un mouchoir pour essuyer le ventre d'Evelyn, Jack s'allongea près d'elle et referma la main sur sa hanche. Comme elle se blottissait contre lui, il inhala profondément le parfum de lavande qui émanait de sa peau brûlante. Elle avait les yeux fermés et sa respiration était courte, et il continuait d'être émerveillé par ce qui venait de se passer entre eux.

Jamais encore, avec aucune des femmes qu'il avait connues jusqu'à présent, il n'avait fait l'expérience d'une telle communion de corps et d'esprit. Lorsque Evelyn s'était tenue devant lui dans sa splendide nudité, la raison l'avait déserté. L'instinct masculin avait refait surface et il n'avait plus eu qu'une envie : la posséder. Ses réactions si spontanées à ses caresses, la jouissance fiévreuse qui l'avait emportée n'avaient fait qu'exacerber son désir.

Il ne se faisait cependant aucune illusion quant à leur relation. Elle l'avait engagé pour accomplir un travail, pour défendre l'homme qu'elle souhaitait épouser, et rien de ce qui venait de se passer n'y changerait quoi que ce soit.

Elle sortirait d'ici et irait retrouver Randolph Sheldon, sûre que personne ne saurait jamais ce qui était arrivé entre ces murs. Il crispa les mâchoires à cette pensée, et la flèche de la jalousie, dont il n'avait jusqu'à maintenant jamais été la cible, lui transperça le cœur.

Il aurait dû d'autant plus se réjouir qu'elle soit aussi loyale envers un autre que cela lui rendait service. Il ne voulait pas éprouver une telle possessivité à l'égard d'une femme, quand bien même il s'agissait de la charmante et précoce petite fille surgie de son passé. Il s'était toujours efforcé de maintenir une certaine distance avec le beau sexe, car son métier exigeait qu'il s'y consacre entièrement. S'il avait été raisonnable il se serait levé sur-le-champ, l'aurait aidée à se rhabiller, et raccompagnée à la porte. À la place, il lui caressa un sein, en traça le contour d'un doigt léger, et regarda les pointes roses se tendre.

Evelyn ouvrit les yeux. Il aurait pu se noyer dans ce regard d'un bleu profond. Elle se hissa sur le coude, et ses cheveux, qui avaient depuis longtemps échappé aux épingles qui les retenaient en chignon, se répandirent sur ses épaules et ses seins en lourdes vagues d'or.

Le sexe de Jack durcit de nouveau, et il enveloppa Evelyn d'un regard brûlant. Elle rougit, se mordilla la lèvre, puis fit mine de se lever pour récupérer sa robe.

— Attends, dit-il en la retenant par le bras.

— Il faut que je parte.

— Ne fais pas cela, Evie.

— Quoi donc ?

— Ne regrette pas ce qui vient de se passer.

— C'était mal, dit-elle en détournant les yeux.

— Non, c'était merveilleux.

— Vous ne le direz pas à Randolph, ni à mon père ? risqua-t-elle après un silence.

— Je ne soufflerai pas un mot de ce qui s'est passé entre nous. À personne.

Evelyn laissa échapper un long soupir.

— Merci.

— Comment t'es-tu débrouillée pour venir sans chaperon ?

— J'ai dit à tout le monde que j'étais invitée à prendre le thé chez lady Eaton, et j'ai pris un fiacre.

— J'espère que tu as passé un meilleur moment que chez lady Eaton, fit-il avec un sourire espiègle.

Elle ne put s'empêcher de rire.

— Jack Harding, vous ne cesserez donc jamais de plaisanter de tout ?

— Cela fait partie de mon charme.

Il était soulagé de la voir sourire. Il n'aurait pas supporté qu'elle soit bouleversée ou, pire, qu'elle s'accable de reproches.

Elle se leva et chercha ses sous-vêtements. Il ne lui avait enlevé ni ses jarretières ni ses bas, aussi quand elle se pencha pour ramasser sa chemise, il faillit gémir à la vue de ses fesses aux rondeurs appétissantes. Elle était la perfection faite femme – un visage d'ange et un corps de déesse. Il venait à peine de lui faire l'amour, et pourtant le désir qu'il avait d'elle était plus fort que jamais.

Elle se rhabilla rapidement puis, soulevant ses cheveux d'une main, elle lui tourna le dos et demanda :

— Pourriez-vous me boutonner ma robe ?

C'était une requête innocente, il le savait. Elle n'avait d'autre choix que de lui demander son aide. Il se leva donc, et enfila son pantalon. Quand son regard se posa sur ses épaules laiteuses, il fut pris d'une envie folle de glisser les doigts sous le tissu. Il s'en abstint Dieu sait comment, et boutonna gentiment sa robe. Il ne put toutefois résister à l'envie de déposer un baiser sur sa nuque quand il eut terminé.

Elle frémit, pivota, et se pressa contre lui. Les yeux rivés sur sa bouche, elle s'humecta les lèvres du bout de la langue. Jack sentit ses reins s'embraser. C'était dangereux. Il fallait qu'elle parte sans attendre, avant qu'il ne lui arrache ses vêtements pour lui faire de nouveau l'amour.

Au prix d'un violent effort, il recula, alla chercher le manteau qu'elle avait abandonné sur un fauteuil et le lui tendit.

— Partez maintenant, Evie, dit-il d'une voix rauque.

— Jack, est-ce que ce qui vient de se passer a changé quelque chose ?

— Rien n'a changé, assura-t-il, alors qu'il avait l'impression d'avoir reçu un direct à l'estomac. Je vous tiendrai au courant des avancées de l'affaire.

Elle hocha la tête, déverrouilla la porte, et disparut.

Jack demeura un long moment immobile, à fixer le battant, la sueur lui perlant au front. Il respira lentement, s'efforçant de maîtriser son désir. Les secondes s'égrenaient, rythmées par le tic-tac de l'horloge.

« C'est Sheldon qu'elle veut », se répéta-t-il.

Cela rendait les choses beaucoup plus faciles pour Jack Harding, l'avocat de renom. Mais maintenant qu'il avait goûté au fruit défendu, comment allait-il supporter de s'effacer au profit d'un autre homme ?

Comment avait-elle pu se tromper à ce point ? Elle avait vraiment cru que quelques instants d'intimité avec Jack mettraient un terme à la folle attirance qu'elle éprouvait pour lui.

Elle avait commis une terrible erreur.

— Tout va bien, milady ?

La question de Janet arracha Evelyn à ses pensées. Elles se trouvaient dans Bond Street et se rendaient une fois de plus à l'herboristerie pour acheter la nouvelle infusion prescrite à lord Lyndale par le médecin. Le mélange était censé soulager la douleur provoquée par des varices.

La femme de chambre la dévisageait avec curiosité.

— Tout va très bien, Janet. Ah, nous y sommes !

Refermant son ombrelle, Evelyn poussa la porte de l'officine. La clochette tinta, et l'herboriste derrière son comptoir les salua d'un petit signe de la main.

Evelyn se faufila entre les tables, examinant les boîtes métalliques qui contenaient les herbes. Mais elle avait l'esprit ailleurs. La veille, elle était rentrée chez elle sans que quiconque dans la maisonnée soupçonne son escapade. Après avoir réclamé un bain et demandé qu'on lui serve son dîner dans sa chambre, elle était allée se coucher.

Et avait rêvé de Jack.

Les quelques instants qu'ils avaient passés ensemble la poursuivaient. Elle sentait encore la chaleur de ses bras, le plaisir insensé, l'explosion de sensations enivrantes. Et quand il l'avait touchée de nouveau, un peu plus tard, elle avait eu envie de recommencer.

Les images érotiques tournoyaient dans sa tête, son cœur battait la chamade, ses joues étaient en feu. Elle leva soudain les yeux, se rendit compte que d'autres clients déambulaient dans la boutique.

Elle devait être anormale, pour avoir été à ce point consumée par le désir.

Comment avait-elle pu se laisser faire ? Ou plutôt, comment avait-elle pu le désirer aussi désespérément ? Peut-être cela arrivait-il aux femmes qui attendaient trop longtemps avant de se marier, ou de connaître un homme charnellement. Une fois qu'elles succombaient à la passion, elles oubliaient tout.

Mais au fond, elle savait que son attirance pour Jack Harding n'avait rien à voir avec son âge ou son manque d'expérience. Jack était un homme exceptionnel. Beau, intelligent, sûr de lui, et quelque peu dangereux. Une combinaison irrésistible. D'ailleurs, elle n'était pas la seule à le trouver séduisant.

Elle aurait aussi pu accuser le verre de vin qu'elle avait bu avec Jack, mais elle ne voulait pas se voiler la face : elle était tout simplement folle de désir. Le pouvoir de persuasion dont il usait au tribunal subsistait jusque dans l'intimité. Il avait allumé un feu en elle, l'avait alimenté jusqu'à ce qu'il se transforme en un brasier de désir qui l'avait consumée tout entière.

Et puis, il y avait cette petite voix qui l'avait incitée à capituler, lui soufflant que c'était là sa seule chance de le voir en tête à tête. Dès que le meurtrier de Bess serait arrêté, elle n'aurait plus besoin de ses services pour défendre Randolph.

Seigneur, Randolph !

La culpabilité lui serra le cœur comme un poing.

Oserait-elle avouer à Randolph ce qui s'était passé ? Ils n'étaient certes pas officiellement fiancés, mais c'était un fait entendu entre eux, même si son père ne tenait pas à ce qu'elle l'épouse. Evelyn avait cru pouvoir le faire changer d'avis, mais ses plans avaient été bouleversés par l'assassinat de Bess Whitfield, assassinat qui l'avait conduite droit dans le bureau de Jack Harding.

Ce dernier lui avait dit que rien n'avait changé, qu'il continuerait d'assurer la défense de Randolph et la tiendrait au courant des progrès de l'enquête. Après quoi, il lui avait tendu son manteau et l'avait priée de partir. Sa gorge se noua à ce souvenir.

À quoi donc s'était-elle attendue ? À ce que Jack lui déclare un amour éternel ?

Il ne lui avait fait aucune promesse. Et pourquoi, du reste, en aurait-il fait ? Elle n'avait cessé de lui répéter qu'elle souhaitait épouser Randolph.

En outre, Jack n'était pas du genre à vouloir se marier.

Mais une question demeurait : pourrait-elle garder à jamais secret ce qui s'était passé dans le bureau de Jack, et mener à bien son projet de mariage avec Randolph ?

Elle ne serait pas la première à agir ainsi. Elle avait entendu dire que certaines femmes usaient de stratagèmes pour faire croire qu'elles étaient vierges le soir de leurs noces.

Sauf qu'elle n'avait jamais voulu de cela. Elle croyait avoir trouvé en Randolph un partenaire parfait sur le plan intellectuel. Se pouvait-il qu'elle se soit trompée ?

« Ne sois pas idiote », se tança-t-elle. Elle répugnait à renoncer à Randolph à cause d'une aventure sans lendemain. Elle n'avait pas d'avenir avec Jack. Il passerait très vite à une autre conquête, et elle se retrouverait sans rien.

Elle n'aurait plus Randolph. Ni Jack.

Et finirait vieille fille.

Son cœur sombra à cette idée. Certes, elle aimait tendrement son père, mais elle avait envie d'une maison et d'une famille bien à elle. Elle n'allait tout de même pas passer les dix prochaines années à ranger des livres de droit sur les étagères de la bibliothèque d'Emmanuel, à organiser des dîners avec des juges et à lui acheter ses infusions.

Alors, que devait-elle faire ?

— Je l'ai trouvée, milady !

Evelyn retomba brutalement sur terre. Janet la rejoignit, tenant deux boîtes en fer serrées contre sa poitrine.

— Lord Lyndale va être content, dit-elle. Ce mélange soulage instantanément les douleurs dues aux varices, et l'autre, ajouta-t-elle en brandissant une boîte, est un remède radical contre la constipation.

Evelyn se força à sourire.

— C'est parfait, Janet. Nous avons terminé.

Elle alla payer leurs achats, et elles quittèrent la boutique. La porte venait à peine de se refermer derrière elle qu'un appel lui arracha un sursaut.

30

— Evelyn !

Evelyn fit volte-face et repéra Georgina Hamilton qui agitait la main. Vêtue d'une robe d'après-midi orange vif et d'un chapeau garni de plumes d'autruche de la même couleur, Georgina se précipita vers elles.

— Il me semblait bien t'avoir reconnue, Evelyn. J'ai tellement regretté que tu n'aies pas pu venir pour le thé. Cela va mieux ?

Georgina faisait allusion à la maladie imaginaire qu'Evelyn avait invoquée pour ne pas se rendre à la réunion féministe qui avait lieu chez elle.

— Cela va beaucoup mieux, Georgina. J'espère que vous avez passé un bon après-midi.

— Ta lettre m'a inquiétée. Tes symptômes m'ont rappelé ceux de mon oncle qui souffre de consomption. Lady Evelyn a-t-elle consulté un médecin ? ajouta-t-elle à l'adresse de Janet.

Le regard de la femme de chambre passa d'Evelyn à Georgina. Elle écarquilla les yeux, ouvrit la bouche et la referma aussitôt.

Glissant vivement le bras sous celui de son amie, Evelyn l'attira à l'écart.

— Janet se trouble facilement, expliqua-t-elle. Je vais mieux, et je suis désolée de t'avoir inquiétée. Mais parle-moi de toi. Ta mère a-t-elle enfin renoncé à te jeter dans les bras de Lucas Crawford ?

La tentative de diversion fonctionna, et Georgina esquissa une grimace contrariée.

— Non. Elle a invité sa famille dans notre résidence du Somersetshire, la semaine prochaine. Ce qui m'exaspère le plus, ce n'est pas la perspective de voir Lucas pendant toute une semaine, mais de devoir supporter les regards inquisiteurs de ma mère et de la sienne.

— Ma pauvre Georgina, murmura Evelyn, compatissante.

Une lueur d'espoir illumina soudain les yeux de son amie.

— Que dirais-tu de m'accompagner dans le Somersetshire ? risqua-t-elle. Ce serait merveilleux d'avoir une amie. Et père n'y verra aucune objection, j'en suis sûre.

Un flot de panique submergea Evelyn tandis qu'elle se remémorait le vicomte de Hamilton à genoux dans l'appartement de Bess Whitfield, faisant sauter les lattes de parquet au burin.

Seigneur ! L'idée de dormir sous le même toit que Hamilton lui était insupportable. Sans parler du fait que cet homme, qui était le suspect principal dans le meurtre de Bess, était le père de son amie.

— Je suis désolée, Georgina, mais mon père ne va pas très bien ces derniers temps et je ne peux pas le laisser seul, répondit-elle en montrant le paquet d'infusion. D'ailleurs il faut que je rentre, car il attend ses remèdes avec impatience.

— Je comprends. Transmets-lui mon meilleur souvenir.

Georgina la serra contre son cœur, puis après un petit geste d'adieu, monta dans une voiture toute proche aux armoiries des Hamilton.

Evelyn retourna vers Janet, l'estomac noué.

Coupable. Elle se sentait coupable de ce qu'elle avait fait avec Jack. Coupable de ne pas envisager de dire la vérité à Randolph. Coupable de ne pas être franche avec Georgina.

Tout était devenu tellement compliqué. Elle avait commencé par vouloir protéger Randolph. Et voilà qu'à présent la vie de ceux qu'elle aimait risquait d'être détruite, et que par sa seule faute son propre cœur était en danger.

Le dîner mensuel de lord Lyndale avait été fixé à un vendredi soir, au début du mois de juin. Le père d'Evelyn et ses deux amis, lord Bathwell et lord Barnes, étaient confortablement installés au salon avec un verre de brandy, et débattaient avec passion au sujet des lois sur les céréales, tandis qu'Evelyn vérifiait les derniers détails de la préparation du repas. Elle sortait de la cuisine avec Mme Smith lorsqu'on frappa à la porte.

— Hodges est allé chercher le vin à la cave, dit Mme Smith en allant ouvrir.

Bien que son imposante silhouette cachât le visiteur, Evelyn reconnut sur-le-champ la voix profonde de Jack Harding. C'était la première fois qu'elle le revoyait depuis qu'ils avaient fait l'amour dans son bureau. Mme Smith lui prit son manteau. Il la remercia en souriant et celle-ci, sous le charme, fit une révérence. Puis il aperçut Evelyn et lui adressa un sourire aussi bref qu'éblouissant.

D'une élégance irréprochable, il avait une allure folle, et se déplaçait avec une aisance qui retenait l'attention.

— Pardonnez-moi, lady Evelyn, un procès m'a retenu au tribunal plus longtemps que prévu. J'espère que je ne suis pas trop en retard.

Evelyn sourit poliment, consciente de la présence de la gouvernante.

— Pas du tout, monsieur Harding. Ces messieurs sont en grande discussion au sujet de l'abrogation d'une loi au Parlement.

— Parfait.

Elle le conduisit au salon, et lord Lyndale se leva pour l'accueillir.

— Jack, vous tombez à pic. Dites-nous donc ce que vous pensez de la loi sur les céréales.

Jack prit le fauteuil entre lord Bathwell et lord Barnes, qui le jaugèrent du regard. Evelyn s'assit près de son père, se demandant comment Jack allait s'en sortir face aux deux lords.

Bathwell était trapu avec de petits yeux noirs en boutons de bottines, une couronne de cheveux gris, et des dents jaunes et pointues comme celles d'un furet. Barnes était grand et vigoureux, avec un cou de taureau et un torse puissant. Quant à Jack, avec son assurance et son autorité naturelle, il n'avait rien d'un avocat ordinaire.

— J'avoue que je suis favorable à la tendance qui veut que ces lois soient abrogées, répondit-il. Elles ont sûrement été utiles par le passé, mais le marché a changé. Le pays y gagnerait à importer davantage de blé des pays baltes.

Lord Lyndale et lord Barnes opinèrent, tandis qu'une expression de froide contrariété se peignait sur le visage de Bathwell.

— Votre opinion ne me surprend guère, monsieur Harding, déclara-t-il, sarcastique. Vous êtes avocat au pénal, et en tant que tel vous avez fait libérer nombre de criminels, au grand dam de la Couronne et des bons citoyens de Londres. Dans votre spécialité les avocats sont opportunistes et choisissent ce qui favorise leurs intérêts financiers.

Evelyn étouffa une exclamation. Elle savait que Bathwell était impitoyable. Elle se rappela le cas de Hannah Ware, la veuve indigente qui avait reconnu avoir volé de la nourriture. Si Bathwell avait présidé le tribunal ce jour-là, les raisons qui l'avaient poussée à commettre ce vol n'auraient pas eu d'importance. Ce juge dogmatique aurait refusé à Hannah la protection du clergé. Mais de là à accuser Jack d'être un avocat égoïste, uniquement préoccupé d'amasser une fortune aux dépens de la Couronne et des citoyens ?

C'était ridicule.

Naguère, elle aurait sans doute pensé comme Bathwell. Plus maintenant. Certes, Jack Harding se faisait payer pour défendre les criminels, mais il s'était aussi porté volontaire pour représenter gratuitement les miséreux comme Hannah Ware, à qui il avait épargné une sentence accablante, peut-être même la peine de mort.

Un silence de plomb s'abattit dans le salon. Les regards de Barnes et de lord Lyndale passèrent de Bathwell à Jack. Evelyn craignit que ce dernier ne prenne la mouche.

Quel avocat se serait laissé insulter sans répliquer ?

Mais Jack se contenta d'afficher une moue amusée.

— J'apprécie que vous soyez sensible aux succès que j'obtiens au tribunal, milord. Mais je peux vous assurer que les avocats dans mon genre rendent un très grand service à la cour.

— Comment cela ?

— Les procureurs finiraient par s'ennuyer s'ils obtenaient systématiquement les condamnations requises. Ils quitteraient le métier. Qui représenterait alors l'accusation ?

Barnes éclata d'un rire bref.

— Bien vu, monsieur Harding.

— Il n'y a rien de pire que l'ennui pour faire perdre son talent à un homme, renchérit lord Lyndale.

Bathwell acquiesça à contrecœur.

— J'aurais dû me douter que je n'aurais pas le dernier mot avec vous, monsieur Harding. En dépit de ce que j'ai dit, je suis heureux que vous soyez là ce soir.

Evelyn se détendit. Elle avait eu tort de s'inquiéter pour Jack.

Il trouvait toujours les mots, quelle que soit la situation.

Le dîner fut annoncé et les trois hommes suivirent Evelyn et son père dans la salle à manger. La jeune femme avait pris la précaution de préparer un plan de table, mais au dernier moment son père bouleversa ses arrangements.

— Evelyn, M. Harding étant nouveau à cette table, j'aimerais qu'il soit assis à côté de moi ce soir. Je suis sûr que lord Barnes et lord Bathwell n'y verront pas d'inconvénient.

Ces derniers approuvèrent d'un signe de tête, et Evelyn n'eut d'autre choix que de s'asseoir également à côté de Jack. Si elle n'avait pas connu son père, elle aurait pu croire qu'il l'avait fait exprès.

Mais non. Il n'était pas du genre à prendre des gants. S'il avait voulu que Jack Harding soit placé à côté de sa fille, il l'aurait dit.

N'est-ce pas ?

Evelyn fronça les sourcils, perplexe. Lord Lyndale ne considérait pas Randolph comme le gendre idéal, mais cela ne signifiait pas pour autant qu'il aurait aimé voir Jack Harding à sa place. Elle avait trop d'imagination, voilà tout.

Et elle était taraudée par la culpabilité.

Alors que d'ordinaire les questions juridiques la passionnaient, c'est à peine si elle prêta attention à la discussion. Elle n'avait que trop conscience de l'homme assis près d'elle.

Les domestiques enlevèrent les assiettes de consommé et apportèrent le plat suivant. La conversation battait son plein, mais Evelyn ne parvenait pas à suivre ce qui se disait, elle avait l'impression d'être dans le brouillard. Elle coulait de temps à autre un regard à Jack, s'attardait sur ses mains tandis qu'il saisissait sa fourchette, son verre de vin... Des images de ces mêmes mains lui caressant les seins, les hanches et... d'autres parties de son corps lui envahirent l'esprit.

— Vous ne mangez rien, Evie, chuchota Jack. Êtes-vous malade ?

Elle croisa son regard. Ses yeux verts inquisiteurs, son expression grave, ses traits bien dessinés... cet homme était vraiment à couper le souffle. Difficile de ne pas être sous le charme.

— Je n'ai pas faim.

— Vous ne voudriez pas que votre père s'inquiète, n'est-ce pas ?

Sans répondre, elle s'empara docilement de sa fourchette.

Jack posa sa serviette sur ses genoux, et sa jambe effleura celle d'Evelyn. Le parfum frais et masculin de son savon à barbe enveloppa la jeune femme, qui sentit son cœur chavirer.

Le repas lui parut interminable. Enfin un valet ôta son assiette, mais elle savait qu'une jatte de fraises à la crème allait suivre. Elle s'efforça de ne pas regarder Jack tandis qu'il dégustait les fruits parfumés. Et poussa un soupir de soulagement quand son père posa sa fourchette et que les domestiques débarrassèrent les couverts.

Le café était servi comme à l'accoutumée dans la bibliothèque, avec des cigares et du porto. Les deux juges et Jack s'installèrent près de la cheminée, et son père s'assit dans un fauteuil, devant son bureau.

En principe, les dames étaient censées laisser les messieurs boire et fumer tranquillement, mais lord Lyndale n'était pas conventionnel et avait toujours autorisé Evelyn à leur tenir compagnie. Barnes et Bathwell, qui la connaissaient depuis sa plus tendre enfance, étaient habitués aux excentricités de leur vieil ami. Et le fait qu'elle n'oubliait jamais de remplir leur tasse de café rendait certainement sa présence plus agréable encore.

Ce soir, toutefois, Evelyn était nerveuse et agitée. Que Jack soit présent la mettait mal à l'aise et ne faisait qu'exacerber son sentiment de culpabilité. D'ordinaire elle aurait trouvé la conversation stimulante intellectuellement, elle le savait. Pour l'heure, l'atmosphère lui semblait juste étouffante.

Barnes redemanda du café. Evelyn souleva le pot encore à moitié plein.

— Je suis désolée, il n'y en a plus, mentit-elle. Je vais en chercher.

Puis, s'étant excusée, elle sortit en hâte et se rua dans la cuisine. Elle se sentait oppressée comme si l'air ne parvenait plus à ses poumons. La cuisine était déserte, il ne restait plus qu'une petite bonne occupée à nettoyer. L'arôme du gigot qu'ils avaient mangé au dîner persistait. Evelyn tendit le pot à la servante et lui demanda de le remplir et de le ramener dans la bibliothèque. Puis, au lieu de rejoindre ses invités, elle s'attarda devant les fourneaux encore chauds, les tables chargées d'ustensiles, les étagères métalliques sur lesquelles s'alignaient les pots de condiments. Enfin, elle posa la main sur la poignée de la porte qui donnait dans le jardin. L'air frais lui ferait du bien.

— Evelyn.

Elle se figea, la main sur la poignée de cuivre. Jack se tenait près d'une des tables, les yeux rivés sur elle.

— Où allez-vous ?

— Que faites-vous ici ? rétorqua-t-elle, ignorant sa question.

— Vous n'avez rien mangé et je vous ai trouvée très pâle. J'étais inquiet.

— Je vais très bien. J'ai juste besoin de prendre l'air. Retournez dans la bibliothèque avant que l'on ne s'étonne de votre absence, Jack.

— Il faut que nous parlions.

— Que nous parlions ? De quoi ?

— De ce qui s'est passé dans mon cabinet.

Le visage de la jeune femme s'empourpra. Elle ne réussit pas à empêcher les images de leur corps enlacés sur le tapis de refaire surface dans son esprit. Elle s'était comportée comme une traînée.

Mais l'embarras laissa rapidement la place à l'agacement, et elle répondit d'un ton irrité :

— Il n'y a rien à dire. Rien n'a changé, nous étions bien d'accord ?

Jack vint se camper devant elle.

— Je crains que cela ne soit plus possible, Evie. Je n'ai pas cessé de penser à vous.

Seigneur, moi non plus !

Le cœur d'Evelyn se mit à battre à grands coups. Dans un éclair de lucidité, elle comprit qu'elle se mentait à elle-même depuis le début. Après avoir connu Jack Harding, comment pourrait-elle continuer d'envisager d'épouser Randolph ? Comment un homme, n'importe quel homme, pourrait-il se mesurer à Jack ?

Elle était tombée amoureuse de lui. Peut-être l'avait-elle toujours été.

Et soudain, elle sut ce qu'elle devait faire : avouer la vérité à Randolph et lui demander pardon. Elle ne pourrait jamais l'épouser. Tout juste pouvait-elle espérer rester son amie. Cette amitié lui était précieuse, et elle n'abandonnerait pas Randolph sans s'être d'abord assurée qu'il était innocenté et libre. Elle ne lui révélerait jamais le nom de celui avec qui elle avait eu une liaison, et elle espérait que Randolph garderait Jack comme avocat.

— Jack, j'ai réfléchi à ce qui s'est passé, déclara-t-elle après s'être éclaircie la voix. C'était une erreur, nous ne devons jamais recommencer.

— Je ne vois pas cela comme une erreur, répliqua-t-il d'un air sombre.

— Je suis sûre que ce genre de choses vous est déjà arrivé.

— Jamais. Je n'avais encore jamais fait l'amour dans mon bureau.

— Ce n'est pas à cela que je faisais allusion, riposta-t-elle avant d'enchaîner : Vous m'aviez promis que vous continueriez de défendre Randolph.

— C'était mon intention, à l'époque.

— À l'époque ?

Il se passa la main dans les cheveux.

— Il me sera difficile d'assurer sa défense alors que vous occupez toutes mes pensées. M. Sheldon sera sans doute mieux défendu par un autre avocat. J'en connais plusieurs, très compétents...

— Non. Vous m'avez promis, insista-t-elle.

— Pourquoi est-ce si important pour vous que ce soit moi qui le représente ?

— Parce que vous gagnez tous vos procès. Et parce que Randolph est innocent.

La réponse dut lui paraître convaincante, car il déclara dans un soupir :

— Très bien, Evie, je le ferai. Mais ce ne sera pas facile. Anthony et Devlin avaient raison, ajouta-t-il dans sa barbe, avec un petit rire de dérision.

Elle ne voyait pas ce qu'il entendait par là, mais elle perdit le fil de ses pensées quand il lui prit le menton.

— Je veux que vous sachiez une chose, Evie. À mes yeux, ce qui s'est passé entre nous était différent de tout ce que j'ai connu avant vous. C'était unique.

Son regard était aussi doux qu'une caresse. Il s'approcha, laissa sa main glisser sur sa nuque. Ses yeux se rivèrent sur ses lèvres, et elle devina qu'il allait l'embrasser.

Elle ne protesta pas. Ne fit pas mine de s'écarter.

— Evie...

Oui, Jack. Embrassez-moi une dernière fois.

Sa bouche frôla la sienne, une fois, puis deux. Elle ferma les yeux, entrouvrit les lèvres.

On cogna brusquement à la porte de la cuisine. Elle bondit en arrière.

— Mon Dieu, qui est-ce ?

— Mettez-vous sur le côté, ordonna Jack en allant ouvrir.

Un homme se tenait sur le seuil. Le col de son manteau noir était remonté et le bord de son chapeau était rabattu, dissimulant ses yeux. Il fallut un moment à Evelyn pour le reconnaître.

— Simon ! s'écria-t-elle. Que faites-vous ici ?

Simon Guthrie leur jeta un regard à l'un et à l'autre.

— J'apporte de mauvaises nouvelles.

— Randolph ? souffla Evelyn.

Simon hocha la tête, le visage sombre.

— Il est tombé sur des policiers de Bow Street, et il y a eu une échauffourée. Randolph a pu s'échapper, mais il est blessé.

Evelyn sentit son estomac se nouer.

— A-t-il vu un médecin ?

— Non, il refuse. Il est retourné se terrer dans la maison de Shoreditch, et il vous réclame.

Glacée d'effroi, la jeune femme ne put articuler un mot.

— Je viens avec vous, décréta Jack.

31

Le vendredi soir, tous les théâtres et les salles de spectacle de Shoreditch étaient bondés. Assise dans la voiture de Jack, en face de Simon, Evelyn regardait par la fenêtre la foule qui déambulait dans les rues. Shoreditch était loin du théâtre de Drury Lane, les clients étaient bruyants et peu exigeants, et les représentations n'avaient pas le raffinement et la qualité des spectacles londoniens.

— Ce n'est pas une bonne idée, Evie. Votre père n'approuverait pas.

Evelyn lança un regard noir à Jack et leva crânement le menton.

— Je n'ai pas le choix.

Elle savait qu'elle prenait un risque énorme en sortant de chez elle au milieu de la nuit pour aller voir Randolph. Il lui avait semblé que la soirée n'en finissait pas, puis les deux vieux juges avaient fini par prendre congé, et elle avait pu s'échapper discrètement. Simon attendait caché dans le jardin, et Jack dans sa voiture au coin de la rue.

Ils laissèrent derrière eux le quartier des théâtres, et très vite des tavernes et des tripots apparurent de chaque côté de la chaussée. Des cris et des rires s'en échappaient, et une odeur d'égout envahit l'habitacle. Une femme légèrement vêtue agita un foulard en les appelant depuis la fenêtre d'une auberge. Malgré la distance, Evelyn distingua parfaitement ses seins énormes, ses cheveux roux et ses lèvres fardées.

Un groupe de marins en goguette passaient dans la rue, et Evelyn comprit que ce qu'elle avait pris pour une auberge était en réalité une maison close. Choquée, elle contempla la scène, les yeux écarquillés.

« Les hommes sont semblables aux chiens d'une meute attirés par l'odeur de la chair », songea-t-elle.

La rue pavée était en très mauvais état, et il ne fallut pas attendre longtemps pour que l'une des roues de la voiture bute sur une ornière.

Evelyn bascula en avant et posa la main sur la cuisse de Jack, qui l'aida à se redresser. Les joues en feu, elle retira sa main comme si elle avait touché un tisonnier brûlant.

Simon toussota, et elle reporta son attention sur lui.

— Randolph habite ici ? s'enquit-elle.

— Non. La maison de Bess Whitfield se trouve à proximité des théâtres, mais il est plus prudent de faire un détour. Les agents empruntent rarement cette route-ci.

Ne sachant que répondre, Evelyn garda le silence. Bientôt, des rangées de maisons apparurent, mieux entretenues que celles des quartiers qu'ils venaient de traverser. Evelyn était soulagée de découvrir que Randolph ne vivait pas au milieu des bouges qu'ils avaient aperçus. Pourtant, la pensée qu'il habitait la maison de l'actrice qu'on le soupçonnait d'avoir assassinée lui parut soudain insensée. De toute évidence, cette idée n'avait pas effleuré Jack et Simon.

La voiture s'arrêta et ses trois occupants en sortirent. Evelyn et Jack suivirent Simon sur le perron, puis dans un petit vestibule mal éclairé. Lorsqu'il alluma une lampe, la lueur orangée révéla un papier peint fleuri et des meubles élégants, touche féminine s'il en fut. Mais des ordures jonchaient le sol, et les fleurs dans le vase de porcelaine posé sur la table étaient fanées. Des toiles d'araignées s'accrochaient aux montants de la rampe. Apparemment personne n'avait pris la peine de faire le ménage depuis la mort de Bess.

— Où est Randolph ?

— En haut.

Ils gravirent l'escalier, longèrent un étroit corridor, puis Simon s'immobilisa devant une porte.

— Je dois vous prévenir. Randolph a pris une forte dose de laudanum pour soulager la douleur.

Evelyn hocha la tête et tendit la main vers la poignée. Jack l'arrêta.

— Voulez-vous que j'entre avec vous ?

— Non. Il faut que je lui parle en privé.

— Je vous attends devant la porte.

Evelyn ouvrit doucement le battant. La chambre était plongée dans la pénombre, et il lui fallut un moment avant de discerner la silhouette d'un homme allongé sur le lit à baldaquin. Elle s'approcha sur la pointe des pieds. Randolph était inerte. Le drap imprimé de roses – comme les rideaux – était remonté jusqu'à son menton.

— Randolph, chuchota-t-elle.

Il tressaillit et ouvrit les yeux.

— Evelyn ? C'est vous ?

— Oui, je suis là. Je suis venue dès que j'ai su.

Il repoussa le drap. Un bandage lui entourait la poitrine.

— Je me suis brisé quelques côtes. Cela me fait un mal de chien.

Sa voix était pâteuse, ses yeux vitreux et injectés de sang. De toute évidence, il était encore sous l'effet du laudanum. Evelyn examina les hématomes sous son œil gauche et sa lèvre gonflée. Mais ce qui l'inquiéta le plus ce fut la bosse, de la taille d'un œuf de pigeon, qu'il avait sur la tempe.

Elle posa son sac sur la table de chevet, à côté d'un pichet d'eau, et s'assit sur le bord du lit. Repoussant les cheveux blonds sur le front du blessé, elle constata avec soulagement qu'il n'avait pas de fièvre.

— Racontez-moi ce qui s'est passé, dit-elle avec douceur.

— Je me suis rendu dans une taverne avec Simon. Après avoir beaucoup bu, nous avons décidé de jouer aux cartes avec d'autres clients. J'ai gagné dix livres. J'aurais dû m'en tenir là, mais nous avons besoin d'argent, alors je suis resté. Quand j'ai gagné la manche suivante, je n'en croyais pas mes yeux. Mais la brute qui se trouvait en face de moi m'a accusé d'avoir triché. Moi ! Tricher ! Vous imaginez ? C'est alors que la bagarre a commencé. Quelqu'un a appelé un agent, et les policiers de Bow Street sont arrivés. L'un d'eux m'a reconnu, et ce qui n'était pour moi qu'une bataille d'ivrognes est devenu un combat pour la vie. Le policier m'a frappé à la tête avec une matraque. Simon est venu à la rescousse et l'a assommé avec une chaise. Nous avons pu nous enfuir. Simon m'a sauvé la vie.

— Quelle mouche vous a piqué d'aller dans cette taverne, Randolph ? Vous êtes censé rester caché.

— Vous n'imaginez pas ce que c'est, de se terrer ici, se défendit-il d'un air piteux. Je ne supportais plus cet isolement. Autrefois j'avais une vie normale. Je vous avais.

Le désespoir qui transparaissait dans sa voix serra le cœur d'Evelyn.

— Oh, Randolph ! Quand le meurtre sera résolu, vous retrouverez votre ancienne vie. Votre poste à Oxford, vos recherches, vos amis.

— Et vous, Evelyn ? Quand ce cauchemar sera fini, serez-vous avec moi ? Est-ce que tout redeviendra comme avant entre nous ? chevrota-t-il.

Evelyn avala sa salive. Le moment était venu de lui révéler son aventure, de confesser qu'elle n'était pas la femme qu'il lui fallait. Elle ouvrit la bouche, puis la referma sans avoir proféré un son.

Elle n'avait pourtant pas le choix. Il fallait lui dire.

— Randolph, j'ai réfléchi. Je ne suis pas sûre que nous devrions nous marier.

Il fronça les sourcils, l'air égaré.

— Que dites-vous ?

— Je ne veux plus vous épouser. Essayez de comprendre. Cela n'a rien à voir avec le meurtre de votre cousine et ses terribles conséquences, mais...

Randolph lui agrippa le bras et l'attira vers lui. Ses yeux bleus lançaient des éclairs. Malgré ses blessures et les drogues, il avait une force étonnante.

— Je vous en prie, Evelyn. Aidez-moi. Vous n'allez pas me quitter, n'est-ce pas ?

Elle n'osa pas insister. Comment aurait-elle pu continuer de discuter alors qu'il était blessé, assommé par les remèdes, et désespéré ? D'une main tremblante, elle lui caressa les cheveux.

— Ne vous inquiétez pas, Randolph. Je m'occuperai de tout, comme d'habitude.

Il ne parut pas remarquer qu'elle n'avait pas répondu à sa question. Ses paroles l'avaient rassuré, il relâcha son étreinte.

— Essayez de vous reposer, Randolph.

Elle se leva, remplit d'eau le verre posé sur la table de nuit et sortit.

Jack et Simon attendaient dans le couloir.

— Tout va bien, s'enquit Jack.

Elle acquiesça d'un hochement de tête.

— Je voudrais lui parler, reprit-il. La dernière fois que je l'ai vu, je lui avais demandé la chemise qu'il portait le soir du meurtre.

— La chemise trempée de sang ? Pourquoi en avez-vous besoin ? voulut savoir Simon.

— Cela pourrait se révéler un élément capital pour mon enquête.

Il y eut un silence, puis Simon murmura :

— Randolph l'a gardée. Vous pouvez le voir s'il est réveillé.

— Il est réveillé, mais il est épuisé. Il a besoin de repos, protesta Evelyn.

— Je n'en ai pas pour longtemps.

Jack ouvrit la porte et entra dans la chambre, laissant Evelyn avec Simon.

— Pourquoi l'avez-vous emmené dans cette taverne ? demanda-t-elle aussitôt, incapable de cacher sa réprobation.

— Il était agité, il avait besoin de prendre l'air. J'ai jugé préférable de l'accompagner plutôt que de le laisser errer seul dans Shoreditch. Je n'aurais de toute façon pas pu le retenir.

Evelyn soupira, regrettant de s'en être prise à Simon. Elle avait les nerfs à vif, et était rongée par la peur et la culpabilité.

— Vous êtes un véritable ami, Simon, vous lui avez sauvé la vie. Comment pourrai-je jamais vous remercier ?

— Il a besoin de vous, Evelyn. Vous ne l'abandonnerez pas ?

Elle fut déconcertée, non pas par la question, mais par l'intensité du regard de Simon. Elle devina que sa réponse était aussi importante que si elle s'adressait à Randolph lui-même.

— Non, je le soutiendrai toujours, assura-t-elle.

C'était la vérité. Elle ferait tout ce qui était en son pouvoir pour aider Randolph jusqu'à ce qu'il retrouve son ancienne vie. Quant au fait qu'elle ne désirait plus l'épouser, elle ne se sentait pas prête à l'avouer à Simon.

Jack s'approcha du lit avec précaution.

— C'est Jack Harding, monsieur Sheldon.

Randolph ouvrit brusquement les yeux et voulut se hisser sur le coude.

— Ne bougez pas, lui conseilla Jack.

— Ce sont mes côtes cassées. La douleur est atroce.

— C'est une bonne chose. La douleur vous rappelle que vous êtes vivant.

— Vivant, mais pourchassé.

— En effet. Bow Street finira par venir jeter un coup d'œil ici.

— Vous êtes mon avocat. Vous ne pouvez donc rien faire pour moi ?

— Le mieux que nous puissions faire, c'est trouver l'assassin. Dites-moi, connaissez-vous l'existence d'un journal intime qu'aurait tenu Bess Whitfield ?

— Un journal intime ?

— Oui, son habilleuse nous a dit qu'elle écrivait régulièrement dans un cahier, où elle notait les noms de ses amants. Savez-vous où elle le cachait ?

— Je n'ai jamais entendu parler de ce cahier.

— Réfléchissez, monsieur Sheldon, c'est important. Le nom du tueur se trouve probablement dans ce journal intime. Nous connaissons deux des amants de Bess, sur lesquels nous enquêtons. Mais il y en avait d'autres – un roturier, et un mystérieux bienfaiteur. J'aimerais les interroger tous les deux.

— Je ne peux pas vous aider, déclara Randolph.

— Qu'est devenue la chemise que vous portiez quand vous avez découvert le corps de Bess ?

Randolph laissa échapper un soupir.

— Je voulais la brûler. Je ne l'ai gardée que parce que vous me l'avez demandée. Elle est liée à un terrible souvenir à mes yeux.

— Où est-elle ?

— Je l'ai cachée derrière l'armoire.

Jack alla vers ladite armoire. Il s'accroupit, passa le bras derrière le meuble, et ses doigts rencontrèrent un morceau de tissu. Il tira la chemise à lui et la secoua.

— En quoi cette chemise peut-elle vous aider ? questionna Randolph.

— Laissez-moi m'occuper de cela.

La porte de la chambre s'ouvrit et Jack en sortit, une chemise de coton blanc à la main. Par endroits, le tissu était imprégné du sang de Bess Whitfield. Les taches étaient noires comme de l'encre, à présent. Cette vision souleva le cœur d'Evelyn.

— Nous avons de la chance, il l'avait gardée, annonça Jack. Randolph a absolument besoin d'un médecin, enchaîna-t-il avant qu'elle ait le temps de lui demander l'intérêt d'avoir cette chemise. J'en connais un qui vit près d'ici, je lui enverrai un message pour lui demander de passer.

— Pouvons-nous lui faire confiance ? s'enquit Simon.

— Oui, c'est l'un de mes anciens clients. Il me doit un service.

— Merci, murmura Evelyn, soulagée. Ses côtes guériront, mais je me fais du souci pour le coup qu'il a reçu à la tête.

— Le médecin s'en occupera. Nous devons partir, Evie.

— Je vais passer la nuit à son chevet, annonça Simon. Au cas où.

— Nous nous reverrons bientôt, promit Jack.

Prenant le bras d'Evelyn, il l'entraîna dans l'escalier. Ils avaient atteint la porte quand elle se rendit compte qu'elle avait oublié son réticule dans la chambre.

— J'ai laissé mon sac là-haut. J'en ai pour une minute, dit-elle en faisant demi-tour.

— Je vous accompagne, décida Jack.

Ils s'engageaient dans le couloir lorsque des éclats de voix les arrêtèrent dans leur élan.

Simon et Randolph se disputaient.

Evelyn se tourna vers Jack, mais celui-ci porta un doigt à ses lèvres pour lui intimer le silence.

— Il m'a interrogé au sujet du journal, fit Randolph.

— Que lui as-tu dit ?

— Que je ne savais pas de quoi il parlait.

— Pourquoi as-tu fait cela ?

— Bess ne voulait pas que l'existence de ce journal soit connue. J'étais son seul confident, le seul en qui elle avait confiance. Je ne l'ai jamais trahie, et je ne vais pas commencer maintenant qu'elle est morte !

— Où se trouve ce journal, à présent ?

— Je l'ignore.

Evelyn échangea un regard avec Jack. Celui-ci semblait furieux. Les lèvres pincées, les yeux étrécis, il ouvrit la porte avec tant de force que le battant claqua contre le mur.

— Que diable se passe-t-il ici ? tonna-t-il. Vous m'avez menti, Sheldon. Je veux des explications. Tout de suite.

Randolph écarquilla les yeux.

— J'ai juré à Bess que je n'en parlerais jamais à qui que ce soit.

— Je ne suis pas n'importe qui, je suis votre avocat. La seule personne qui, pour l'heure, fait barrage entre la police et vous.

— Essayez de comprendre…

— Où est-il ?

— Je ne sais pas. Je ne l'ai jamais vu.

— Vous mentez.

— Non, je vous le jure !

— Vos serments n'ont aucun poids. Vous m'avez déjà menti une fois. Mais laissez-moi vous dire une chose. J'ai une règle à laquelle je ne déroge jamais : mes clients doivent me dire la vérité, quelle qu'elle soit, bon sang ! Vous n'avez pas respecté cette règle, donc je ne vous défends plus. Trouvez-vous un autre avocat, et vite.

Jack prononça ces mots d'un ton froid, teinté de mépris. Randolph demeura figé de stupeur. Simon n'esquissa pas un geste.

— Partons, Evie, ajouta Jack en tournant les talons.

La jeune femme récupéra son réticule et lui emboîta le pas. Il était déjà en bas de l'escalier quand elle le rattrapa.

— Vous n'étiez pas sérieux ? s'exclama-t-elle, haletante d'avoir couru.

Sans mot dire, Jack ouvrit la porte d'entrée et sortit. Le cocher se redressa instinctivement en le voyant approcher.

Une fois qu'ils furent à l'intérieur de la voiture et que celle-ci se fut ébranlée, Evelyn se tourna vers Jack, furieuse.

— Randolph n'a pas tué Bess Whitfield, martela-t-elle. Il est innocent, et serait bien incapable de prendre une vie humaine. Vous devez le savoir à l'heure qu'il est !

— Je ne sais rien. Il m'a menti une fois, de façon très convaincante. Vous devez envisager la possibilité qu'il ait menti depuis le début et qu'il soit coupable.

— Je ne suis pas idiote, Jack. Je suis fille d'avocat, et je sais qu'il existe des gens capables de tuer et de mentir très habilement pour se couvrir. Randolph n'en fait pas partie. Il a peut-être menti au sujet de l'existence du journal, mais cela n'a rien à voir avec le fait de tuer sauvagement une femme sans défense.

— S'il est vraiment innocent, pourquoi ne veut-il pas qu'on mette la main sur ce journal ? Le nom de l'assassin se trouve probablement dedans.

— Parce qu'il a juré à sa cousine qu'il n'en parlerait jamais !

Jack lui lança un regard éloquent. De toute évidence, elle lui apparaissait aussi naïve que la fillette de douze ans qu'il avait connue.

— Evie, il y a une différence entre promettre à une personne en vie de garder un secret, et tenir sa langue après que cette même personne a été assassinée alors que la vérité éviterait l'échafaud à celui qui connaît son secret.

— Cela n'a peut-être aucun sens à vos yeux, mais Randolph est un homme d'honneur. Je ne suis pas étonnée qu'il se comporte ainsi.

Une fois de plus, il lui adressa un regard incrédule.

— Rien de ce que je pourrai dire ne vous convaincra de son innocence ?

Jack se pencha en avant, ses yeux brillant dans la pénombre.

— Je me moque qu'il soit innocent ou pas. J'ai défendu des coupables par le passé, et j'ai fait en sorte qu'ils aient droit à un procès équitable. Ce que je ne tolère pas, c'est qu'un client me mente. Si je dois le défendre, j'insiste pour connaître toute la vérité.

— Donc, vous l'abandonnez. Sans vous, il sera jugé et exécuté.

— Cela ne me concerne plus.

Evelyn fut choquée par sa froideur. La colère la saisit.
— Vous cherchez un prétexte pour l'abandonner !
— Quoi ?
— Vous voulez vous débarrasser de Randolph à cause de notre aventure. Vous l'avez dit vous-même quand nous étions dans la cuisine. Il vous paraît difficile de le défendre alors que vous êtes troublé par... par ce qui s'est passé entre nous. Vous cherchez un prétexte pour renoncer à le défendre.
— Vous croyez vraiment ce que vous dites ?
— Je ne sais plus que croire, Jack. J'ai voulu avouer mon infidélité à Randolph ce soir. Je n'aurais pas mentionné votre nom, mais je lui aurais révélé que j'avais trahi sa confiance.
— Pourquoi feriez-vous une chose pareille ?
— Parce que je me déteste, avoua-t-elle, le cœur lourd. Ma conscience me torture. Mais quand j'ai vu Randolph allongé sur ce lit, si désespéré, je n'ai pu me résoudre à lui faire davantage de mal. Vous ne comprenez pas ? Si Randolph doit être inculpé et condamné à cause de ce que j'ai fait, je n'y survivrai pas.
Jack lui toucha la main.
— Vous avez raison, Evie. J'ai réagi trop vite, et trop durement. Je continuerai de l'aider, mais à condition qu'il se montre parfaitement honnête avec moi.
— Oui, oui ! Je lui parlerai. Merci, Jack.
Elle se jeta dans ses bras et l'embrassa sur la joue. Quand elle voulut reculer, il la retint contre lui.
— Vous avez peut-être vu juste, Evie. Sans m'en rendre compte, j'ai cherché un moyen de renoncer à la défense de Randolph. Vous me fascinez, Evie, j'ai sans cesse envie de vous toucher, et je rêve de vous faire de nouveau l'amour.
Laissant échapper un petit cri étouffé, elle s'écarta. Son cœur battait à tout rompre et un torrent d'émotions se bousculaient en elle.

— Je n'épouserai pas Randolph. Je le lui ai annoncé ce soir, mais il était assommé par les drogues et je crains qu'il n'ait refusé d'entendre. Il faudra que je le lui redise la prochaine fois que je le verrai.

— Oui, je sais, murmura-t-il.

Sur ce, il la souleva pour l'attirer sur ses genoux avant de s'emparer de ses lèvres.

32

Jack n'avait pu s'empêcher de l'embrasser. Les émotions à fleur de peau de la jeune femme, sa culpabilité avaient percé son armure. Quand les larmes avaient perlé sous ses paupières, il avait senti le cœur lui manquer.

Evie, *son* Evie, souffrait. Il voulait absolument soulager sa peine.

Au fond, il n'était qu'un sale égoïste. Il voulait la toucher, la posséder, pour qu'elle ne puisse plus jamais penser à un autre.

Le cœur battant, il l'avait écoutée lui annoncer qu'elle avait changé ses projets, qu'elle ne voulait plus épouser Randolph. Elle avait enfin compris que celui-ci ne serait pas le meilleur des maris.

Mais qu'est-ce que cela signifiait ?

Pendant des années, Jack s'était répété qu'il n'était pas du genre à se marier. N'avait-il pas toujours fait passer sa carrière au premier plan ? Une épouse, une famille absorberaient un temps précieux qu'il ne pourrait alors consacrer à son travail. En outre, étant la fille d'un comte, Evelyn devait épouser un membre de l'aristocratie. Un duc, par exemple. Et devenir duchesse.

Seigneur, qu'est-ce qu'un avocat avait à offrir comparé à un duc ?

Evelyn se tortilla sur ses genoux, et le désir fusa dans ses veines telle une flamme. Plus rien ne comptait, si ce n'était le besoin irrépressible de posséder cette femme, de la faire sienne encore une fois.

Il reprit sa bouche, lui caressa la joue. Ils avaient peu de temps devant eux et il craignit qu'elle ne le repousse, mais elle n'en fit rien. Au contraire, elle noua les bras autour de son cou et pressa ses seins contre son torse.

Il s'arracha alors à ses lèvres, et entreprit d'ôter les épingles qui retenaient sa chevelure. Les mèches soyeuses se répandirent sur les épaules de la jeune femme. Il croisa son regard ; elle avait les pupilles dilatées par le désir, et il en fut bouleversé.

Il l'embrassa au coin des lèvres, puis le long du cou, déposa un baiser dans le creux de sa gorge où son pouls palpitait follement.

Evelyn gémit, et crispa les doigts dans ses cheveux pour l'attirer à elle. Elle l'embrassa avec une telle passion qu'il perdit pied. Sa réponse à son baiser fut d'une avidité sans nom tandis que ses mains s'activaient sur les boutons de sa robe. Un instant plus tard, ses seins se nichaient au creux de ses mains. Il en aspira tour à tour les pointes entre ses lèvres, et celles-ci durcirent sous sa langue. Il était comme affamé, et les gémissements d'Evelyn ne faisaient qu'accroître son désir, qui avait atteint un degré tel que c'en était presque douloureux. Des gouttes de sueur lui perlèrent au front.

— Evie, mon ange, j'ai envie de toi.

— Je sais, Jack. Oui…

Glissant la main sous ses jupes, il trouva l'ouverture de son sous-vêtement. Sa chair intime était incroyablement moite et chaude, découvrit-il. Elle poussa un cri en lui agrippant les épaules.

Une sorte de folie s'empara de lui.

— Bon sang, Evie, je te veux, maintenant.

Lui retroussant ses jupes jusqu'à la taille, il lui enleva tant bien que mal son sous-vêtement qu'il jeta de côté. Il eut tôt fait de se débarrasser de sa veste et de sa cravate, puis Evelyn chuchota :

— Laisse-moi faire.

Elle déboutonna sa chemise, lui caressa doucement le torse avant de s'attaquer aux boutons de son pantalon. Il gémit lorsqu'elle libéra son érection. D'abord timidement, elle fit courir ses doigts sur toute la longueur, puis se risqua à l'empoigner.

— Evie, je ne suis pas sûr de pouvoir en endurer davantage, haleta-t-il.

— Nous ne pouvons pas nous déshabiller complètement.

— Ce n'est pas nécessaire, mon ange.

Il lui prit la main et la guida, lui montrant comment accroître son plaisir. Puis il introduisit un doigt en elle, son pouce caressant la petite excroissance nichée entre les pétales de son sexe. Elle ferma les yeux et creusa les reins. Quand un long cri d'extase franchit ses lèvres, il enfouit le visage au creux de son cou et la mordilla comme pour la marquer de son sceau. Avant d'exploser à son tour, et de se répandre dans sa main.

Evelyn serra Jack contre elle. Sa propre respiration saccadée faisait écho à son souffle chaud qu'elle sentait sur sa poitrine nue. Ses jambes, coincées contre le bord de la banquette, étaient engourdies, mais elle ne trouva pas le courage de bouger.

Jack lui caressa les cheveux et le dos.

— Evie, mon ange, il y a un mouchoir dans la poche de ma veste, murmura-t-il.

Il se pencha pour le récupérer, lui essuya les doigts, puis l'embrassa tendrement.

— Je suis désolé pour tout ce qui s'est passé ce soir, mais je suis content que vous n'épousiez pas Randolph. Ce n'est pas un homme pour vous.

Le cœur d'Evelyn s'emballa. Elle était en proie à un tel tourbillon d'émotions qu'elle baissa les paupières pour que Jack ne devine pas son trouble. Il n'était pas en train de lui dire que c'était lui l'homme qu'il lui fallait, elle le savait. Juste qu'elle avait pris la bonne décision concernant Randolph.

Cette entrevue avec Randolph avait été une épreuve, mais elle l'avait libérée. Il avait eu beau ne pas vouloir entendre ce qu'elle avait à lui dire – et le laudanum n'était pas seul responsable –, elle ne reviendrait pas sur sa décision.

Et puis, il y avait Jack. Ce dernier n'avait jamais prononcé de mots d'amour, mais quand il l'avait attirée dans ses bras, elle avait réagi avec une ardeur surprenante.

Elle était adulte. La vie était brève, le bonheur fugitif. Elle pouvait décider d'avoir une relation amoureuse avec Jack. Personne n'avait besoin de le savoir.

Jack mènerait sans aucun doute sa vie et sa carrière de son côté tandis qu'elle reprendrait le cours de son existence.

Evelyn avait toujours été pragmatique. Elle survivrait, et saurait panser ses plaies. De toute façon, Jack aurait-il été candidat au mariage qu'elle ne voulait pas d'un époux incapable de s'engager corps et âme, et dont l'amour ne serait pas à la hauteur du sien.

Une telle union serait l'équivalent d'une prison.

33

Il faisait encore nuit quand la voiture s'arrêta devant la maison de lord Lyndale.

— Comment comptez-vous entrer ? demanda Jack.

— Par la porte de la cuisine, à l'arrière.

— Je vous accompagne.

— Non ! C'est inutile. Nous risquons de réveiller quelqu'un.

— Ne vous inquiétez pas, Evie, je sais être discret quand il le faut. Et surtout, je veux veiller à votre sécurité.

— Ne soyez pas ridicule. Piccadilly est un quartier sûr.

Mais alors même qu'elle prononçait ces mots, elle revit Hodges inconscient dans le vestibule, et son père ligoté dans la bibliothèque. À en juger par l'expression de Jack, il avait eu la même pensée.

— Très bien, concéda-t-elle dans un soupir. Je vous autorise à me raccompagner.

Jack ordonna au cocher de l'attendre au coin de la rue, puis ils contournèrent la maison. La lumière des becs de gaz n'était pas suffisamment puissante pour éclairer le jardin, qui demeurait plongé dans l'ombre.

Et la lune, réduite à un croissant, n'éclairait pas grand-chose.

Finalement, Evelyn n'était pas mécontente d'avoir Jack à ses côtés. Tout paraissait tellement différent dans l'obscurité. L'ombre des arbres et des buissons était déformée, si bien qu'ils paraissaient immenses. Elle ne s'était encore jamais aventurée seule dehors aussi tard. Quand elle revenait d'un bal, après minuit, elle avait toujours un chaperon, et Mme Smith laissait une lampe allumée sur la table, près de l'escalier.

Evelyn sortit sa clé de son réticule. Au quatrième essai, elle parvint à ouvrir la porte de la cuisine. Elle entra, et Jack la suivit. Il faisait noir comme dans un four.

— Où se trouve le briquet ? chuchota-t-il.

— Je n'en ai pas besoin. Je suis chez moi, et je saurai trouver mon chemin jusqu'à l'escalier. Vous devriez partir, à présent.

— Pas encore. Je veux être sûr que vous ne courez aucun danger.

Elle pivota vivement sur elle-même.

— C'est ridicule. Je ne crains rien ici, et je ne veux surtout pas réveiller mon père.

— Trop tard, Evelyn, lança une voix grave provenant du fond de la cuisine.

Evelyn se figea. La panique lui noua la gorge.

— Je suppose que c'est vous, lord Lyndale, dit Jack.

Il y eut le bruit d'une allumette que l'on craque, puis la lueur d'une lampe révéla la silhouette du père d'Evelyn, à l'autre bout de la cuisine. Il s'approcha d'un billot d'un pas raide, posa la lampe sur le plateau, et croisa les bras d'un air indigné.

Son visage était pâle, son front plissé, ses vêtements froissés. Ses cheveux étaient en bataille comme s'il n'avait cessé d'y plonger la main.

— Vous me décevez tous les deux, déclara-t-il.

— M. Harding n'a rien à se reprocher.

Lyndale darda sur sa fille un regard lourd de reproches.

— Tu as sans doute raison. Je t'ai trop gâtée, Evelyn. J'avoue que je me suis montré négligent quand tu étais enfant. J'étais absorbé par mon travail à Lincoln's Inn, puis à l'université. Je t'ai accordé une liberté inhabituelle pour une jeune fille et j'ai encouragé tes activités intellectuelles. J'aurais mieux fait de me remarier, et de te donner une belle-mère afin que tu fasses tes débuts dans le monde.

— Tout cela n'a jamais compté pour moi, père.

— Tu es allée voir Randolph Sheldon, n'est-ce pas ?

Le brusque changement de sujet la déconcerta.

— Barnes et Bathwell m'ont appris qu'un magistrat de Bow Street avait lancé un mandat d'arrêt contre Randolph pour le meurtre de Bess Whitfield quand celui-ci ne s'est pas présenté à l'interrogatoire auquel il était convoqué. Bon sang ! Des témoins ont entendu les cris de la victime, et ont vu Randolph se sauver par la fenêtre ! Quand avais-tu l'intention de me mettre au courant ? Moi qui croyais qu'il avait pris un congé pour pleurer la mort de sa cousine. En réalité, il est poursuivi pour meurtre. Grâce au Ciel, les deux juges ignorent tout de tes intentions matrimoniales. Ils ne m'en ont informé que parce que Randolph est mon assistant.

— Père, je prévoyais de tout vous raconter. Je suis désolée…

Lyndale l'interrompit d'un geste, et se tourna vers Jack.

— Je souhaitais que vous assuriez la défense de Randolph au cas où il serait interrogé. Mais les choses sont allées trop loin. Savez-vous qu'il se cache ?

— Oui, milord.

— Quoi d'autre ?

— Il y a eu une bagarre avec des policiers de Bow Street, et Randolph a été blessé. Quelques côtes cassées, et un bon coup sur la tête.

— A-t-il besoin d'un médecin ?

— Je vais lui en envoyer un.

Lyndale soupira avec lassitude.

— Nous devons nous préparer à l'éventualité de sa culpabilité.

Evelyn fut stupéfaite. Jack avait prononcé les mêmes paroles. Pourtant, tout en elle se révoltait à cette idée. Randolph n'était pas un meurtrier.

— J'ai demandé à M. Harding de m'emmener là où Randolph se cache, dit-elle. Je voulais constater *de visu* la gravité de ses blessures.

— Comment as-tu appris qu'il avait été blessé ?

Le regard d'Evelyn passa de son père à Jack. Que pouvait-elle avouer sans risque ?

— Simon Guthrie est venu nous l'annoncer. C'est lui qui nous a accompagnés ce soir à sa cachette.

Lyndale cilla.

— Guthrie est aussi impliqué dans cette affaire ? Je me demande ce que son professeur va en penser.

— J'espère que vous n'en parlerez pas, père. Cela risque de lui coûter son poste d'assistant.

Lyndale redressa les épaules. Ses lèvres se pincèrent davantage.

— Après tout ce que j'ai appris ce soir, à quoi s'ajoute ton comportement inqualifiable, j'insiste pour que cette folie cesse et que Randolph se rende à la police dès que son état le lui permettra.

Evelyn baissa les yeux, incapable de soutenir le regard de son père.

— Je comprends. Mais je pense tout de même que M. Harding doit continuer d'assurer sa défense.

— Rien ne changera de ce côté. Monte dans ta chambre à présent, Evelyn. Il faut que je dise un mot à M. Harding.

Evelyn fila sans demander son reste.

Jack regarda la jeune femme disparaître dans l'escalier.

— Je vous demande pardon d'avoir emmené votre fille voir M. Sheldon, milord.

Lyndale se tourna en tressaillant, et se dirigea vers un placard d'angle.

— Un whisky, Jack ? lança-t-il par-dessus son épaule.

Jack considéra son mentor avec méfiance. Ce dernier venait de le surprendre avec sa fille, au beau milieu de la nuit et sans chaperon, et il lui proposait un whisky ?

— Volontiers, répondit-il.

Lyndale ouvrit le placard et s'empara d'une bouteille.

— Ce bon vieux Hodges en garde toujours un flacon à la cuisine.

Il sortit deux verres désassortis, y versa une bonne rasade de liquide ambré, et en offrit un à Jack. Ce dernier l'accepta et avala une longue gorgée d'alcool. Puis les deux hommes s'appuyèrent à la table de cuisine.

— Vous avez des sentiments pour Evelyn, déclara Lyndale.

C'était une constatation, pas une question.

Jack hésita, et répondit en choisissant ses mots avec soin.

— Je ne lui ferai jamais de mal.

— Si je pensais que vous en étiez capable, je vous aurais demandé de quitter cette maison sur-le-champ et de ne plus jamais voir ma fille. Et au diable la défense de Sheldon ! rétorqua le comte, glacial.

Le sermon du père outragé n'allait pas tarder à suivre, devina Jack.

— Je comprends, milord, dit-il.

— Je n'ai jamais voulu de ce Randolph Sheldon pour Evelyn. C'est un érudit qui fait un parfait assistant pour un professeur de droit trop occupé par ses recherches pour corriger les copies de ses étudiants. Mais Randolph est un faible. Il a besoin d'une mère, de quelqu'un pour le guider et prendre des décisions à sa place. Ce n'est pas un meneur.

Lyndale ôta ses lunettes et se frotta les yeux, avant de reprendre :

— La mère d'Evelyn est morte quand celle-ci était encore bébé, et elle a appris très tôt à diriger la maison. C'est ma faute. Elle organise le rangement de ma bibliothèque, et toute ma vie, si bien que je n'ai pas à me soucier de ces broutilles. Mais je ne voudrais pas qu'elle se marie pour endosser encore ce rôle. Evelyn est forte, belle, intelligente, et elle a le sens des responsabilités. Je ne suis pas éternel. Il me tarde de la voir trouver un époux qui la mérite, avec qui elle sera heureuse, et libre.

— Je crois qu'elle est revenue sur sa décision d'épouser Randolph, dit prudemment Jack.

— Bien. Randolph ne la rendrait pas heureuse. Il ne ferait que l'accabler de soucis et de responsabilités.

Jack approuva d'un hochement de tête. Il pensait la même chose. Lyndale souleva son verre.

— Je suis peut-être un vieil homme, mais je me souviens très bien de ma rencontre avec la mère d'Evelyn. La logique et la raison ne comptent pas dans ce domaine. Cela me rappelle la façon dont vous regardez Evelyn, ajouta-t-il en reposant son verre après en avoir avalé une gorgée.

— Pardon ?

— Evelyn s'était entichée de vous quand elle était petite fille. Oh, quantité d'étudiants passaient dans mon cabinet de Lincoln's Inn ! Mais c'est seulement à votre arrivée qu'elle s'est mise à apprendre tous ces verbes latins et grecs. Ce que j'essaye de vous dire, c'est que je suis prêt à encourager une union entre ma fille et vous.

Jack était stupéfait. Le comte soupçonnait-il ce qui venait de se passer dans le carrosse ? Ou était-il comme n'importe quel père, qui exigerait qu'il se conduise honorablement avec sa fille ? Après tout, Evelyn s'était retrouvée seule avec lui au milieu de la nuit, et il ne faisait aucun doute que sa réputation était compromise. Peu importait que personne ne les ait vus. Aux yeux de la société, Lyndale pouvait légitimement déclarer que la réputation de sa fille était ternie et insister pour que Jack offre réparation. Sauf que Lyndale n'avait pas élevé sa fille comme tout le monde.

— Je ne peux rien imposer à Evelyn. Elle est très entêtée. Et elle se moque de son rang, de la bonne société et des commérages. Vous, en revanche, vous pouvez la convaincre.

— Je ne sais que dire, milord.

— Je me doute que le mariage ne fait pas partie de vos projets immédiats. Vous êtes ambitieux et vous pensez que seule votre carrière importe.

— Est-ce mal ?

— La loi est importante pour un avocat. Mais ce n'est pas elle qui vous soignera quand vous serez malade, qui vous consolera quand vous perdrez un procès, ou vous félicitera quand un jury prononcera un verdict en votre faveur. Et surtout, ce n'est pas elle qui vous aimera, y compris dans votre vieillesse. La loi ne vous donnera pas non plus d'enfants à qui léguer vos biens.

Jack n'avait jamais voulu de tout cela. Il savait surmonter les échecs et célébrer les succès. En revanche, il ne pouvait gérer les problèmes émotionnels ou les exigences d'une femme lui reprochant de travailler des journées entières.

— Réfléchissez, Harding. Si elle a décidé spontanément de ne pas épouser Randolph Sheldon, tant mieux. Mais je vois bien la façon dont vous vous regardez. Après ce qui s'est passé ce soir, je serais en droit d'exiger que vous épousiez ma fille. Mais pourquoi brusquer les choses, quand elles peuvent s'arranger d'elles-mêmes ? D'autre part, j'ai une dernière question : supporteriez-vous de la voir en épouser un autre ?

Le tueur arpentait les rues, évitant soigneusement de passer près des réverbères. Il avait besoin de donner libre cours à ses émotions, avant que la douleur ne reprenne le dessus.

Trop tard, il sentit la tension s'installer dans son crâne, telle une paire de marteaux lui frappant les tempes. Il avait besoin de se retrouver seul avant que son corps ne se révolte et qu'il ne se mette à vomir dans un coin.

La sueur coulait sur son front, sa respiration était hachée. Repérant une ruelle sombre, il s'y engouffra.

Deux immeubles de brique aux fenêtres crasseuses s'élevaient de part et d'autre de la rue étroite. Il détestait ces bas-fonds, ce monde souterrain où florissaient la pauvreté, le crime, la prostitution. S'il avait eu le choix, jamais il n'y aurait mis les pieds.

Il leva brusquement la tête, alerté par un bruit au bout de la rue. Deux yeux verts brillèrent dans l'ombre. Il ramassa une pierre et la lança sur le chat noir, qui cracha et courut se cacher derrière un tonneau.

Il ramassa alors une autre pierre, plus lourde, la lança en l'air à plusieurs reprises, la rattrapant chaque fois au creux de sa main.

— Minou, minou. Viens, petit minou.

Il repéra la queue du félin, renversa le tonneau d'un coup de pied et lança la pierre, visant la tête de l'animal. Celui-ci tomba raide mort.

Ah ! La mort était le meilleur des remèdes. Durant quelques secondes, son mal de tête disparut.

Puis les battements dans les tempes recommencèrent.

Bon sang ! La mort d'un animal ne parvenait même plus à le réconforter. Aveuglé par la douleur, il s'assit sur le tonneau et se prit la tête à deux mains.

Pour la centième fois de la journée, il pensa au journal. Il en avait plus que jamais besoin, car ses dettes s'accumulaient. Dans ces pages se trouvaient des renseignements qui lui permettraient de faire chanter les amants de Bess Whitfield. Ceux-ci seraient alors à sa merci, telles des marionnettes.

Puis une pensée lui traversa l'esprit.

Sa récompense. La jolie blonde.

Il l'avait crue pure, fidèle, virginale, mais elle l'avait déçu. Comme toutes les autres.

Elle ne valait pas mieux que l'actrice.

Égoïste, coquette, aguicheuse...

Il n'avait pas prémédité la mort de Bess Whitfield, mais celle-ci avait soulagé temporairement ses tourments.

Un autre meurtre aurait peut-être le même effet.

34

— Lord Lyndale veut que j'épouse sa fille.

Trois paires d'yeux se braquèrent sur Jack. Anthony Stevens, James Devlin et Brent Stone venaient de le rejoindre à l'auberge comme tous les samedis après-midi. Après sa deuxième chope de bière, Jack avait trouvé le courage d'aborder le sujet qui l'obsédait depuis qu'il avait quitté lord Lyndale, la nuit passée.

Anthony fut le premier à réagir.

— Que diable veux-tu dire ?

— Il nous a surpris alors que nous rentrions ensemble, hier soir.

James Devlin reposa sa chope d'un geste brusque.

— J'avais bien dit que tu ne pourrais pas résister à la tentation ! Tu aurais dû retourner chez ton ancienne maîtresse, comme je te l'avais conseillé.

Oh, il avait essayé ! Mais jamais il n'admettrait devant ses amis qu'il n'avait pas réussi à honorer Molly Adler.

— Ce n'est pas ce que tu crois, répliqua-t-il. Nous avons appris que Randolph Sheldon avait été blessé dans une bagarre. Evelyn voulait absolument le voir. Il n'était pas question que je la laisse se rendre seule à Shoreditch au beau milieu de la nuit. Je l'ai emmenée en voiture. Quand nous sommes revenus, lord Lyndale l'attendait.

Anthony eut un sourire narquois.

— Comment as-tu pu être assez idiot pour te faire pincer, Jack ?

— Sa réputation est compromise, c'est certain, commenta Devlin. Pourquoi Lyndale n'a-t-il pas exigé que tu l'épouses sur-le-champ ?

— Pour deux raisons. D'une part il connaît la nature obstinée de sa fille, d'autre part ce n'est pas un homme conventionnel. C'est ce qui fait de lui un professeur et un mentor exceptionnels.

Devlin passa l'index sous sa cravate pour la desserrer.

— J'aime mieux ne pas être à ta place. J'ai échappé plus d'une fois au piège du mariage.

— Envoie Lyndale paître, grommela Anthony. Personne ne m'obligera jamais à faire ce que je ne veux pas, et encore moins à m'enchaîner à une femme que je n'aime pas.

Brent intervint pour la première fois dans la discussion.

— Tu l'aimes, Jack ?

La question, posée d'un ton grave, prit Jack au dépourvu. Il s'était attendu aux railleries de Devlin et d'Anthony. Mais on ne pouvait jamais prévoir la réaction de Brent quand il s'agissait du beau sexe.

Aimait-il Evelyn ? Elle comptait beaucoup pour lui. Il était fasciné par son esprit, son intelligence. Il la désirait. Mais l'aimait-il ?

L'amour existait-il ou n'était-ce qu'un sentiment inventé par les femmes et quelques hommes faibles ?

À sa connaissance, Anthony, Devlin et Brent n'étaient jamais tombés amoureux. Et l'avocat expérimenté qu'il était connaissait toute la palette des émotions humaines. Mais aucune des personnes qu'il avait défendues n'avait vraiment agi par amour.

Non, il était trop blasé, trop pragmatique, pour croire à de telles sottises. Néanmoins, les paroles de Lyndale le poursuivaient. « Supporteriez-vous de la voir épouser un autre ? »

Non. Impossible. Mais c'était de la jalousie, pas de l'amour.

— Je tiens à elle. Je la respecte, et j'ai une dette envers son père, répondit-il.

— Et l'homme qu'elle voulait épouser ? insista Brent.

— Randolph Sheldon ? Elle a changé d'avis.

Devlin lui flanqua une claque sur l'épaule.

— J'avais raison. Tu as couché avec elle. Anthony me doit dix livres.

— On dirait, oui, reconnut Anthony en haussant les épaules.

Jack leur lança un regard noir.

— Vous avez parié que je coucherais avec Evelyn Darlington ?

— Et j'ai gagné, claironna Devlin.

Jack aurait dû s'en douter. Mais le regard grave et entendu de Brent le mettait mal à l'aise.

— Son père sait-il que tu as eu une relation intime avec elle ? demanda ce dernier.

— Je ne pense pas. Il croit seulement que nous travaillons ensemble sur cette affaire. Même lui exigerait que j'épouse sa fille, s'il savait la vérité.

— Vas-tu faire ta demande ?

— C'est la question. Evelyn n'est pas une femme comme les autres. Son père sait qu'elle n'est pas disposée à accepter n'importe qui. Il m'a demandé de la *convaincre*.

— Tu vas devoir la courtiser, remarqua Brent avec un sourire en coin.

Jack soupira et se massa la nuque.

— Je ferai ce que me demande lord Lyndale. Mais la décision finale reviendra à sa fille.

À vrai dire, il trouvait l'idée de la courtiser assez excitante.

— Et ta carrière ?

— J'ai décidé que le mariage ne changerait rien si je gardais la tête froide. Quant à ces histoires de cœur, je n'y crois tout simplement pas.

— Ce ne sera peut-être pas aussi facile que tu le crois, observa Brent en riant.

Dans une vaine tentative pour oublier les événements de la nuit précédente, Evelyn s'absorba dans un rangement complet des armoires à linge, secondée dans sa tâche par Mme Smith. Ce n'est que dans l'après-midi, quand elles ouvrirent le dernier placard, qu'Evelyn fut soudain saisie par un sentiment d'urgence. Il fallait qu'elle avoue sans délai la vérité à Randolph.

Retournant dans sa chambre, elle troqua sa vieille tenue de travail pour une robe d'après-midi en mousseline blanche et un manteau rose. Puis elle redescendit dans la salle à manger où son père, déjà installé devant une assiette de ragoût, lisait le *Times*.

— Je vais voir Randolph, annonça-t-elle.

Lyndale posa son journal. Il avait de grands cernes mauves sous les yeux et son teint était terreux. Il semblait avoir vieilli de dix ans en une nuit, et Evelyn se sentit plus que jamais coupable.

— Pourquoi ? s'enquit son père en posant sur elle un regard pénétrant.

— J'ai essayé hier de lui dire que je ne voulais plus l'épouser, mais il avait pris du laudanum et je crains qu'il n'ait pas compris.

— Ta décision concernant Randolph a-t-elle quelque chose à voir avec M. Harding ?

Evelyn s'efforça d'afficher une expression neutre. En dépit de sa santé déclinante, son père demeurait très perspicace.

— Je... euh, je préfère ne rien dire, père.

— Approche, Evelyn.

Elle obéit et alla s'asseoir à côté de lui. Il lui prit la main.

— Evelyn, je me fais vieux et mon souhait le plus cher est de te savoir heureuse. J'ai fait des erreurs dans ma vie, mais s'il y a une chose que je n'ai jamais regrettée, c'est d'avoir épousé ta mère. Tu lui ressembles tellement. Tu as sa beauté, et son intelligence exceptionnelle. Je suis content que tu aies pris cette décision concernant Randolph, mais je sais aussi que tu as toujours été très attachée à Jack Harding, même quand tu étais enfant.

Seigneur, savait-il ce qu'elle avait fait avec Jack ? S'il l'apprenait, elle en mourrait d'humiliation. Elle avait de plus en plus de mal à rester imperturbable et s'agita sur sa chaise, mal à l'aise.

— Va voir Randolph. Dis-lui que tout est fini entre vous. Mais demande à Jack de t'accompagner, et emmène Janet avec toi comme chaperon.

Evelyn se pencha pour embrasser son père.

— Merci de votre compréhension, père.

— Si Randolph est en état de se déplacer, Jack doit le persuader de se rendre à Bow Street.

Pleine d'appréhension, Evelyn ouvrit la porte de la chambre. Son regard se posa immédiatement sur le lit à baldaquin. Un homme corpulent, d'âge mûr, stéthoscope à la main, était penché sur Randolph et écoutait sa respiration.

Le médecin se redressa en l'entendant approcher, et remonta ses lunettes sur son nez.

— Je suis le Dr Astor. C'est M. Harding qui m'envoie.

— Oui. Merci d'être venu, docteur. Comment va M. Sheldon ?

— Trois côtes cassées et une légère commotion. Il faut qu'il arrête le laudanum. Cette drogue a des effets dangereux après un coup à la tête.

Evelyn hocha le menton et ne put s'empêcher de se demander quel genre de faveur ce médecin à l'allure respectable devait à Jack pour accepter de venir soigner un homme soupçonné de meurtre.

— M. Harding vous attend en bas, dit-elle.

Le médecin sortit, referma la porte sans bruit. Evelyn s'avança vers le lit. Les pupilles de Randolph avaient retrouvé une taille normale, et son teint était coloré. Elle soupira, soulagée qu'il n'ait pas pris de drogue. Il la parcourut de la tête aux pieds d'un regard approbateur et lui prit la main.

— Evelyn, que ferais-je sans vous ?

Elle se figea tandis qu'un nœud glacial se formait au creux de son ventre.

— Je suis contente que vous alliez mieux, mais j'ai quelque chose à vous dire, débita-t-elle d'une traite. Je ne souhaite plus me marier.

— Donc, je n'ai pas rêvé la nuit dernière ! Vous pensiez vraiment ce que vous m'avez dit. Est-ce parce que je suis soupçonné du meurtre de Bess ?

— Non. J'ai trahi votre confiance. J'ai eu une aventure.

— Une aventure ! s'exclama-t-il en lui lâchant la main pour se redresser. Avec qui ?

— Cela n'a pas d'importance, Randolph. Vous méritez mieux. Je suis sûre que vous rencontrerez une autre femme. Je ne vous abandonnerai pas, et je ferai tout ce qui est en mon pouvoir pour vous aider. Mon plus cher désir est que nous puissions rester amis.

— Amis ! Alors que vous vous êtes conduite comme une traînée ?

Les mots lui firent l'effet d'une gifle, et elle tressaillit.

— Je suppose que M. Harding est toujours mon avocat.

— Oui, oui.

— Alors dites-lui que je suis prêt à me livrer aux autorités. Sortez, maintenant, Evelyn.

— Randolph, fit-elle en tendant la main, les larmes aux yeux.

Mais il la repoussa.

— Partez, s'il vous plaît !

Quand Evelyn redescendit, le médecin n'était plus là et Jack arpentait le hall. Simon n'était nulle part en vue, et Janet attendait dans la voiture.

— Le Dr Astor m'a appris que Randolph souffrait d'une commotion, dit-elle.

— Je sais. Je lui ai parlé avant qu'il s'en aille. Il m'a assuré que Randolph pouvait voyager. Racontez-moi ce qui s'est passé.

— J'ai rompu nos fiançailles.

— Evie, mon ange, vous n'avez jamais été officiellement fiancée. Les bans n'ont pas été publiés, et votre père n'avait pas donné son consentement.

— Ne vous moquez pas de moi, Jack.

— Désolé, ce n'était pas mon intention. Qu'avez-vous dit à Randolph ?

— Que mes sentiments avaient changé, mais que je désirais que nous restions amis.

— Et ?

— Que j'avais eu une aventure. Je n'ai pas révélé avec qui, bien entendu, mais il a néanmoins refusé mon amitié. Je doute qu'il me parle de nouveau.

— Je n'ai jamais vu un homme et une femme demeurer amis après que l'un d'eux avait décidé de rompre, commenta simplement Jack.

— Randolph accepte de se rendre aux autorités, et il veut que vous l'assistiez pour sa défense.

— Parfait. J'ai contacté un policier de Bow Street. C'est un ami, et il me doit une faveur. Randolph restera en détention provisoire aussi longtemps que possible avant d'être transféré à Newgate, ce qui nous laissera le temps de poursuivre notre enquête. Le procès aura lieu rapidement, mais le policier en question connaît des gens bien placés et fera en sorte que Randolph soit bien traité en prison.

— Est-ce que tout le monde vous doit une faveur ?

— C'est le métier qui veut cela, répliqua-t-il avec un demi-sourire.

— Que ferons-nous si nous ne découvrons pas le meurtrier ?

— Nous touchons au but, Evie. Même si nous ne retrouvons pas ce maudit journal, je pourrai avancer comme arguments en sa faveur que d'autres hommes, tels que Newland et Hamilton, avaient davantage de raisons que lui de tuer Bess. De toute façon, Randolph ne peut pas rester caché indéfiniment.

— Mais n'apparaîtra-t-il pas d'autant plus coupable qu'il s'est enfui et a cherché à échapper aux autorités ? insista-t-elle.

— Si. Mais je ferai tout ce qui est en mon pouvoir pour expliquer ses actes. En attendant, nous devons suivre toutes les pistes. Venez, Evie, il faut partir. Je ne veux pas que vous soyez là quand les policiers arriveront.

Ils sortirent, et elle fut un instant éblouie par le soleil. La rue avait un aspect totalement différent en plein jour. La voiture attendait devant la porte.

Evelyn leva les yeux vers Jack. Ses cheveux sombres et bouclés, ses pommettes saillantes, ses yeux verts tachetés d'or, son air d'autorité, tout en lui éveillait son désir. Il n'y avait rien de commun entre l'amitié qu'elle avait éprouvée pour Randolph et la passion qui la submergeait chaque fois qu'elle regardait Jack.

Elle l'aimait. Et quand tout cela serait terminé, il partirait.

— Merci, murmura-t-elle.

— Pourquoi me remerciez-vous ?

— Pour avoir fait venir le Dr Astor, et ce policier que vous connaissiez, et surtout, pour ne pas avoir abandonné Randolph, malgré notre… notre relation.

Une lueur sensuelle éclaira le regard de Jack.

— Il faudra que nous parlions de l'avenir, murmura-t-il, mais ce n'est ni le lieu ni le moment.

35

— Lady Georgina vous attend au salon, annonça Mme Smith.

Evelyn rentrait tout juste de Shoreditch.

— Y a-t-il un problème ?

— Je ne crois pas, répondit la gouvernante. Lady Georgina m'a dit que vous l'attendiez.

Evelyn ne se souvenait pas d'avoir envoyé un message à son amie. La dernière fois qu'elles s'étaient vues, c'était dans Bond Street. La jeune femme tendit sa cape à Hodges et demanda à Mme Smith d'apporter du thé, puis elle gagna le salon.

Assise dans un fauteuil, Georgina regardait par la fenêtre. Elle tourna vivement la tête à l'entrée d'Evelyn.

— Dieu soit loué ! s'écria-t-elle en se levant d'un bond pour venir l'étreindre.

Ses cheveux châtains tirés en arrière révélaient un visage pâle aux traits tirés dans lequel ses yeux noisette paraissaient immenses. Georgina toujours si prompte à sourire semblait dévorée d'anxiété.

— Georgina, que se passe-t-il ? s'inquiéta Evelyn.

— Quand je t'aurai raconté, tu vas me trouver terriblement faible.

— Mais non, assura Evelyn en guidant son amie vers le canapé. Dis-moi tout.

— Je crains d'être obligée d'épouser Lucas Crawford au plus vite.

— Quoi ? Je croyais que tu ne voulais pas de lui ?

— Hélas, la situation a changé ! J'ai découvert que ma famille était endettée et avait absolument besoin d'argent.

— Besoin d'argent ? répéta Evelyn, incrédule. Mais ton père est Maxwell Stanford, vicomte de Hamilton. Il doit avoir des ressources.

— Mon père se comporte étrangement depuis quelque temps. Ma mère s'est aperçue il y a peu qu'il jouait. Notre résidence de campagne du Somersetshire, la maison de Berkeley Square et toutes les autres propriétés ont été mises en gage. Mère ne s'est rendu compte de la gravité de la situation qu'après avoir constaté la disparition du collier de diamant qu'elle tenait de sa grand-tante. Mon père lui a alors avoué qu'il l'avait vendu pour régler une partie de ses dettes. Il a même reconnu avoir remplacé les pierres précieuses de ses autres bijoux par de la pâte de verre.

— Je suis tellement désolée, Georgina. Mais quel rapport cela a-t-il avec ton mariage avec Lucas Crawford ?

— Lucas est le fils du comte de Haverston. Sa famille possède une immense fortune. Maman pense que ce mariage est la seule solution pour nous sortir de ce mauvais pas, et qu'il faut que j'épouse Lucas avant qu'il n'ait vent de nos problèmes financiers.

— Oh, mon Dieu !

Les larmes aux yeux, Georgina reprit :

— Je suis désolée d'être passée sans prévenir et de t'accabler de mes soucis, mais j'avais désespérément besoin de parler à une amie, et les suffragettes de ma connaissance seraient horrifiées. L'idée de se marier pour de l'argent, de vendre son corps à un homme n'est pas une nouveauté dans la haute société, mais cela ne les empêcherait pas de me reprocher ma faiblesse.

On frappa discrètement à la porte et Mme Smith entra avec le thé. Evelyn attendit qu'elle soit ressortie pour prendre Georgina dans ses bras.

— Oh, ma chérie, tu ne fais rien de mal en te sacrifiant pour sauver ta famille de la ruine ! C'est ton père le fautif. Sais-tu ce qui l'a poussé à jouer ?

— Cela fait des années qu'il a des maîtresses. Je le sais depuis que je suis enfant. Ma mère le sait aussi bien qu'elle ne m'en ait jamais rien dit et qu'elle n'ait pas laissé voir à mon père qu'elle était au courant. J'en suis venue à la conclusion qu'elle acceptait ses infidélités tant qu'il n'en faisait pas étalage. Mais sa dernière maîtresse l'a contrariée plus qu'aucune autre auparavant.

— Qui était-ce ?

Georgina baissa les yeux.

— Elle s'appelait Bess Whitfield.

Evelyn demeura de marbre.

— Bess Whitfield ? La célèbre actrice assassinée ?

— Oui. Elle avait de nombreux amants, ce n'était un secret pour personne. Je pense que mon père s'est mis à être jaloux, et il y a eu un incident quand mère a eu vent des ragots. Son statut dans la société est primordial pour elle, et elle n'admet pas la plus infime humiliation. Un soir, mes parents se sont violemment disputés à propos de Bess Whitfield. J'ai tout entendu.

— Qu'avait fait ton père ?

— Il a toujours aimé fréquenter ses clubs et les cercles de jeu, mais il n'avait jamais fait de dépenses folles. Après la mort de Bess Whitfield, il a changé. Il était d'humeur sombre, imprévisible. Il buvait tellement que certains soirs je n'osais pas l'approcher.

— Tu crois qu'il pourrait vous faire du mal, à ta mère ou à toi ?

Evelyn savait que sa question était indiscrète, mais si la vicomtesse ou Georgina étaient en danger, il fallait qu'elle révèle la vérité à son amie. Un homme en proie à un tel désespoir qu'il en arrivait à arracher les lattes du parquet chez sa maîtresse pour chercher son journal intime était capable de violence.

— Non, répondit Georgina en secouant la tête. Je ne le crains pas physiquement, mais quand il est en colère, il hurle après tous ceux qui croisent son chemin.

— Que comptes-tu faire, pour Lucas Crawford ?

— Je me suis résignée à l'idée de l'épouser. Au moins, il est jeune et pas vilain. Je n'ai jamais éprouvé de répulsion à son endroit, mais j'aurais préféré choisir mon futur mari moi-même.

— Et lui, qu'en pense-t-il ?

— Je crois qu'il est amoureux de moi. Il m'envoie des fleurs tous les jours, et des petits mots pour m'inviter à des promenades dans Hyde Park.

— Tu devrais peut-être accepter ses invitations et faire plus ample connaissance avec lui. Hyde Park est magnifique à cette époque de l'année.

— Je vais suivre ton conseil.

— Si au bout de quelque temps tu t'aperçois que tu n'as toujours pas envie de l'épouser, reviens me voir. Ma mère m'a laissé un petit héritage, et je te le donnerai. Cela ne suffira pas à couvrir toutes les dettes, mais je suis sûre que mon père acceptera de compléter la somme. Cela te permettrait de partir en France avec ta mère.

Une larme roula sur la joue de Georgina.

— Je ne pourrai jamais accepter, mais tu es une véritable amie de m'offrir cet argent.

Un message arriva le lendemain matin.

Evie,
Pourriez-vous passer chez moi vers 13 heures ? J'ai fait une découverte de premier ordre. Emmenez votre servante pour vous chaperonner.

C'était typique de Jack ; il ne s'était même pas donné la peine de signer. Evelyn et Janet prirent donc un fiacre pour se rendre à St James Street – une adresse prestigieuse, convenant parfaitement à un riche célibataire. Evelyn ne connaissait pas la demeure de Jack, aussi mourait-elle de curiosité.

Un majordome à l'allure solennelle leur ouvrit.

— Je suis lady Darlington, je désire voir M. Harding.

L'expression de l'homme changea, et il la salua.

— M. Harding vous attend, milady. Je vais l'avertir de votre arrivée.

Evelyn et Janet entrèrent dans le hall de marbre et tendirent leurs manteaux au domestique, avant de le suivre dans un salon où il les pria d'attendre. Evelyn en profita pour admirer le décor. Meubles en bois de rose, épais tapis, tableaux de George Stubbs et de John Wootton, il était évident que les succès professionnels de Jack Harding lui permettaient de vivre dans le luxe.

Quelques minutes plus tard la porte s'ouvrit, livrant passage à Jack, en veste et pantalon bleu foncé magnifiquement coupés. Il était plus séduisant que jamais, et la lueur d'impatience qui brillait dans son regard n'y était pas étrangère.

— Bonjour, mesdames, les salua-t-il.

Evelyn se leva.

— Votre message parlait d'une découverte importante. De quoi s'agit-il, Jack ? demanda-t-elle d'emblée.

— Si vous voulez bien me suivre, je vais vous expliquer. Votre femme de chambre préférera peut-être prendre un rafraîchissement pendant que nous parlons.

Ce n'était pas vraiment une question. Interdite, Janet battit des paupières en regardant Evelyn.

— Oui, Janet, restez ici, déclara cette dernière. Nous n'en avons pas pour longtemps.

Evelyn s'attendait que Jack la conduise dans la bibliothèque. Mais ils passèrent devant celle-ci, puis devant la salle de billard et le jardin d'hiver, avant de s'arrêter devant à l'entrée de la cuisine. Le repas de midi était terminé et la pièce était déserte.

— Où m'emmenez-vous ?

— Faites-moi confiance. Vous allez comprendre.

Ils pénétrèrent dans la pièce, et Jack se planta devant une longue table, à côté d'une pompe à eau.

— Avant tout, je veux vous demander pardon de ne pas vous avoir crue, et de ne pas m'être fié à votre instinct.

— De quoi parlez-vous ? fit-elle, éberluée.

— De l'innocence de Randolph.

Jack s'empara d'une grosse éponge et d'un couteau de boucher, et les posa sur la table. Puis il ouvrit un placard et en sortit une jarre contenant un liquide rouge.

— Seigneur, qu'est-ce que c'est ?

— Du sang de porc. J'ai fait une expérience ce matin de bonne heure, et je vous ai envoyé un message tout de suite après.

— Quelle expérience ?

— Vous allez voir.

Jack ôta sa veste, ouvrit la jarre et versa le sang sur l'éponge. Evelyn fronça le nez, rebutée par l'odeur métallique du liquide.

— Reculez, Evie. Je ne voudrais pas que votre robe soit abîmée.

Perplexe, elle obéit.

Jack empoigna alors le couteau et en frappa violemment l'éponge, à plusieurs reprises. Du sang jaillit partout, éclaboussant la table, la pompe à eau, les murs, le visage et les mains de Jack, et surtout sa chemise, qui vira au cramoisi.

Evelyn demeura muette de stupeur. Jack jeta le couteau et la regarda, les yeux brillants.

— Qu'est-ce que je viens de prouver ?

— La chemise ! s'écria-t-elle, comprenant aussitôt où il voulait en venir.

— Celle de Randolph est posée sur l'autre table. Voulez-vous aller la chercher ?

Elle se précipita vers ladite table, prit la chemise et la déplia devant elle. Le sang de Bess Whitfield imprégnait toute la manche droite et s'étalait légèrement en dessous, au niveau de l'aisselle. Il n'y avait pas d'éclaboussures. L'autre manche et le devant de la chemise étaient intacts.

— Randolph soutient que Bess était déjà morte quand il est arrivé et qu'il l'a prise dans ses bras. S'il l'avait tué, sa chemise serait couverte d'éclaboussures, conclut-elle.

Jack tira un mouchoir de sa poche et s'essuya le visage et les mains.

— En effet, Evie. Cette chemise est une preuve capitale, car elle peut innocenter Randolph. Le jury aime ce genre de démonstrations dramatiques qui renversent la situation en un clin d'œil.

— Est-ce que cela suffira à compenser le fait qu'il s'est enfui et est demeuré caché tout ce temps ?

— Oui, car je n'ai pas besoin de trouver *qui* est l'assassin. Il suffit que je démontre au jury que ce n'est *pas* Randolph. Et cette chemise m'y aidera.

Evelyn avait envie de se jeter dans ses bras, de le remercier de son ingéniosité et de son talent. Il dut deviner son intention, car il leva la main.

— J'adorerais vous serrer dans mes bras, mais ce ne serait pas une bonne idée, dit-il en indiquant sa chemise trempée de sang.

— Je suis tellement contente et tellement soulagée que ça m'est égal ! avoua-t-elle en riant.

— Je dois aller me changer et faire un brin de toilette. M'attendrez-vous ?

— Bien sûr.

Elle l'aurait attendu jusqu'à la fin du monde. Non seulement il venait à lui tout seul de trouver la meilleure défense possible pour Randolph, mais il la croyait ! Il reconnaissait que son instinct au sujet de Randolph ne l'avait pas trompée.

— Je vais vous conduire dans la bibliothèque, Evie. Nous devons encore discuter de choses importantes et je préfère que nous le fassions en privé.

36

Jack l'escorta jusqu'à la bibliothèque, puis s'esquiva. Evelyn fit le tour de la pièce, admirant les belles étagères d'acajou chargées de traités de droit et de livres rares. Un bureau massif, sur lequel s'empilaient des dossiers retenus par de lourds presse-papiers de verre, trônait devant la grande fenêtre. Elle respira avec plaisir le parfum familier des vieux livres reliés de cuir.

C'était une pièce très masculine, visiblement destinée à l'étude et au travail. Elle imagina Jack penché sur ce bureau, l'expression concentrée.

Elle se laissa tomber en soupirant dans l'un des deux fauteuils de cuir disposés devant la cheminée.

Moins d'un quart d'heure plus tard, Jack apparut. Il s'était lavé et avait revêtu une autre chemise blanche, aux poignets garnis de dentelle. Il portait un pantalon de daim qui moulait ses cuisses musclées, et des bottes noires. Il n'avait pas jugé utile de mettre une veste ou une cravate et le col de sa chemise était ouvert, révélant les muscles saillants de son cou.

Il prit place dans le fauteuil à côté du sien et croisa les jambes. Son expression était grave, et elle se demanda quel autre problème juridique il allait soulever.

— Votre père veut que je vous épouse, lâcha-t-il à brûle-pourpoint.

— Quoi ?

Elle s'attendait à tout sauf à cela !

— Après avoir mûrement réfléchi, je suis parvenu à la conclusion que c'était ce qu'il y avait de plus convenable.

— Vraiment ?

— Oui. Bien que lord Lyndale ignore la réalité de notre relation, mon comportement exige réparation.

— Votre comportement ?

— Oui. Sans compter le fait que votre père nous a surpris rentrant seuls chez lui, bien après minuit.

— J'espérais me marier par amour, et non parce que mon père en a décidé ainsi, rétorqua-t-elle en se redressant d'un air offensé.

— Vous êtes trop âgée pour croire à de telles sottises, dit-il d'un ton arrogant à la limite du dédain.

— Trop âgée ? Vous avez peut-être dépassé les trente ans, monsieur, mais pas moi.

— Je vous demande pardon. Cela me semble la solution la plus indiquée.

— Indiquée ? C'est ridicule.

— Evie, je ne comprends pas. Vous m'avez dit vous-même que vous ne souhaitiez plus épouser Randolph. Je sais que vous m'admiriez quand vous étiez enfant, et maintenant, vous êtes libre de vous marier avec la bénédiction de votre père.

Evelyn se leva.

— Jack Harding, vous êtes une canaille.

Jack se leva à son tour, les sourcils froncés.

— Que vous arrive-t-il ? Vous voulez que je fasse ma demande à genoux ?

— Je vous ai dit ce que je voulais. J'attends de mon futur mari qu'il soit amoureux de moi, rétorqua-t-elle, frémissante d'indignation.

Je vous en supplie, dites-moi que vous m'aimez comme je vous aime.

Autrefois, elle aurait sauté de joie si Jack Harding l'avait demandée en mariage, songea-t-elle avec amertume. Mais aujourd'hui c'était différent. Jack ne lui demandait sa main que parce que son mentor le lui conseillait. Et parce qu'il pensait que c'était l'attitude la plus honorable.

Il s'approcha d'elle, fit courir ses doigts sur sa joue et ses lèvres. Et en dépit de sa colère, sa caresse lui arracha un frisson.

— Nous nous désirons, murmura-t-il. C'est plus que ce que la plupart des couples partageront jamais.

Elle fit un pas en arrière, le cœur serré.

— Le désir et l'obligation ne me suffisent pas. La réponse est non, Jack.

Tôt le lundi matin, Jack se rendit à Bow Street en cabriolet. Il était de mauvaise humeur, et n'avait pas envie de recevoir ses clients à Lincoln's Inn.

Le refus d'Evelyn l'avait mis hors de lui.

Il la revit, ses yeux bleus lançant des éclairs, sa superbe poitrine soulevée par l'indignation, lui opposant un non catégorique. Il avait dû se retenir pour ne pas l'attirer dans ses bras et l'embrasser à perdre haleine. Seigneur, il avait eu envie de l'allonger sur son bureau, de soulever ses jupes et de la prendre là, sur-le-champ. Il l'aurait sans doute fait si son chaperon à l'allure guindée ne s'était pas trouvé dans la pièce voisine en train de siroter son thé.

Il était pourtant certain qu'elle préférerait une demande raisonnable, fondée sur la logique. Après tout, ne faisait-elle pas passer la raison avant tout le reste ?

Et il avait été surpris par sa réaction.

Elle voulait de l'amour. Quelle mouche l'avait piquée ?

Comme si l'entente intellectuelle et le désir n'étaient pas des éléments plus que suffisants sur lesquels poser les bases d'un mariage ! Quantité de couples ne connaissaient pas le désir, et encore moins la communion de pensée.

Il serra les mâchoires. Il aurait dû lui dire qu'il l'aimait, lui qui savait si bien jouer la comédie dans une salle du tribunal. Il n'avait qu'à se camper devant un jury, et les mots pour convaincre lui venaient spontanément.

Mais la vérité, c'était qu'il n'avait pas l'intention de se laisser davantage ensorceler par Evelyn. C'était déjà assez dérangeant qu'elle ne soit jamais loin de ses pensées. Il avait besoin de garder la tête froide, de maintenir une certaine distance émotionnelle avec elle, de rester concentré sur ses objectifs comme il l'était au tribunal. Il refusait de mendier ses attentions, d'écrire des sonnets ou de stupides poèmes d'amour. Il fallait qu'elle accepte ce qu'il avait à lui offrir.

Jack arrêta le cabriolet au coin de la rue et sauta à terre.

Le vent soufflait avec force entre les bâtiments, et il serra les doigts sur les documents qu'il tenait à la main. Absorbé dans ses pensées, il heurta à un homme qui sortait du bureau du magistrat.

— Jack !

Levant la tête, il rencontra le regard bleu de Brent Stone. Bonté divine ! Brent était bien la dernière personne qu'il avait envie de voir.

— Que fais-tu ici ? s'étonna ce dernier.

— Je suis venu voir un client. Et toi ? Tu ne plaides pas au pénal, d'ordinaire !

— Un cas exceptionnel, pour un vol mineur. Je représente la Société londonienne d'aide judiciaire.

Ah oui ! Brent était bénévole dans cette société. Brent était un saint et devrait être canonisé. Il y avait pourtant chez lui quelque chose de ténébreux qui déroutait Jack.

Personne au cabinet ne connaissait son passé, et quand le sujet était abordé, Brent se fermait comme une huître. Mais sa perspicacité, sa curiosité laissaient deviner qu'il n'avait pas toujours écrit des lettres patentes enfermé dans un bureau.

— Ne perds pas trop de temps sur une affaire minable, conseilla Jack d'un ton sarcastique.

Il voulut continuer son chemin, mais Brent le retint par l'épaule.

— Pourquoi es-tu de si mauvaise humeur ? s'enquit-il, le regard scrutateur. Cela a-t-il quelque chose à voir avec lady Evelyn ?

— Laisse-moi tranquille, Brent.

— Dois-je en déduire que Jack Harding le beau parleur n'a pas réussi à séduire une dame ?

— Elle veut faire un mariage d'amour.

— Ne sois pas idiot, Jack. On ne rencontre pas deux fois dans sa vie une femme comme Evelyn Darlington. C'est l'épouse qu'il te faut.

Jack repoussa la main de Brent.

— Que sais-tu des femmes ? Bon sang, tu es célibataire.

Brent se figea.

— J'ai été marié autrefois.

Jack demeura sans voix.

— C'était il y a longtemps, reprit Brent. Elle est morte. Par ma faute.

Il s'était exprimé d'un ton neutre, mais Jack ne fut pas dupe. Son angoisse était palpable, à fleur de peau. Pour la première fois, il crut comprendre pourquoi Brent passait des journées entières le nez dans des lettres patentes.

— Je suis désolé, dit-il gauchement.

— J'apprécierais que tu gardes cela pour toi. Il est inutile que Devlin ou Stevens soient au courant.

— Pourquoi m'en avoir parlé, à moi ?

— Parce que la vie est trop courte. Dis-lui que tu l'aimes, Jack.

Après le départ de Brent, Jack partit à la recherche de l'agent qui avait ramené Randolph à Londres.

Floyd Birmingham était un homme de taille moyenne, à l'allure banale. Son physique passe-partout lui était d'une grande aide lorsqu'il s'agissait d'arpenter les rues de Londres la nuit.

— Comment va Randolph Sheldon ? lui demanda Jack.

— Sa santé s'est améliorée, bien qu'il se trouve à Newgate, dans l'attente de son procès. Je suis content de vous voir, monsieur Harding. S'il existe des témoins pouvant dire où il se trouvait le jour du meurtre de Bess Whitfield, trouvez-les vite. Le magistrat subit la pression de la part de la population de Londres, qui veut un coupable, et il est pressé d'expédier ce procès.

Jack comprenait. Le procès pouvait avoir lieu tout de suite après l'inculpation. Bess Whitfield était une actrice très populaire, et son public voulait que justice lui soit rendue dans les plus brefs délais. C'était l'une des raisons pour lesquelles il n'avait pas protesté quand Randolph s'était caché. Il savait qu'il lui faudrait du temps pour enquêter et construire un système de défense efficace.

— Faites ce que vous pouvez pour le protéger. C'est un étudiant, il n'est pas habitué à vivre à la dure.

— Il a de la chance de vous avoir à ses côtés, monsieur Harding. Je vous dois beaucoup, je ferai mon possible pour lui, vous le savez.

Jack avait défendu le frère de Floyd, Brian Birmingham, qui avait tendance à être fasciné par les incendies.

Brian avait mis le feu à une maison close deux ans plus tôt, et le bâtiment avait été détruit. Les six prostituées s'en étaient sorties, mais le seul client qui était mort était l'un des secrétaires du Trésor.

Si le juge ne s'était pas ému du sort des prostituées, il en était allé autrement pour le secrétaire. Peu importait que ce dernier ait été une brute connue pour les mauvais traitements qu'il infligeait aux femmes. Le procureur avait demandé une justice rapide et efficace, et Jack avait réussi à obtenir la prison plutôt qu'une condamnation à mort pour Brian.

Bref, il avait sauvé la vie de cet homme et Floyd Birmingham lui en serait éternellement reconnaissant.

Jack serra la main de ce dernier.

— J'apprécie votre collaboration.

À ce moment, les portes du bâtiment s'ouvrirent à la volée et des cris retentirent. Jack et Floyd se précipitèrent dans le hall.

Deux agents traînaient un prisonnier qui se débattait violemment. Ses cheveux sales lui cachaient le visage, et il débitait des bordées de jurons.

— Qui est-ce ? demanda Jack.

L'homme l'entendit sa voix et releva brusquement la tête. Jack éprouva un choc en reconnaissant le comte de Newland.

Celui-ci sentait la terre et la transpiration. Il était couvert de boue de la tête aux pieds. Ses lunettes tordues étaient posées de guingois sur son nez, ses vêtements étaient en désordre, et une lueur de folie brillait dans son regard fiévreux.

— Que se passe-t-il ? demanda Floyd aux deux agents.

— Nous avons surpris ce type en train de creuser dans le cimetière en plein jour pour déterrer un cercueil. Il est fou à lier.

— C'est le comte de Newland, intervint Jack.

Les policiers échangèrent des regards incrédules.

— Un comte ? Vous êtes sûr ? fit Floyd.

Jack s'approcha et regarda Newland dans les yeux.

— Dites-leur, milord. Dites-leur qui vous êtes.

— Ouais, je suis un foutu comte ! siffla Newland.

— Sur quelle tombe l'avez-vous trouvé ?

— Celle de Bess Whitfield, l'actrice assassinée, répondit l'un des agents. Elle est morte depuis un certain temps, la puanteur aurait été insupportable.

— Pourquoi avez-vous fait cela ? demanda Jack en agrippant l'épaule de Newland. Qu'était cette femme pour vous ?

— Elle devait devenir ma femme. Je voulais l'emmener dans le tombeau de ma famille, pour que nous soyons réunis après ma mort.

Jack se rappela que le vieux comte fortuné était tuberculeux. Et Bess Whitfield lui aurait dit qu'elle voulait l'épouser ?

Ce n'était pas impossible. Elle savait qu'il allait mourir. Pourquoi ne pas l'épouser, lui donner un héritier et mettre la main sur sa fortune ? Selon toute vraisemblance, c'était Newland le fameux bienfaiteur de Bess Whitfield.

— Vous l'avez tuée ? demanda-t-il en attrapant le comte par le col de sa chemise.

Newland le gratifia d'un regard haineux.

— Je vous reconnais. Vous étiez au cimetière avec votre femme. Une jolie petite blonde. Que feriez-vous si elle était assassinée ?

Réprimant une envie folle de lui envoyer son poing dans la figure, Jack répéta sa question.

— Non, je ne l'ai pas tuée ! hurla le comte. Je l'aimais !

Soit c'était un excellent acteur, soit il disait la vérité. Jack le lâcha et recula d'un pas. Les deux agents emmenèrent le comte.

— Il va bientôt mourir, dit Jack à Floyd. Qu'allez-vous faire de lui ? C'est un pair du royaume.

— Nous verrons avec sa famille.

— Il n'en a pas. Son seul héritier est en Inde.

— Alors, il est temps qu'il rentre en Angleterre. Newland peut être assigné à résidence. Vous croyez qu'il a tué Bess Whitfield ?

Jack hésita, puis :

— Un homme qui essaye de déterrer un mort en plein jour est de toute évidence fou. Mais je ne crois pas qu'il ait tué l'objet de son obsession.

37

Evelyn dégustait un verre de punch au bal donné par lady Jersey quand elle apprit l'arrestation du comte de Newland. Les commères étaient surexcitées et le récit s'enrichissait de détails sordides au fur et à mesure que la soirée avançait.

Evelyn se serait volontiers éclipsée, mais lady Jersey était l'une des puissantes dames patronnesses de l'Almack. Evelyn avait toujours détesté le bal et le souper privé du mercredi soir, au club très sélectif de King Street. Elle n'avait jamais voulu s'y exhiber avec toutes les débutantes à la recherche d'un mari, mais elle ne voulait pas non plus faire jaser sur son compte. Aussi remercia-t-elle consciencieusement lady Jersey et lui demanda-t-elle de l'excuser en prétextant un affreux mal de tête.

Dès que sa voiture fut avancée, Evelyn demanda au cocher de l'emmener à St James Street. Il était près de minuit, trop tard pour retourner chercher Janet à la maison.

Et puis, ce n'était pas le genre de visite où l'on désirait la présence d'un chaperon.

Elle veilla à rabattre sa capuche en descendant de voiture et se dirigea d'un pas rapide vers le perron, en priant pour que Jack soit là.

Si le majordome fut surpris de voir une dame de qualité se présenter chez son maître sans chaperon, au milieu de la nuit, il n'en laissa rien paraître.

— Lady Darlington. Je vais tout de suite prévenir M. Harding.

Evelyn pénétrait dans le hall lorsque Jack apparut, une liasse de papiers à la main. Les manches de sa chemise étaient retroussées, de toute évidence il était en plein travail. Il se figea en la voyant, puis sourit.

— Evie, qu'est-ce qui me vaut ce plaisir ?

— Puis-je vous parler en privé ?

— Bien sûr. Allons dans la bibliothèque, nous y serons tranquilles.

Evelyn tendit sa cape au majordome et suivit Jack. Il faisait frais pour un mois de juin, aussi un feu brûlait-il dans la cheminée. Jack referma la porte et l'invita à s'asseoir, mais elle refusa d'un signe de tête.

— Vous êtes ravissante ce soir, Evie, la complimenta-t-il en l'enveloppant d'un regard approbateur. Je vous en prie, dites-moi que vous avez changé d'avis et que vous acceptez ma demande.

Ignorant sa requête, elle entra dans le vif du sujet.

— J'assistais au bal donné par lady Jersey, ce soir, et j'ai entendu une histoire extraordinaire.

— Je suppose que vous faites allusion à l'arrestation de Newland qu'on a surpris en train de déterrer le cercueil de Bess Whitfield ?

— Oui. Comment le savez-vous ?

— J'étais à Bow Street quand Newland est arrivé entre deux agents, sale comme un rat.

— C'est inespéré pour Randolph, n'est-ce pas ?

— Cela ne peut que l'aider, c'est évident.

— Vous croyez qu'il a tué Bess Whitfield ?

— Il s'en défend avec vigueur. D'après lui, ils allaient se marier. Je pense que Newland était le vieux bienfaiteur de Bess. Par ce mariage elle aurait gagné fortune et influence, et Newland l'aurait eue dans son lit. Un échange de bons procédés.

— Mais vous pensez que le comte est innocent ?

Jack haussa les épaules.

— Je l'ai trouvé très convaincant, mais comment savoir ? Sans le journal de Bess, nous revenons au point de départ. Le comte de Newland et le vicomte de Hamilton demeurent nos principaux suspects.

— Georgina m'a avoué que son père avait dépensé une fortune au jeu après la mort de Bess. Son comportement est devenu très étrange, et il est d'humeur changeante.

— Quand avez-vous appris cela ? demanda Jack en arquant les sourcils.

— Georgina m'a rendu visite. J'ai oublié de vous en parler après l'expérience sur la chemise, et ensuite, quand vous... vous...

— Quand je vous ai demandée en mariage ?

Comme Evelyn gardait le silence, il alla ouvrir l'un des tiroirs de son bureau et en sortit un écrin carré. Puis il revint vers la jeune femme, posa un genou à terre et souleva le couvercle de la petite boîte.

En découvrant une superbe émeraude entourée de diamants, Evelyn fut saisie de vertige.

— J'ai réalisé que je m'y étais mal pris, et j'avais l'intention de passer chez vous demain. Mais puisque vous êtes là... Evelyn Darlington, je serais honoré que vous acceptiez d'être ma femme.

Les joues en feu, elle contempla la bague magnifique, puis l'homme agenouillé à ses pieds.

— Jack, je ne sais pas si...

— Chuut. Ne répondez pas tout de suite, mon ange. Je veux que vous preniez le temps de réfléchir.

Il se releva, et lui glissa la bague au doigt.

— Vous m'avez manqué, Evie. Vous n'imaginez pas à quel point. Puis-je vous embrasser ?

Oui. Mille fois oui !

Il ne lui avait pas déclaré un amour éternel, mais il tenait suffisamment à elle pour aller lui acheter une bague et lui demander sa main à genoux. C'était son cœur qu'elle voulait, certes, pourtant elle se surprit à considérer sérieusement sa demande. À la vérité, elle *voulait* être sa femme, passer le reste de ses jours avec lui, partager son lit, se réveiller à ses côtés…

Il se pencha, et elle se haussa sur la pointe des pieds pour lui offrir ses lèvres. La passion jaillit entre eux telle une flamme. Jack l'enlaça et elle pressa son corps souple contre le sien.

Il déposa une pluie de baisers brûlants le long de son cou, puis à la naissance de ses seins.

— Pour une fois, je suis content que vous n'ayez pas emmené votre servante, dit-il d'une voix enrouée.

Il leva la tête, et leurs regards se verrouillèrent.

Elle avait envie de lui. Elle en avait assez de la bienséance et de la vertu, assez de se soucier sans cesse des autres – son père, Randolph… Elle voulait connaître le bonheur, avoir une vie bien à elle.

— Je n'avais pas réfléchi aux conséquences de mon geste, avoua-t-elle, mais je ne regrette pas d'être venue seule.

— Tant mieux, parce que je ne peux pas m'empêcher de vous toucher.

Il la souleva dans ses bras et l'emporta vers le bureau. Quand il la fit asseoir sur le plateau de chêne, elle écarquilla les yeux.

— Jack, que faites-vous ?

— Je rêve de vous faire l'amour ici.

D'un geste ample de la main, il balaya les objets et documents qui encombraient la table.

Puis, reprenant ses lèvres, il la plaqua contre lui. La vague de désir qui déferla en elle emporta dans ses flots ce qui lui restait de volonté. Elle noua les bras autour de son cou, et lui rendit son baiser avec fougue.

Les doigts de Jack vinrent vite à bout des crochets de sa robe, et ses seins jaillirent à l'air libre. Il les embrassa avec avidité tandis qu'elle lui déboutonnait sa chemise en tremblant. Il se débarrassa de celle-ci d'un geste vif, puis, soulevant Evelyn, il lui ôta sa robe et son pantalon de batiste en un tournemain.

En bas de soie et jarretières, elle lui tendit les bras, s'attendant à ce qu'il vienne à elle, au lieu de quoi il s'agenouilla et l'empoigna aux hanches pour la tirer au bord du bureau. Appuyée sur les coudes, elle le regarda lui écarter les cuisses, et sentit, stupéfaite, son souffle effleurer sa féminité.

Seigneur, un homme pouvait-il faire cela à une femme ?

Inclinant la tête, il la taquina de la langue. Elle étouffa un cri, mais déjà il s'enhardissait, la léchait avec une habileté diabolique. À sa merci, elle renversa la tête en arrière tandis que la jouissance la balayait tel un raz-de-marée.

Haletante, comblée, elle se risqua à ouvrir les yeux. Jack la couvait d'un regard possessif et elle songea, le cœur gonflé de joie, qu'il ne l'aimait peut-être pas, mais qu'il la désirait comme un fou.

— Viens, Jack, souffla-t-elle.

Il ne se le fit pas dire deux fois. Libérant son érection, il prit Evelyn aux hanches et la pénétra d'un puissant coup de reins qui leur arracha un cri. Puis il commença à aller et venir en elle, et leurs corps ondulèrent au même rythme encore et encore. Et de nouveau Evelyn fut propulsée au paradis.

Au-dessus d'elle, Jack ferma les yeux, et elle perçut sa vulnérabilité à l'instant où il répandit sa semence en elle.

Pantelant, il déposa un baiser tendre sur son front puis, la soulevant dans ses bras, il l'emporta devant la cheminée et l'allongea sur le tapis. Il s'étendit près d'elle, l'attira contre lui.

Le sol était jonché de livres et de documents.

— Ne ferons-nous donc jamais l'amour dans un lit ? demanda-t-elle en riant.

— Quand nous serons mariés, nous passerons la moitié de notre vie dans la chambre.

Evelyn se figea.

— Jack, vous m'aviez dit que je pourrais réfléchir.

Il tourna la tête et regarda avec insistance la pendule dans un coin de la pièce.

— Vous avez eu une heure pour réfléchir, mon ange. Je vous en prie, dites oui.

Elle sourit, certaine de sa décision à présent.

— Oui, Jack. Je vous épouserai. Mais je ne veux pas que nous annoncions nos fiançailles officiellement avant que les problèmes de Randolph aient été résolus.

Il arbora un sourire triomphal, et l'espace d'une seconde, elle s'affola. Il était tellement habitué au succès qu'il n'avait pas douté une seconde de sa réponse.

C'était un mâle dominant, un prédateur, qui ne vivait que de défis et de conquêtes. Quand ils seraient mariés, la mettrait-il de côté comme l'un de ses innombrables trophées ? Ou se montrerait-elle un adversaire tellement inoubliable qu'il finirait par l'aimer ?

38

Le lendemain matin, Jack décida de retourner au théâtre de Drury Lane afin d'avoir une petite conversation avec Mary Morris. Il la trouva dans une loge, occupée à reprendre un costume d'Henry VIII. Une cape rouge bordée de fourrure et une veste de velours étaient étalées sur une table.

— Bonjour, madame Morris, la salua-t-il. Vous souvenez-vous de moi ?

Contrariée d'être interrompue dans sa tâche, l'habilleuse le fixa en pinçant les lèvres. Son expression s'adoucit lorsqu'elle reconnut.

— Oui, répondit-elle, vous êtes l'avocat qui m'a posé des questions sur Bess. Où est la jolie blonde qui vous accompagnait ?

— Je suis venu seul aujourd'hui.

— Vous avez couché avec elle ?

Jack se contenta de sourire. La vieille femme était trop perspicace pour qu'il essaie de lui mentir. Mary hocha la tête et posa son ouvrage.

— J'avais raison. Je sens ces choses-là.

Jack songea à la nuit précédente. Evelyn avait accepté de l'épouser. Pour la première fois de sa vie, il avait eu envie de passer la nuit avec une femme. C'était bien sûr impossible, et il avait dû se résoudre à la laisser partir. Malgré son désir insensé, il avait eu la sagesse de ne pas la suivre. Si lord Lyndale les avait de nouveau surpris s'introduisant nuitamment dans sa demeure, il l'aurait probablement mal pris. Si elle rentrait seule, en revanche, tout le monde penserait qu'elle venait directement du bal.

— Qu'est-ce que vous me voulez, aujourd'hui ? s'enquit Mary.

— Nous n'avons pas retrouvé le journal intime de Bess. Nous connaissons deux de ses derniers amants, mais vous aviez aussi parlé d'un homme brun. Un roturier du nom de Sam.

— C'est drôle, il est justement passé aujourd'hui. Lui aussi, il m'a parlé du journal.

— Il est venu ici ?

— Oui. Et il est bizarre, si vous voulez mon avis. Il essaye de donner le change, mais la vieille Mary voit tout. Il a les yeux vides, celui-là. J'ai jamais compris ce que Bess lui trouvait.

— Quand est-il parti ?

— Il a demandé s'il pouvait jeter un coup d'œil dans l'ancienne loge de Bess. Je l'avais fouillée après sa mort, et j'avais rien trouvé, alors ça m'était égal qu'il regarde. Il y est peut-être encore.

— Où se trouve cette loge ?

— Dans le hall. Deuxième porte à droite.

Jack sortit, traversa le hall au pas de course, et ouvrit la porte de la loge à la volée.

La pièce était vide.

Il entendit quelqu'un marcher sous la fenêtre ouverte. Il s'y précipita et vit une silhouette vêtue de noir s'éloigner en courant dans la ruelle.

— Hé, vous ! Arrêtez !

L'homme s'immobilisa, et fit volte-face. Son chapeau rabattu en avant dissimulait en partie son visage. Il leva le bras, et Jack vit un pistolet briller dans sa main. L'homme le braqua sur lui. D'instinct, Jack se jeta de côté. Une fraction de seconde plus tard, la vitre volait en éclats. Il retourna à la fenêtre et bondit dehors.

Il se reçut habilement, les genoux fléchis, mais le temps qu'il se redresse, l'homme avait disparu.

Il avait une bonne longueur d'avance, mais Jack courait vite. Apparemment, l'inconnu devait bien connaître le quartier car il veillait à rester dans les ruelles désertes, à l'écart des rues animées. Par deux fois il lança un coup d'œil par-dessus son épaule, mais Jack ne put voir son visage. Il accéléra l'allure, et lorsqu'il fut à un mètre de lui, il plongea en avant.

Les deux hommes roulèrent sur les pavés et Jack ressentit une douleur sourde dans le bras. Le pistolet réapparut dans le poing de son adversaire.

Diable. Un pistolet à double canon ! Une rareté, avec laquelle on pouvait tirer deux fois de suite.

Jack tenta de le lui arracher et, tandis qu'ils luttaient pied à pied, le chapeau de l'inconnu tomba.

— Simon ! s'écria Jack, sidéré.

Ses doigts glissèrent, et un coup de feu partit. Une flèche brûlante lui traversa le bras. Simon Guthrie récupéra l'arme, et se releva en titubant.

— Vous ne pouviez donc pas laisser tomber cette affaire, Harding ? À présent, je vais devoir vous tuer, comme j'ai tué Bess !

Des voix retentirent au bout de la ruelle. Simon se retourna et Jack en profita pour rouler sur le côté dans l'espoir de lui attraper les jambes et de le déséquilibrer. Il n'en eut, hélas, pas le temps. Simon lui assena un coup de crosse sur la tempe.

— Veux-tu m'aider à classer ces livres, Evelyn ? Je viens de recevoir quelques nouveaux traités de droit.

Evelyn prit un lourd volume des mains de son père.

— Volontiers, dit-elle.

Elle fronça les sourcils en constatant que son père avait les yeux cernés et le dos voûté.

— Vous avez veillé toute la nuit pour préparer votre cours. Reposez-vous et laissez-moi m'occuper de cela.

— Tu es un trésor, Evelyn. Je suis content que tu aies accepté la demande de M. Harding. Il fera un bon époux.

Elle avait annoncé le matin même à son père sa décision d'épouser Jack.

— Nous attendrons que le procès de Randolph ait eu lieu pour nous fiancer officiellement.

— N'attends pas trop, ma chérie, répondit lord Lyndale. Il faut saisir les instants de bonheur quand ils se présentent.

Il semblait si triste qu'Evelyn devina qu'il pensait à sa mère.

— Je m'inquiète pour vous, avoua-t-elle.

— Ne te fais pas de souci. Je mérite tout ce que Dieu me réserve.

Que diable signifiaient ces mots ? Il fallait vraiment qu'il se repose. Tout de suite.

— Allez vous allonger. Je vais avertir Hodges de ne pas vous déranger.

Au grand soulagement d'Evelyn, il ne discuta pas et quitta la bibliothèque. Elle contempla les piles de livres sur le sol. Elle prendrait le temps de les parcourir plus tard. Peut-être même pourrait-elle discuter de leur contenu avec Jack.

Jack. Elle songea à la nuit passée. À toutes ces choses délicieuses qu'il lui avait faites, et à la façon dont elle avait réagi. Le cœur gonflé d'amour, elle avait accepté de l'épouser. Elle savait qu'il la désirait et qu'il tenait à elle, mais elle voulait davantage.

Jack Harding pourrait-il l'aimer un jour ?

Avec un soupir, elle pivota vers les étagères déjà surchargées. Où allait-elle bien pouvoir caser ces nouveaux volumes ? Elle allait sans doute devoir réorganiser complètement la bibliothèque.

Elle repéra une collection de vieux traités qui occupaient toute l'étagère centrale. Une fine couche de poussière les recouvrait, signe que son père ne s'en était pas servi depuis longtemps. Elle entreprit de les déplacer et de les caser sur l'étagère du haut. Le dernier lui parut plus léger que les autres. Curieuse, elle l'ouvrit, et s'aperçut que ce n'était pas un livre mais un casier destiné à servir de cachette. Stupéfaite, elle découvrit qu'il contenait un petit carnet noir.

Elle s'en empara et l'ouvrit.

Cher journal,

Maxwell Stanford est venu me retrouver la nuit dernière. Ses exigences sexuelles sont de plus en plus étonnantes. Qui aurait imaginé que le grand vicomte de Hamilton aimait être dominé par une femme ?

Le journal intime de Bess Whitfield ! Mais que diable faisait-il dans la bibliothèque de son père ? Fascinée, Evelyn poursuivit sa lecture.

Cher journal,

Ce soir, Newland m'a paru encore plus fou que d'habitude. Il se déplace à quatre pattes en hurlant comme un loup, et en suppliant qu'on lui pardonne. Je lui demanderai au moins un bracelet en diamant pour satisfaire ses caprices !

Evelyn tourna la page.

Cher journal,

Lord Lyndale insiste pour que je continue de l'appeler Emmanuel comme lorsque nous nous sommes connus, il y a dix ans. Je ne pouvais rêver d'un amant plus généreux. Mais sa santé est déclinante et je crains que nos jours de bonheur ne soient comptés. Newland est très décevant, mais Emmanuel me conseille de l'épouser pour assurer mon avenir.

Le sang d'Evelyn se glaça dans ses veines.

Son père ? Son père était le mystérieux bienfaiteur de Bess Whitfield ?

Chancelante, elle agrippa le dossier d'une chaise pour ne pas tomber. Elle avait soudain la nausée.

Depuis des années, elle entendait les amis de son père le pousser à prendre une maîtresse, une compagne. La mère d'Evelyn était morte depuis longtemps, et il n'était pas réaliste d'attendre de lui qu'il demeure fidèle à une femme qui n'était plus.

Néanmoins, elle ressentait cela comme une trahison, et elle en éprouvait une douleur aiguë.

Les pensées se bousculaient dans sa tête. Était-ce à cause de cette liaison qu'il s'opposait avec tant de véhémence à son mariage avec Randolph Sheldon ? Après tout, Randolph était le cousin de Bess, son seul parent vivant.

D'autre part, son père n'ignorait pas qu'ils cherchaient ce journal. Savait-il qu'il était caché dans sa bibliothèque ?

Un coup frappé à la porte la fit sursauter. Le battant s'ouvrit et Hodges apparut sur le seuil. Elle reconnut la haute silhouette juste derrière lui.

— M. Simon Guthrie désire vous voir, mademoiselle. Il dit que vous l'attendez.

39

— Jack ! Réveille-toi, mon vieux !

Jack entrouvrit les paupières. Quelqu'un approcha une lampe de son visage et il tressaillit de douleur. Une douleur sourde lui martelait le crâne, mais il s'obligea à garder les yeux ouverts. Anthony, Brent et Devlin étaient penchés sur lui.

Apparemment, il était allongé sur un canapé, la tête reposant sur une veste roulée en boule. Il voulut se lever, mais Anthony l'en empêcha.

— Doucement, Jack.

— Où suis-je ?

— Dans ton bureau. Le Dr Astor t'a examiné.

— J'étais au théâtre. On m'a tiré dessus.

Son bras le faisait souffrir. Il baissa les yeux et vit que la manche de sa chemise avait été coupée et qu'un bandage lui ceignait le biceps.

— Tu as eu de la chance, la balle n'a fait que t'effleurer. Un peu plus à gauche et elle te fracassait l'os, dit Brent.

— Comment m'avez-vous retrouvé ?

— Des gens sont sortis du théâtre en entendant les coups de feu. Ils t'ont trouvé inconscient dans une ruelle. Mary Morris nous a fait prévenir.

— C'est Simon Guthrie qui m'a tiré dessus. C'est lui qui a tué Bess Whitfield.

— Guthrie ? répéta Anthony. L'ami de Randolph ?

— Oui. C'était l'un des amants de Bess, il se faisait appeler Sam. Il devait chercher le journal dans sa loge.

— Tu crois que Randolph sait que son ami est un assassin ? demanda Anthony.

— Non, je pense que Guthrie a dupé tout le monde, y compris Randolph.

En attendant, Simon Guthrie était en liberté, et il était dangereux. Jack était convaincu qu'il aurait tué sans hésiter s'il en avait eu la possibilité. Il était acculé.

Bonté divine, Evelyn ! Il allait sûrement se rendre chez elle. Elle était en danger !

— Combien de temps suis-je resté inconscient ?

— Au moins trois heures, répondit Brent.

Trois heures ! Jack s'assit au bord du canapé en serrant les dents pour lutter contre la douleur.

— Il faut que j'aille chez Evelyn. Cette ordure va s'en prendre à elle.

Ses amis échangèrent des regards inquiets.

— Nous venons avec toi, décréta Anthony.

— Simon, je ne vous attendais pas.

Simon referma la porte de la bibliothèque et regarda le carnet qu'Evelyn tenait à la main.

— Qu'avez-vous trouvé ? demanda-t-il.

— Vous n'allez pas le croire ! C'est le journal intime de Bess Whitfield.

Elle se rembrunit, et crispa instinctivement les doigts sur le carnet. Les cheveux de Simon, toujours impeccablement coiffés, étaient en désordre, et il avait une estafilade sur la joue. L'observant avec attention, elle remarqua des taches de boue sur son pantalon. Simon avait toujours fait plus vieux que son âge, mais là, il semblait avoir pris dix ans.

— Vous vous êtes battu ? risqua-t-elle.

Il s'esclaffa et secoua la tête.

— C'est très embarrassant, mais je dois avouer que j'ai fait une chute de cheval ce matin. Montrez-moi donc ce carnet.

Il s'approcha. Evelyn fit un pas en arrière. Elle n'était pas prête à partager avec qui que ce soit ce qu'elle venait d'apprendre sur son père. Simon s'immobilisa et inclina la tête de côté.

— Où l'avez-vous trouvé ?

— Sur l'étagère, caché dans un faux livre qui était en fait une boîte. Je voudrais continuer de le lire encore un peu.

— Allez-y, fit-il avec un geste de la main.

— Bess parle du vicomte de Hamilton et du comte de Newland. Je cherche ce qu'elle a écrit à propos de Sam. Cela nous révélera peut-être son identité.

— Peut-être, admit Simon d'un ton égal.

Evelyn feuilleta le carnet, puis s'écria :

— J'ai trouvé ! Écoutez.

Cher journal,

Sam essaie de me persuader d'utiliser mon journal pour faire chanter mes amants passés et présents. Comme si j'allais faire une chose pareille ! Quel idiot ! Je pourrais tout aussi bien le faire chanter, lui, en menaçant de révéler qu'il est un respectable étudiant d'Oxford. Il n'est pas question que je détruise mon journal, il va donc falloir que je le cache.

Evelyn fronça les sourcils.

— Bess ne révèle pas le vrai nom de Sam. C'est un étudiant d'Oxford, mais ça ne peut pas être Randolph puisque Mary Morris nous a dit qu'il était brun.

Le seul étudiant d'Oxford qu'elle connaissait, c'était Simon... Simon et Sam. Il y avait une similitude troublante entre les deux prénoms.

— C'est vous ! s'exclama-t-elle, effarée. Vous êtes Sam, l'amant de Bess !

— Vous avez fini par comprendre, dit-il d'une voix sourde.

— Vous ne niez pas ?

Il haussa les épaules d'un air détaché.

— Cela n'a plus d'importance à présent.

Evelyn avait l'impression de vivre un cauchemar. D'abord son père, maintenant Simon. Tout Londres avait-il couché avec l'actrice ?

— Donc, vous connaissiez l'existence du journal et vous vouliez l'utiliser à vos propres fins ?

— C'est tout ce que vous avez compris ? fit-il avec un petit rire. Vous me décevez, lady Darlington. Vous n'avez même pas deviné que j'avais tué Bess Whitfield ?

Le souffle coupé, les oreilles bourdonnantes, Evelyn parvint à articuler :

— Pourquoi ?

— Elle me gênait, il fallait que je l'élimine, expliqua-t-il en retroussant les lèvres sur un sourire ironique.

Soudain, elle le voyait tel qu'il était, avec une clarté aveuglante. C'était comme si la dernière pièce d'un puzzle s'était mise en place. L'étudiant doux et studieux qu'elle connaissait depuis des années avait disparu. Une lueur féroce brillait dans les prunelles du prédateur qui l'avait remplacé.

— Je suppose que vous savez aussi la vérité sur votre père ? dit-il.

— Vous étiez au courant ? s'exclama-t-elle, interdite.

— Oui. Et Randolph aussi.

Partagée entre la peur et le désir de connaître la vérité, elle ordonna d'une voix suraiguë :

— Dites-moi tout. J'ai le droit de savoir !

— Bess avait raison. Je voulais faire chanter ses riches amants, parmi lesquels figurait votre père. Mais cette garce n'était pas d'accord. Elle tenait davantage à leur affection qu'à leur argent. C'était une créature faible, mais une catin futée. Elle a confié le journal à son cousin sans que je le sache. Il a dû le lire et découvrir que votre père était l'un des amants de Bess. Il idolâtre Lyndale, et a donc dû cacher le carnet ici dans l'espoir de le protéger.

— Mais il a dit qu'il s'était rendu chez Bess ce soir-là parce qu'elle était censée lui donner un objet important ! Nous avons cru qu'il s'agissait de son journal intime.

— Il a menti ! Ce carnet était déjà en sa possession. Je le soupçonne d'être allé chez elle pour lui dire où il l'avait caché.

— Randolph savait-il que vous étiez l'amant de sa cousine ?

— Il se croit intelligent, mais ce n'est qu'un imbécile. Il n'a jamais rien deviné.

— Il a quand même si bien caché le journal que vous n'avez pas réussi à mettre la main dessus, répliqua-t-elle.

Simon étrécit les yeux.

— J'ai cherché partout. Un soir, je fouillais la chambre de Bess quand elle est rentrée plus tôt que prévu. Elle n'a jamais voulu me dire ce qu'elle avait fait de son journal.

— C'est pour cela que vous l'avez tuée ?

— Non. Je l'ai tuée parce que c'était une catin et qu'elle méritait de mourir.

Il s'exprimait d'un ton amer et son regard luisait de colère.

— Et Randolph ? demanda Evelyn, l'estomac noué par la peur.

— Cet idiot a débarqué chez elle. Je n'ai jamais eu l'intention de le faire accuser à ma place. Cela s'est fait, et, ma foi, j'étais bien content.

— C'est donc vous qui êtes entré chez nous et avez saccagé la bibliothèque de mon père !

— Oui. J'ai fouillé partout, mais j'avais sous-estimé l'imagination de Randolph.

Simon s'empara du faux livre, l'ouvrit, puis, laissant échapper un juron, il le lança à travers la pièce.

Une sonnette d'alarme retentit dans la tête d'Evelyn. Simon se serait bien gardé de tout lui avouer s'il n'avait pas eu l'intention de l'éliminer.

Planté devant la porte, il lui barrait la route. Elle recula lentement, mettant la plus grande distance possible entre eux.

— Vous ne vous en sortirez pas aussi facilement, déclara-t-elle.

Il la rejoignit en deux longues enjambées, et lui arracha le carnet des mains.

— Mais si ! C'est déjà fait.

— Vous êtes fou. Jack Harding est à vos trousses.

— J'ai laissé Harding inconscient dans une ruelle, derrière le théâtre de Drury Lane. Quand il se réveillera, je serai déjà loin. Avec vous.

Seigneur, il avait blessé Jack ?

— Si vous croyez que je vais vous suivre, vous vous trompez !

Simon tira un couteau de la poche de sa veste.

— Je crierai !

— Essayez, et je tuerai tous les occupants de cette maison. Vous me croyez incapable de maîtriser votre père et son vieux majordome ? ricana-t-il. Quant à votre gouvernante et à votre femme de chambre, elles n'auront même pas le temps de descendre l'escalier. Ils n'ont aucune chance contre moi.

Simon s'approcha du bureau et prit une feuille de papier.

— Je veux que vous écriviez une lettre à M. Harding.

— Pourquoi ?

— Pour lui dire où vous allez l'attendre, bien sûr.

Après avoir forcé Evelyn à s'asseoir au bureau, il commença à dicter. D'une main tremblante, elle écrivit ses instructions tout en cherchant désespérément un moyen de lui échapper.

Il n'était pas question qu'elle sorte de cette maison avec lui, poignard ou pas !

Un éclat attira soudain son regard – le coupe-papier en or offert à son père par ses confrères de Lincoln's Inn sur lequel se reflétait la lumière de la lampe. La lame en était très tranchante.

Simon arpentait la bibliothèque tout en dictant, et quand il pivota, Evelyn en profita pour glisser subrepticement le coupe-papier dans sa poche.

Lorsqu'il eut terminé sa dictée, Simon vint se camper derrière elle. Il lui enfonça les doigts dans les épaules et se pencha vers elle, et elle sentit son haleine fétide contre sa joue.

— Il est temps de partir, décréta-t-il.

Elle se raidit, s'attendant qu'il l'oblige à se lever.

C'est alors qu'il pressa un linge à l'odeur infecte contre son nez et sa bouche. Elle se débattit de toutes ses forces, mais elle n'était pas de taille à lutter contre lui.

Un voile noir l'enveloppa, et ce fut tout.

40

Un flot de panique et de rage submergea Jack lorsqu'il lut la lettre.

Monsieur Harding,
Je détiens une personne à laquelle vous tenez beaucoup. Veuillez aller rendre hommage à Bess Whitfield dès que vous le pourrez.

SG

— Nous arrivons trop tard ! Il la tient !
— Trop tard ? Où est ma fille ?
Jack tourna vivement les yeux vers lord Lyndale. Ils se trouvaient dans sa bibliothèque. Anthony, Devlin et Brent attendaient dehors.
— Simon Guthrie a enlevé Evelyn, répondit Jack d'une voix rauque d'angoisse. Il était l'un des amants de Bess Whitfield, et c'est lui qui l'a tuée.
— Oh, mon Dieu !
— Je vais le retrouver ! promit Jack avant de pivoter vers la porte.
Il n'y avait pas une minute à perdre. Evelyn était à la merci d'un fou.

Mais Lyndale le retint par le bras, avec une force étonnante. Son regard était empli d'une peine sans nom.

— C'est ma faute, dit-il. Bess Whitfield a été ma maîtresse pendant dix ans. Je l'aidais financièrement et j'ai donné un coup de pouce à sa carrière.

— Vous saviez que Simon Guthrie était l'un de ses amants ?

— Non ! Je savais que Bess tenait un journal dans lequel elle évoquait ses amants, mais je ne l'ai jamais lu.

Un silence pesant tomba entre les deux hommes. Jack posa les yeux sur le faux livre posé sur le bureau. Dès qu'il était entré et qu'il l'avait vu sur le sol, près de la cheminée, il avait compris.

Tout s'expliquait, à présent. Le cambriolage chez lord Lyndale. La bibliothèque dévastée.

— Saviez-vous que le journal était caché chez vous ?

Lyndale secoua négativement la tête.

— Non. En tant qu'assistant, Randolph avait accès à ma bibliothèque, cela lui était donc facile de le dissimuler ici. Mais jamais je n'ai soupçonné qu'il était sous notre nez depuis le début.

Les questions se bousculaient dans la tête de Jack, mais il les garda pour lui. Il était resté inconscient des heures durant. À présent il faisait nuit et Evelyn se trouvait dans un cimetière en compagnie d'un monstrueux assassin.

— Je la retrouverai, martela-t-il d'une voix dure.

Il sortit de la maison au pas de course, en proie à une panique comme il n'en avait jamais connue. La pensée que Simon risquait de faire du mal – ou pire ! – à Evelyn le torturait.

La vision du beau visage d'Evelyn la dernière fois qu'ils avaient fait l'amour jaillit dans son esprit. Il se rappela son sourire lorsqu'elle avait accepté sa demande en mariage. Il était conscient qu'elle espérait une déclaration d'amour, mais il s'était entêté à garder le silence.

Comment avait-il pu être aussi stupide ?

Ses yeux se dessillaient enfin. Il aimait Evelyn, et au diable sa carrière ! S'il avait tellement insisté pour l'épouser, ce n'était pas parce que l'honneur le lui dictait ou parce qu'il avait une dette envers lord Lyndale, non, c'était parce qu'il l'aimait !

Quand Evelyn l'avait approché au tribunal, juste après le procès de Slip Dawson, sa vie avait basculé. Au début il avait été attiré par sa beauté, fasciné par ses superbes yeux bleus, mais en réalité c'étaient son intelligence et son courage qui avaient conquis son cœur.

Rien de ce à quoi il s'était accroché jusqu'à présent – sa carrière, son statut d'avocat renommé – n'avait d'importance à ses yeux. Seule comptait Evelyn.

Il l'aimait.

Et il était peut-être trop tard pour le lui dire.

Jack courut jusqu'à l'attelage qui l'attendait dans Park Lane et hurla un ordre au cocher en ouvrant la portière d'un geste brutal.

Trois paires d'yeux se braquèrent sur lui.

— Où est-elle ? demanda Anthony.

— Dans le cimetière où Bess Whitfield est enterrée.

La voiture s'ébranla. Jack tendit la lettre à Anthony, qui la montra à Brent et à Devlin.

— La bonne nouvelle, Jack, c'est qu'Evelyn est vivante, déclara Devlin. La mauvaise, c'est qu'il se sert d'elle comme appât.

Anthony donna un pistolet à Jack.

— C'est un piège. Mais ce salaud ignore que nous sommes avec toi.

— Et que nous sommes tous armés et excellents tireurs, renchérit Devlin.

Brent garda le silence un moment. Puis il posa la main sur le bras de Jack.

— Ne t'inquiète pas, Jack. Tu pourras lui dire que tu l'aimes avant que cette nuit s'achève.

41

Quand elle se réveilla, elle avait froid et mal partout. Elle était assise, adossée à quelque chose de dur. Ses bras étaient derrière son dos, et quand elle voulut les bouger ses muscles douloureux protestèrent. Sans forces, exténuée, elle lutta contre l'envie de se laisser sombrer de nouveau dans l'inconscience.

Elle rouvrit les yeux, désorientée.

Elle comprit qu'elle avait les mains attachées dans le dos.

— Ah, vous êtes réveillée !

Elle reconnut la voix avant même de voir le visage de Simon Guthrie. Tout lui revint en mémoire d'un coup.

— Que m'avez-vous fait ? articula-t-elle d'une voix pâteuse.

— L'éther est un produit efficace et son effet est rapide.

— Où sommes-nous ?

— Sur la tombe de Bess Whitfield.

Alors que l'effet de l'éther se dissipait, Evelyn reconnut les silhouettes sombres des pierres tombales dans l'obscurité que seul éclairait un mince croissant de lune. Elle frissonna de la tête aux pieds.

La tombe de Bess se trouvait au centre du cimetière, se rappela-t-elle. À trois rangées de l'allée principale. Elle plissa les yeux, s'efforçant de percer les ténèbres, puis cria :

— Détachez-moi !

— Chaque chose en son temps, répliqua Simon en riant.

Il allait et venait devant elle, le journal intime de Bess Whitfield à la main. Le manche de son poignard dépassait de sa ceinture.

Elle était seule, dans un cimetière désert, avec un assassin !

Simon s'immobilisa brusquement et se massa les tempes. Jurant à mi-voix, il se mit soudain à tenir des propos sans suite, comme s'il n'était plus conscient de sa présence. Evelyn le fixa d'un regard épouvanté. Mais soudain, il laissa retomber ses mains et s'accroupit devant elle, dardant sur elle son regard noir. Elle tressaillit, et sentit contre sa hanche le coupe-papier caché dans sa poche.

Il fallait qu'elle fasse parler Simon pour endormir sa méfiance.

— Qu'allez-vous faire de ce journal, à présent ? Les autorités vont se lancer à vos trousses.

Il balaya cet argument d'un geste.

— Il y en a toujours qui paieraient très cher pour que ce carnet ne se retrouve pas entre les mains d'un journaliste.

— Vous voulez parler du vicomte de Hamilton, du comte de Newland et de mon père ?

— Ainsi que d'autres anciens amants de Bess, tous très influents.

— Vous n'y arriverez pas. Vous serez arrêté avant.

— Par votre amant, Jack Harding ?

Evelyn avait l'air si choqué qu'il éclata de rire.

— Ne feignez pas la surprise. Je sais que vous êtes amants.

— M. Harding n'a rien à voir avec cette histoire !

— Il m'a vu quitter la loge de Bess. Je n'ai pas le choix, je dois le réduire au silence. C'est pour cela que vous êtes ici, Evelyn. Vous me servez d'appât.

Il se redressa et se remit à marcher en se frottant les tempes. Cet homme était un malade. Un fou !

Evelyn se tortilla, s'efforçant d'atteindre la poche de sa jupe. Elle finit par attraper la poignée du coupe-papier, le fit pivoter entre ses doigts et essaya de scier ses liens. La lame lui échappa, lui entamant la chair, mais elle persista. Il fallait à tout prix qu'elle se libère ! Qu'elle empêche Jack de foncer tête baissée dans le piège de Simon.

Ce dernier releva soudain la tête.

— Randolph est-il au courant de vos plans ? demanda-t-elle pour détourner son attention.

— Randolph ? Il n'a pas assez de cran pour ce genre de manigances. Il se contentera de rester à l'université toute sa vie.

— Mais vous étiez notre ami ! Nous avions confiance en vous.

La corde céda soudain sous la lame, ses mains étaient libres. Elle les garda dans le dos, attendant le moment propice pour agir.

Simon s'accroupit de nouveau devant elle, l'air mauvais.

— Je vous ai toujours admirée, Evelyn, avoua-t-il. J'ai même envisagé de vous garder pour moi une fois que Randolph serait condamné. Pour vous consoler, ajouta-t-il en glissant une main possessive dans sa chevelure. J'aurais pris sa place, je vous aurais épousée.

Evelyn dut lutter pour ne pas repousser cette main qui lui faisait horreur.

— J'aurais refusé de vous épouser, Simon.

Ses doigts se crispèrent un instant dans ses cheveux, puis il la lâcha.

— Oh que non ! Mais cela n'a plus d'importance. Vous avez tout gâché en couchant avec Harding. Randolph était trop aveugle pour voir ce qui se tramait entre vous, mais pas moi. Vous n'êtes qu'une répugnante catin, comme Bess ! Vous allez m'aider à éliminer Jack Harding, et après, ce sera votre tour.

Il se redressa et lui tourna le dos. C'était ce qu'elle attendait. Bondissant sur ses pieds, elle lui enfonça de toutes ses forces la lame du coupe-papier entre les omoplates.

Le hurlement de Simon déchira le silence.

Empoignant ses jupes, Evelyn fit volte-face et s'enfuit à toutes jambes entre les tombes. Des pas résonnèrent bientôt derrière elle. Simon était sur ses talons. Elle se prit le pied dans une racine, se tordit la cheville et s'affala sur le sol. Elle se releva et reprit sa course malgré la douleur.

Seigneur ! Il allait la rattraper, elle n'atteindrait jamais l'allée principale.

Un rayon de lune éclaira un mausolée. En un éclair elle prit une décision et se précipita vers le monument de pierre. Si la porte n'était pas verrouillée, elle pourrait s'enfermer à l'intérieur en attendant l'arrivée de Jack. Elle plaqua la main sur le montant de fer forgé, poussa. Le lourd portail s'ouvrit dans un grincement sinistre, et elle se faufila à l'intérieur. Haletante, elle chercha à tâtons le cadenas. Les pas de Simon se rapprochaient. Les doigts tremblants, elle réussit à fermer le cadenas.

Une seconde plus tard, Simon se jetait contre la porte.

— Garce ! Tu crois que ça va m'arrêter ? hurla-t-il en secouant le portail.

Evelyn pivota et s'enfonça dans les profondeurs du mausolée. Les ténèbres l'enveloppèrent. Elle imagina les chambres funéraires de part et d'autre de l'étroit couloir. Le froid était glacial. Simon s'était tu, et elle n'entendait plus d'autre bruit que celui de sa propre respiration. Elle s'adossa au mur, cernée par la mort.

Les minutes s'égrenèrent. Jack ne tarderait plus, elle en était sûre.

Soudain, un bruit terrible à l'arrière du mausolée brisa le silence. Simon ! Elle n'avait pas pensé qu'il pouvait y avoir une deuxième entrée.

— Pauvre idiote ! cria-t-il. Tu croyais pouvoir m'échapper ?

Elle regagna en boitillant l'autre porte, avant de se rappeler qu'elle était cadenassée.

Elle était prise au piège !

Elle se mit à hurler en priant pour que quelqu'un l'entende, en priant pour qu'un miracle ait lieu...

— Evelyn !

C'était la voix de Jack. Elle glissa les bras entre les barreaux de la grille.

— Où est Simon ? demanda-t-il d'une voix dure.

— Derrière. Il a un poignard.

— Écarte-toi, ordonna-t-il.

Jack sortit un pistolet de sa poche et fit sauter le cadenas. Evelyn était libre.

— C'est fini, Simon ! lança Jack.

Ils entendirent Simon s'enfuir en courant. Jack s'élança à sa suite. Sans se soucier de sa cheville douloureuse, Evelyn leur emboîta le pas. Elle sortait du tombeau lorsque des voix masculines lui parvinrent. Elle découvrit Anthony, Brent et Devlin qui s'étaient à leur tour lancés aux trousses de Simon.

Ils poursuivirent Simon entre les tombes, puis jusque dans la rue.

Simon jeta un coup d'œil par-dessus son épaule, puis se précipita vers une ruelle sombre telle une proie pourchassée par une meute de chiens. À cet instant, une voiture tourna au coin de la rue et se dirigea droit sur lui. Le cocher hurla, essayant en vain d'arrêter les six chevaux de l'attelage.

Hébétée, Evelyn regarda Simon se faire piétiner sauvagement par les sabots des chevaux, puis écraser par les roues de l'attelage.

42

Quelques heures plus tard, Jack était de nouveau dans la bibliothèque de lord Lyndale. L'agent Floyd Birmingham, prévenu par Jack, s'était chargé de faire enlever le corps de Simon, et Anthony, accompagné d'un autre agent, était allé chercher Randolph Sheldon à Newgate.

À présent, tout le monde attendait Evelyn. Un silence tendu s'était abattu sur la petite assemblée.

Les secondes s'égrenaient. Au bout de dix minutes, n'y tenant plus, Jack décida d'aller chercher la jeune femme. Brent l'arrêta au passage et lui murmura :

— Sois patient, Jack. Le médecin s'occupe d'elle.

La porte s'ouvrit enfin, et Evelyn entra, escortée par le Dr Mason et l'agent Birmingham. S'appuyant sur le bras du médecin, elle avança en boitillant, s'assit dans le canapé devant la cheminée et posa avec précaution sa cheville blessée sur un pouf.

Elle remarqua Randolph, recroquevillé dans un coin, son visage fin creusé par la fatigue.

— Randolph !

— Bonsoir, Evelyn, articula-t-il d'une voix à peine audible.

Elle se tourna ensuite vers Jack. Leurs regards se croisèrent, et il vit une foule de sentiments s'inscrire sur les traits de la jeune femme – peur, soulagement, gratitude... affection ?

Il aurait voulu se ruer vers elle, la prendre dans ses bras et l'embrasser, mais la main de Brent sur son épaule le rappela à l'ordre. Malgré les épreuves qu'ils venaient de vivre, il devait sauvegarder les apparences.

L'agent Birmingham s'éclaircit la voix.

— Bow Street a établi que Simon Guthrie était l'assassin de Bess Whitfield. J'ai toutefois quelques questions à poser avant de libérer M. Sheldon.

— Attendez, intervint Lyndale. J'ai une question qui ne peut attendre. Randolph, quand avez-vous eu connaissance de ma relation avec Mlle Whitfield ?

Randolph s'empourpra.

— Bess m'a confié que vous étiez son bienfaiteur avant même que j'aie accepté d'être votre assistant, milord. J'étais au courant depuis des années.

Lyndale soupira, puis regarda sa fille.

— Je te dois des excuses, ma chérie. Tout ce que je peux dire pour ma défense, c'est que je me sentais seul.

Les larmes aux yeux, Evelyn hocha la tête. Birmingham se tourna alors vers Randolph.

— Monsieur Sheldon, si vous étiez au courant pour lord Lyndale, vous deviez savoir aussi que Simon avait une relation intime avec votre cousine.

Randolph acquiesça à regret.

— Je ne l'ai su que lorsque Bess m'a confié son journal. Après lecture, j'ai conclu que « Sam » était Simon, mais je n'ai rien dit à ce dernier.

— Pourquoi n'avez-vous révélé à personne où se trouvait le journal ?

— Bess m'avait supplié de ne jamais en parler. Mais avant tout, je souhaitais protéger mon mentor ainsi que mon meilleur ami. Je craignais que lord Lyndale et

Simon ne soient soupçonnés du meurtre de ma cousine. C'est pourquoi j'ai caché le carnet dans la bibliothèque. Jamais je n'aurais imaginé que Simon était l'assassin.

— Simon Guthrie n'avait plus toute sa tête, intervint Evelyn. Ce soir, au cimetière, j'ai constaté que son comportement était étrange. Il se tenait la tête comme s'il souffrait énormément, et un moment, j'ai cru qu'il avait une attaque.

Randolph prit un verre d'eau d'une main tremblante.

— Cela n'excuse en rien son comportement, mais Simon était malade, confirma-t-il après avoir bu une gorgée d'eau. L'année dernière, je l'ai accompagné chez un médecin car il se plaignait de maux de tête. On suspectait une tumeur. Nous n'en avons pas soufflé mot de crainte qu'il ne perde son poste d'assistant.

— Simon ne se satisfaisait pas de ce poste, précisa Evelyn. Il projetait de faire chanter les amants de Bess, dont mon père.

— Son traitement à la faculté ne suffisait plus à payer les honoraires du médecin, enchaîna Randolph. J'imagine que ce chantage était destiné à éponger ses dettes. Mais je savais que Bess n'aurait jamais accepté ses combines. Et puisqu'il n'avait pas le journal, je pensais qu'il renoncerait.

— Vous vous trompiez, remarqua Jack.

Randolph chercha le regard d'Evelyn.

— Je n'ai jamais voulu vous mettre en danger, Evelyn. J'étais loin de soupçonner que Simon était aussi dépravé.

— Je vous crois, et je ne vous fais aucun reproche.

— J'éprouvais de la compassion pour lui à cause de sa maladie, et je croyais qu'il était mon ami. Je ne les ai jamais jugés, Bess et lui. Après la mort de ma cousine, j'ai cherché à protéger Simon.

— Votre loyauté a bien failli vous coûter la vie, commenta Jack d'un ton sec.

— Un mystère subsiste, observa Evelyn. Pourquoi Simon n'a-t-il pas prévenu les autorités que Randolph se cachait à Shoreditch ? Pourquoi l'a-t-il aidé ?

Ce fut Jack qui répondit.

— Simon n'avait pas besoin que Randolph soit arrêté. En revanche, il comptait peut-être sur lui pour dénicher le journal. Il était désespéré, et Randolph, qui était si proche de sa cousine, apparaissait comme sa dernière chance.

Ce dernier acquiesça tristement.

— Simon m'interrogeait souvent sur les habitudes de Bess. Je pensais qu'il voulait nous aider à résoudre le meurtre, mais je comprends à présent qu'il essayait de me soutirer des renseignements. C'était un garçon brillant, mais manipulateur.

— Le coupable est mort, justice a été rendue, déclara lord Lyndale.

— J'aurais préféré le voir pendu ! grommela Jack.

— Comment vous remercier de tout ce que vous avez fait pour moi, monsieur Harding ? demanda Randolph.

— Je dois me marier bientôt. Ma femme serait enchantée si vous assistiez à la cérémonie.

Randolph, fronça les sourcils, perplexe.

— Je ne comprends pas.

— Lady Evelyn vous expliquera. J'ai obtenu une dispense de bans, et nous nous marierons la semaine prochaine.

Quand tout le monde fut parti, Evelyn demeura assise dans la bibliothèque, frissonnant malgré le feu qui brûlait dans l'âtre.

Randolph était libre, mais tant qu'elle vivrait elle ne pourrait oublier son expression quand Jack lui avait annoncé leur mariage. Un coup discret fut frappé à la porte, et Jack entra. Il traversa la pièce et s'assit près d'elle, sur le canapé.

— Vous auriez dû me laisser annoncer la nouvelle à Randolph, dit-elle d'un ton réprobateur.

— Pourquoi ? rétorqua-t-il avec un sourire. Vous aviez bien dit que nous pourrions annoncer notre mariage dès que Randolph serait sorti d'affaire, non ?

Evelyn se mit à rire.

— Il est impossible de se mettre en colère contre vous, Jack.

— Evie, ma chérie, il me tardait de vous parler en tête à tête. Quand j'ai trouvé la lettre de Simon et que j'ai compris qu'il vous avait enlevée, mon cœur s'est arrêté de battre.

— Je l'avoue, j'ai eu très peur. Mais surtout, je craignais de ne pas pouvoir vous avertir à temps et que vous ne tombiez dans son piège.

— Evelyn, mon ange, vous avez été si courageuse. Je ne connais pas une seule femme qui aurait été capable de s'enfermer volontairement dans un tombeau !

Alors qu'elle était partagée entre le rire et les larmes, il ajouta d'une voix rauque :

— Ma plus grande peur, c'était de ne pas pouvoir vous dire ce que je ressens pour vous. Ma vie n'aurait pas de sens sans vous.

— Pas de sens ? répéta-t-elle, interloquée. Et votre carrière ?

— Ma carrière n'est rien si vous n'êtes pas à mes côtés. Je vous aime, Evelyn Darlington.

Les yeux embués de larmes, elle se jeta à son cou.

— Oh, Jack, j'ai attendu si longtemps d'entendre ces mots ! Mais au fond de mon cœur, je connaissais la vérité.

— Comment ? demanda-t-il en s'écartant pour la regarder.

— Regardez tout ce que vous avez fait pour moi. Vous avez défendu Randolph alors que vous n'en aviez eu aucune envie. Vous m'avez accompagnée à Billingsgate pour me protéger. Vous m'avez proposé de m'épouser pour préserver ma réputation. Et vous vous êtes précipité dans un cimetière au milieu de la nuit pour me tirer des griffes d'un fou. Quel homme agirait ainsi s'il n'était pas amoureux ?

Il sourit et lui embrassa le front.

— Votre argumentation est excellente. Je ne saurais trouver de contre-attaque.

Elle lui adressa un regard espiègle.

— Je vous ai toujours dit que je ferais un bon avocat. Vous avez de la chance que je ne puisse pas vous affronter au tribunal. Vous auriez trouvé à qui parler !

D'un geste fluide, il l'attira sur ses genoux.

— Je crois que c'est déjà fait, murmura-t-il tendrement, avant de capturer ses lèvres.

10253

Composition
FACOMPO

Achevé d'imprimer en Italie
par GRAFICA VENETA
le 2 juin 2025

Dépôt légal : juillet 2025
EAN 9782290417003
OTP L21EPSN002694-647548

ÉDITIONS J'AI LU
82, rue Saint-Lazare, 75009 Paris

Diffusion France et étranger : Flammarion